LIGEIRAMENTE FORA DA ÓRBITA

PEDRO AGUILERA

LIGEIRAMENTE FORA DA ÓRBITA

Rocco

Direitos desta edição reservados à
EDITORA ROCCO LTDA.
Rua Evaristo da Veiga, 65 – 11º andar
Passeio Corporate – Torre 1
20031-040 – Rio de Janeiro – RJ
tel.: (21) 3525-2000 – Fax: (21) 3525-2001
rocco@rocco.com.br | www.rocco.com.br

Printed in Brazil/Impresso no Brasil

Preparação de originais
GEORGIA KALLENBACH

CIP-BRASIL. CATALOGAÇÃO NA PUBLICAÇÃO
SINDICATO NACIONAL DOS EDITORES DE LIVROS, RJ

A2361

Aguilera, Pedro
Ligeiramente fora da órbita / Pedro Aguilera. - 1. ed. - Rio de Janeiro : Rocco, 2025.

ISBN 978-65-5532-580-5
ISBN 978-65-5595-380-0 (recurso eletrônico)

1. Ficção brasileira. I. Título.

CDD: B869.3
25-98445.0 CDU: 82-3(81)

Carla Rosa Martins Gonçalves - Bibliotecária - CRB-7/4782

"A loucura, objeto dos meus estudos, era até agora uma ilha perdida no oceano da razão; começo a suspeitar que é um continente."

O alienista, Machado de Assis

Para Daina

1.

Não importava quão chique fosse o hotel na Bielorrússia, a água da torneira era geladíssima. Eu estava com quarenta e dois anos, escovando os dentes depois de jantar sozinha no quarto, pensando em como seria o dia seguinte. Tinha ido parar lá numa missão internacional de treinamento para avaliar uma astronauta em potencial, Yelena Grischuk.

Pouquíssimas pessoas iam para o espaço e eu já tinha desistido de ser uma delas. Já quis muito, muito mesmo, mas depois de sete reprovações... Era difícil realizar o sonho de ver a Terra de fora com os próprios olhos, e muitas questões geopolíticas prejudicavam uma astronauta brasileira. Eu botava a culpa nisso, mas podíamos levar em conta minha falta de talento também.

Pela ficha, Yelena parecia ser uma típica astronauta dos dias atuais: uma página em branco. Em 2030, o mundo corporativo já tinha tirado toda a graça e a magia da exploração espacial. Estávamos na era das "pessoas ok". Ninguém queria arriscar ter um companheiro ligeiramente instável para passar meses numa lata de sardinha onde qualquer desvio costumava dar em morte. E olha, não foi por isso que eu deixei de ser selecionada, porque me considerava um arrozinho bem sem sal mesmo.

O mundo do astronauta romântico ficou no século passado. As pessoas agora eram incansavelmente treinadas e avaliadas por médicos, psicólogos, nutricionistas, engenheiros e físicos medianos. E eu era uma dessas pessoas, das que avaliavam. Para isso eu tinha talento de sobra, pós-doutorado em psicologia e psiquiatria aplicada.

Yelena tinha passado o dia presa numa esfera minúscula de metal exposta ao sol, provando que era capaz de aguentar o confinamento e a temperatura extrema. Era exaustivo, mas talvez não tanto quanto a exaustão mental que eu causaria no dia seguinte, bombardeando-a por horas com perguntas sobre cada vírgula de seu passado, sobre como ela gostava de trabalhar, como ela lidava com a equipe, como reagia a imprevistos e fracassos. Astronautas estavam acostumados a passar por avaliações o tempo todo, então era importante focar os detalhes, mas, no fundo, eu torcia para que ela conseguisse ser escolhida e realizasse seu sonho de dar um pulo para fora da Terra.

Molares direitos escovados, hora de ir para os esquerdos. Eu pensava rapidamente, mas escovava os dentes bem devagar, levava a saúde bucal a sério.

Minha atenção foi para o canto escuro do banheiro, que era grande e sem janela, onde havia um breu completo. Essa incerteza, essa sensação de que tinha um ser ali, parado, observando de volta. Estava esperando para pular, me atacar. Ia atacar ou não? Algo rondando, mas não era inimigo declarado ainda. Era uma angústia maior. Não estava acontecendo nada de errado, só estava escuro e vinha um sentimento ruim, e junto a ridicularização do sentimento ruim. Tinha tanta coisa legitimamente assustadora, como a proliferação dos supervírus, todo tipo de câncer, desemprego, guerra, vazamento de lixo radioativo, crise climática, caos social... E o que me arrepiava era que houvesse alguém ali naquela escuridão? Meu batimento está um pouquinho mais apertado só por causa disso. Parte do meu cérebro já estava calculando para onde eu poderia fugir ou me esconder. O armário daquele banheiro de hotel era pequeno demais, eu não caberia. Era um pensamento estranho, eu sabia. Antes de cuspir a pasta, minha mão acendeu uma luz perto do espelho. Não havia nada. Respirei.

Mas logo pulei de susto; o celular tocou estridente, o coração disparou. Que idiota que eu me senti. O número desconhecido era dos Estados Unidos, o código do DDI era +01. Existe uma razão histórica para o código de DDI ser esse: foram eles que criaram o sistema. Tinham e ainda têm o poder.

Corri para enxaguar a boca com a água geladíssima do hotel.

— Alô?

— Rebeca Assunção?

Era alguém cuidadoso me ligando, porque conseguiu acertar o anasalado da sílaba forte do meu sobrenome, coisa que pouquíssimos anglófonos conseguiam.

Voei de jato imediatamente, tudo arranjado pela NASA. Outro analista teria que analisar Yelena, pois a questão lá parecia ser mais urgente e importante. Queria contar a novidade para alguém, mas fazia anos que eu vivia pulando de hotel em hotel. Era difícil manter uma relação se você ficava analisando todo mundo a todo momento; chegava uma hora que ou eu ou a pessoa não aguentava mais. Avisei meu ex-marido, só em caso de estar caindo num golpe ou de estar sendo sequestrada. Ou foi só para ele saber que eu estava sendo requisitada. Um pouco mesquinha, mas, por mais rápido que o jato fosse, o tédio abria espaço para essas coisas. O tédio e a solidão.

O jato só continha três pessoas: dois pilotos na cabine e um amplo espaço (que abrigaria mais de vinte) todo para mim. Sem explicação, tinham me dado a ficha de um astronauta alemão para eu já ir me adiantando: Simon König. Ele tinha sido médico militar, especializado em psiquiatria, transtorno pós-traumático. Começara a carreira tratando de muitos soldados alemães da OTAN que combateram no Afeganistão. Não o conhecia.

Chegando em Houston, pegamos uma turbulência forte e repentina. Os jatos muitas vezes eram mais leves e tinham asas menores do que os aviões comerciais, e o resultado era uma turbulência mais violenta. E eu ainda estava de pé, dando uma esticada nas pernas... Logo me agarrei a um assento. Nessas horas, sacudindo de um lado para outro, grande parte do cérebro só queria entender para onde era em cima, para onde era embaixo, que músculos contrair para diminuir o risco de morte caso você fosse jogada no chão. Só que a parte que não estava concentrada nisso às vezes te jogava uma imagem, quase um sonho, e depois você ficava pensando que porra foi aquela, como que isso veio parar na minha mente. Como se os solavancos tivessem mexido nas suas memórias e resgatado uma como se fosse um bingo.

A memória que saiu daquela vez foi a imagem da minha perna direita, finíssima, com o pé pendendo para o lado. Pendendo *muito* para o lado. O tornozelo quebrado, eu tentando mais do que tudo mexer aquele pé, e ele simplesmente largado ali.

Eu tinha nove anos. O instinto seguinte foi tentar colocar o pé de volta no lugar com a mão... Antes mesmo do toque meu grito já estava saindo, porque qualquer coisa que encostasse na região produziria uma dor lancinante.

Eu estava sozinha, no meio da Mata Atlântica. Era uma excursão escolar para a Pedra do Baú, com mais de cem crianças correndo pela área. A Pedra em si era chata, já tinha visto, já tinha lido sobre ela, formato de baú, grande coisa, um quadradão forjado há centenas de milênios. A velocidade das outras crianças ao caminhar era lentíssima. Pareceu uma boa ideia explorar...

Vi quando a professora foi separar uma briga de dois colegas, um jogando terra no outro. Dezenas em volta rindo. Era o momento perfeito. Saí caminhando, vendo o céu aberto e a agradável mata que apresentava coisas muito mais interessantes. Pássaros, insetos, árvores enormes. Fui destemida, com muita vontade de explorar, de um jeito que eu mal me reconheço, só admiro. Segui um grilo por um tempo. A pedra já parecia bem distante. Resolvi subir numa árvore para tentar localizar o resto da excursão. Traçaria uma linha reta de mim a eles e chegaria em menos de quinze minutos. Exploração completada com sucesso.

Subi na árvore, mas tinha galhos que não aguentavam os míseros trinta e dois quilos de uma criança. Na queda, o meu tornozelo direito se partiu. O osso maléolo lateral da fíbula, para ser mais precisa. Certamente berrei e comecei a chorar, mas disso não me lembrava tão bem. Lembrava a imagem da perna direita. Saber que embaixo da meia daria para ver muito sangue e osso. A sensação de impotência de não conseguir me mexer. Cogitar tocar no estrago. A ideia de que daquela vez eu tinha quebrado alguma coisa que não daria para substituir, não como os vasos de casa. Lembrava a ideia bem consciente de "Preciso gritar para que me escutem". Gritei. Mas, na mata, ninguém ouve seu grito.

Fim da turbulência. O jato pousou tranquilamente.

— Vamos de novo? Foi tão divertido! — brinquei com os pilotos.

Andei pelo asfalto da pista de pouso com uma sensação estranha no tornozelo direito, onde ainda tinha meu pino de cromo-cobalto-molibdênio… Coisa que não sentia há décadas.

2.

Ainda estava de noite, porque o jato acompanhou a metade escura do nosso planeta girando ao redor de si mesmo. Já tinha passado tempo suficiente para meu corpo querer ver o sol nascendo.

De carro, eu fui levada até o Centro Espacial Lyndon B. Johnson. O complexo de edifícios não era novidade para mim, mas me lembrava da época em que ainda tentava ser astronauta. Ansiedade automática.

Na sala de espera, conversei pelo telefone com um funcionário do alto escalão do Ministério da Ciência, Tecnologia e Inovação do governo brasileiro que sabia menos do que eu, só estava louco para que eu agradasse na reunião. A oportunidade do envolvimento de uma brasileira em qualquer missão espacial era importante para a imagem do país, do novo governo etc. E o primeiro astronauta brasileiro teve uma carreira posterior desastrosa, de garoto-propaganda de travesseiros a ministro de um governo negacionista, anticiência, que beirava o terraplanismo. Não era uma boa imagem. Enfim, a ligação não trouxe nenhuma resposta e aumentou minha tensão.

Para mim, salas de espera eram fonte de aflição desde que eu ia à dentista e enfiava as unhas fundo na poltrona. Tomei duas garrafas inteiras de água, me levantei com a bexiga cheia e, bem quando estava indo ao banheiro, dei de cara com a mulher com quem tinha ido falar, Susan Ferris.

Ela tinha um cargo altíssimo, era diretora do Instituto de Exploração e Desenvolvimento Científico-Espacial Americano, o tipo de gente que andava com o peito estufado e, mesmo parado, parecia que seu corpo era uma seta apontando para o futuro, convocando a nós, reles mortais, a seguirem a líder nata. Minha coluna fora treinada a ficar reta, mas, se eu deixasse meus instintos dominarem, ela seria curvadinha para baixo, reclusa e inofensiva.

O banheiro ficou para depois, decidi segurar a vontade. Diziam que de bexiga cheia você até ficava mais alerta, mas a verdade biológica é que só se fica mais desesperada, mesmo. Eu me lembrei da minha irmã, que, quando éramos crianças e viajávamos de carro, ficava me pentelhando fazendo barulho de cachoeira para aumentar minha vontade de fazer xixi. Coisa de irmã mais nova azucrinando a mais velha. Não sei se aconteceu mesmo ou se era só meu desejo, mas tinha uma vaga memória de que o feitiço se virara contra a feiticeira mijona: de tanto fazer o barulho, ela que fez xixi na calça.

Caminhando com a diretora para a sala de outro figurão de hierarquia altíssima, já arrisquei perguntar por que tinham me chamado. A resposta: para a análise de uma missão que estava sendo organizada às pressas para a Terceira Estação Espacial Internacional. Perguntei se estava acontecendo alguma coisa errada lá em cima e ela fez um gesto com a mão, diminuindo a questão.

— Nada muito sério.

Ela não foi muito convincente.

A Terceira Estação Espacial Internacional (TEEI para nós, brasileiros, TISS para os norte-americanos, третья космическая станция para os russos e 第三空間站 para os chineses) era uma parceria entre vários governos e, pela primeira vez, empresas privadas de aviação espacial. Uma grande PPPM, parceria público-privada mundial, com todas as qualidades e todos os defeitos que uma mistura dessas podia trazer. Habitavam a estação seis seres humanos de diversas nacionalidades com a missão de mantê-la funcional e em órbita, e realizar pesquisas científicas que iam das mais abstratas investigações da física às questões de nicho de engenharia, química, biologia e astronomia. Tudo isso sem que nenhum dinheiro fosse gasto em vão; a economia mundial já tinha problemas demais e havíamos sido ensinados a ficar gratos por ainda existir investimento em exploração espacial.

Em operação há mais de oito meses, a TEEI era uma missão bem-sucedida, sem nenhum parafuso solto — ou pelo menos sem que a imprensa mundial soubesse de algum parafuso solto.

Isso tudo era o que eu já sabia quando me sentei na sala para conversar com o general Salsbury e a diretora Ferris. Apesar de ser uma sala ampla, lindamente decorada, de uma pessoa importante, num prédio muito bem financiado… a minha cadeira rangia. É impressionante como idealizamos tudo e nunca imaginamos encontrar qualquer falha ao olhar para o topo da hierarquia.

O general da aeronáutica bebeu um longo gole do seu café quentinho, que embaçou uma das lentes de seus óculos. Não havia máquina de café na sala. Será que foi por isso que eu fiquei aguardando do lado de fora? Que alguém preparasse aquele café para ele?

— Obrigado por vir com tanta prontidão, Rebeca — falou o general, em inglês.

— Nós queríamos a opinião de uma das melhores analistas — complementou a diretora.

Nos últimos anos, minhas avaliações e pareceres andavam com um aproveitamento excelente. Tinha feito campanha para três astronautas que tiveram um desempenho exemplar, e até alertei sobre uma decisão que depois se revelou desastrosa: um astronauta norte-americano escolhido contra minha recomendação acabou retirado da missão por um conflito com o capitão, três semanas antes da decolagem. Eu queria era explorar o espaço, mas acabei me dando bem em explorar a cabeça das pessoas.

— Imagina, estou feliz de estar aqui. Feliz e curiosa... A questão da TEEI...

— A questão principal é a descolimação das lentes do telescópio. As imagens estão perdendo muita precisão — falou o general.

A colimação de uma lente era simplesmente seu alinhamento, e, mesmo que aquele telescópio fosse um dos objetos mais precisos que a humanidade já construíra, não era nada fácil atingir a perfeição quando o assunto era toneladas e toneladas de metal e vidro voando a centenas de quilômetros acima da Terra.

— E a ficha que vocês me adiantaram... O Simon é um especialista em lentes?

Na ficha, só me lembrava de ter visto suas habilidades como médico militar.

— Na verdade, os especialistas são os dois outros integrantes da missão de apoio: Monica Lowe e Boris Botvinnik — prosseguiu Ferris. — A tripulação da TEEI já tentou fazer o reparo da lente várias vezes, mas em poucas horas a qualidade da imagem se deteriora. Resolvemos não deixar margem para dúvida, vamos mandar novos equipamentos e esses dois especialistas na montagem. Foram eles que montaram o telescópio da Segunda Estação Internacional.

— Entendi. Mas então o Simon é importante porque...

Fiquei em silêncio, esperando eles responderem à minha pergunta mais claramente, mas ficou óbvio que não me contariam tudo. O clima pesado da sala era muito incompatível com qualquer coisa que eu pudesse imaginar. Ambos quietos, só se ouviu o rangido da minha cadeira quando mudei de posição. Era bem cedo de manhã, talvez a sonolência dos dois estivesse pesando? Na verdade, parecia que eles não dormiam adequadamente há dias. Vincos profundos entre os olhos e o nariz, lentidão e uma certa imprecisão nas atividades motoras, como pegar a xícara de café... A pele do general estava bem mais pálida do que a pele bronzeada de tanto jogar golfe na foto dele com o netinho, que aparecia no porta-retratos. Fazia um tempo que ele não ia a um campo. Da diretora não havia nenhuma foto à vista, mas até o jeito que o cabelo dela estava penteado era o de alguém que se esforçara para se arrumar, mas desistira no meio.

Quanto menos eles falavam, mais a curiosidade dominava minha mente, sem espaço para me lembrar da minha bexiga apertada.

— Simon é um excelente astronauta. Depois você vai saber mais sobre a investigação — concluiu a diretora Ferris.

— Perfeito, como vocês preferirem — falei e anotei mentalmente que estávamos lidando com uma investigação.

O problema da TEEI não era só técnico, não se resumia ao telescópio. Era psicológico.

3.

Eu mal tinha dormido durante o voo de jato. Mau sinal. Quando treinei para ser astronauta, deveria ter aprendido a dormir em qualquer situação, em lugares pequenos e apertados, com o corpo dobrado ou amarrado. Havia técnicas específicas para induzir o cérebro ao sono sem o uso de nenhuma substância ou nenhum medicamento, e elas começavam com o relaxamento voluntário dos músculos da face, imaginar os globos oculares caindo para dentro do crânio. Mas a tensão durante o voo me manteve acordada e só de pensar que eu estava cansada, minha ansiedade crescia e liberava mais hormônios para que ficasse ainda mais acordada. Desde que eu tinha desistido de ir para o espaço e me conformado com a vida de analista, muita coisa tinha mudado no meu corpo. Eu havia reduzido minha quantidade de exercícios significativamente e tomado uma quantidade pesada de ISRSs — inibidores seletivos de recaptação de serotonina, risperidona e fenelzina. Foi um 2024 muito especial na minha esfera pessoal, com impacto de anos e anos.

Fato era que estar acordada era necessário, pois saí da conversa inicial com a diretora e o general e fui para a minha primeira entrevista com Simon.

Havia muitos jeitos de se olhar um ser humano: biologicamente, psicologicamente, sociologicamente, genética-endócrina-neurologicamente. E o melhor jeito é olhar tudo isso ao mesmo tempo, a visão mais interdisciplinar possível. Todas as pesquisas de dados, redes sociais e comportamento das últimas décadas indicavam que nós éramos muito mais previsíveis do que gostaríamos. Cada um se achava especial, achava que fugia do algoritmo... Era uma ilusão coletiva. A questão era apenas de quantos dados tínhamos à mão para fazer uma previsão, tirar uma conclusão e resolver um problema, fosse de engenharia ou de psicologia. Havia quem visse o universo como computacional e o ser humano como uma máquina de *inputs* e *outputs*. Quem falava isso estava certo em espírito, apesar de, tecnicamente, o cérebro não ser uma máquina de reação aos constantes estímulos externos. É, na verdade, uma máquina de constante *previsão* de como serão os estímulos externos, ou seja, constante adivinhação. Vivemos alguns segundos à frente e, se a previsão é confirmada, atualizamos a compreensão e já preparamos novas previsões. Se há surpresa, aí há readequação, aprendizado. Sempre assim: imaginar, confirmar, se surpreender, aprender, se iludir e seguir adiante.

Simon apertou minha mão bem firme. Ele tinha trinta e cinco anos e falava inglês com bastante sotaque alemão. Ele chutou, pelo meu sotaque, que eu fosse portuguesa. Passou perto. Ele se sentou esparramado bem no meio do sofá e abriu um sorrisão.

— Estou pronto para ser vasculhado!

Ele era muito mais descontraído e falador do que eu tinha imaginado quando vi a foto em sua ficha, mas fazia sentido:

astronautas tendiam à simpatia. Eu que era a exceção (e talvez por isso não fosse astronauta).

Estávamos no escritório de um funcionário de hierarquia média. Eu estava sentada na cadeira velha, que pendia levemente para um lado. O dono da sala devia ser uma daquelas pessoas que se sentava com o peso todo para o mesmo lado, uma perna dobrada embaixo da outra. Alta probabilidade de escoliose.

Passei os olhos novamente pela ficha do Simon. Conversas assim eu já havia feito milhares de vezes, mas, por toda a circunstância, sentia que aquela era mais importante do que todas as outras.

Tinha visto que ele já estivera no espaço, numa missão para a Segunda Estação Espacial Internacional. Comecei perguntando para ele se era bonito mesmo ver a Terra lá de cima, ao vivo. O olhar dele até se perdeu um pouquinho, lembrando:

— Mais até do que eu imaginava. Estou louco para ver de novo — falou, com a certeza de que veria, e logo quis ser bem político, dizendo: — Se você julgar que estou apto, claro, não quero me precipitar.

— Deve ser lindo… — murmurei.

Ele balançou a cabeça. Achei que não imaginasse que eu já tinha tentado ir para o espaço sete vezes.

Fazia cinco anos desde sua última avaliação de personalidade. Perguntei o que tinha mudado nele. Simon me jurou que se sentia idêntico aos trinta anos, mas sabíamos que era impossível ficar estático em sua personalidade. Eu me lembrei de ter lido um metaestudo que compilava dados de mais de 60 mil pessoas, mostrando mudanças drásticas após dez anos. O estudo investigava especialmente as chamadas "cinco grandes características": extroversão, neuroticismo, socialização, realização e abertura à experiência. No meu caso, provavelmente eu estava mais neurótica, menos social, com maior realização e menor abertura à experiência. Tinha me tornado mais séria nessa última década. E talvez mais flexível? E também mais magoada? Decepcionada? Distante? Cética? Traumatizada? Eu não sabia se estava mais satisfeita ou simplesmente sem ambição.

— Você tem experiência com análise em situação de alto estresse? — perguntei.

— Muita. Na guerra.

— E como você descreveria sua resposta emocional nessas situações?

— Olha, Rebeca, foi bem positiva. Manter a calma não costuma ser um problema pra mim — falou, sorrindo. E eu senti que ele estava tentando se mostrar mais calmo do que de fato estava. Tentando aplacar algum incômodo dentro dele, que vazava no jeito como cutucava a cutícula da unha do polegar.

— Você se especializou em tratar os soldados com transtorno de estresse pós-traumático, é isso?

— Isso. É muito cansativo e desafiador, mas também muito recompensador. A diferença na qualidade de vida deles depois do tratamento... é brutal. Você já trabalhou com o exército ou algo assim?

— Não. O exército brasileiro não se envolve em guerras. E, mesmo que se envolvesse, não dariam crédito para uma psicóloga — falei, e ele riu com alguma cumplicidade.

Várias das perguntas que a diretora e o general tinham me passado para fazer envolviam questões de psiquiatria, o que só aumentava o meu interesse no problema da tripulação lá em cima.

— Você tem alguma experiência em avaliações psicológicas durante missões?

— Não muita, mas tenho, sim. Já conduzi uma análise assim na SEEI, inclusive.

— E você está apreensivo com a situação na TEEI?

— Não.

Simon com certeza sabia mais do que eu, mas não ia me contar.

— Talvez o clima fique complicado lá em cima. — Tentei jogar um verde.

— Por quê?

Ele realmente não ia deixar escapar nenhuma informação.

— Ah, estou imaginando como está o ego. Quer dizer, estão mandando outros astronautas para consertar a lente que eles falharam em consertar. É um golpe na autoestima.

— Mas o problema é do equipamento, eu tenho certeza. Você sabe como os cortes de orçamento estão comprometendo... Só não precisa mencionar para a diretora que eu falei isso.

— Ainda assim, a base poderia mandar um foguete só com as peças para trocar. Estão mandando pessoas para trocar também...

— Duvido que a tripulação da TEEI se incomode com isso. E, caso se incomodem, logo vão entender que a missão está acima de qualquer ego. — Fiquei em silêncio e ele completou: — E, se não entenderem, eu estarei lá para lembrá-los!

— Você tem familiaridade com surtos psicóticos? — continuei.

— Bastante, tanto de estudo quanto de prática clínica.

O assunto não era dos mais confortáveis para mim. Fiquei até com medo de que ele percebesse alguma coisa estranha na minha postura.

Começamos a falar da família dele. O comportamento não só era definido por todos os mil fatores do presente, mas também pelos comportamentos passados e até dos antepassados. O alemão falou com muito apreço de todos os seus três irmãos, do gosto de crescer numa casa cheia. Falou com pesar do acidente de carro que matou seu pai quando ele tinha quatro anos. Não tinha muitas memórias do pai e evitava acessá-las a todo momento para não modificá-las de forma banal. Obviamente era um ponto delicado, mas ele tentou aliviar o assunto dizendo simplesmente que "acidentes acontecem...".

Perguntei como era morar agora numa casa bem mais vazia, só ele e a esposa, que era médica também, ortopedista. Ele deu de ombros.

— Também está ótimo! É o bastante — respondeu, sem me olhar diretamente, correndo o dedo pela aliança. E, como se estivesse incomodado com a pergunta, voltou a questão para mim: — E como era a sua família?

— A minha?

— Sim, desculpa perguntar. É que eu fiquei curioso. Você também cresceu numa casa cheia?

— Não, meus pais só tiveram duas filhas, minha irmã e eu — respondi.

— E vocês são próximas até hoje?

— Ah, não. Ela... Ela faleceu.

Troquei a perna de lugar e me arrependi logo que percebi o que estava fazendo.

— Meus pêsames. Eu não queria… — falou, mas o jeito um pouco curioso como me olhou me deu a sensação de que estava me avaliando também. Era uma análise de mão dupla. Ou era só minha clássica paranoia.

— Fica tranquilo — respondi, e passei para a próxima questão, tentando não pensar muito no assunto.

Perguntei sobre alguma situação traumática decorrente da última viagem espacial dele. Simon não relatou nenhuma.

— E nesses anos há algum motivo para você ter desenvolvido claustrofobia, algum mal-estar?

— Não, me dou bem quando estou apertadinho, sem problemas — respondeu, sorrindo.

A entrevista terminou. Avaliação positiva. Ainda assim, eu estava com uma intuição… Um instinto me dizia que Simon estava afobado. De quando em quando, checava o celular, com certa pontinha de nervosismo. Confiável ele era, mas estava 100% comprometido? Talvez só não gostasse daqueles processos de avaliação. Talvez fosse algo a mais.

E foi aí que um pensamento se infiltrou na minha mente… Por que ele?

Por que ele e não eu?

Se achavam que eu tinha capacidade para julgar quem avaliaria lá em cima, então eu também tinha capacidade para julgar diretamente quem estava lá, certo? Por simples propriedade transitiva? E por que não aproveitar para cortar o intermediário?

Reprimi esse pensamento. Poderia alterar a imparcialidade da minha avaliação. Na verdade, talvez já estivesse alterando.

Talvez, em vez de estar com uma intuição esquisita quanto ao Simon, o que eu estava sentindo era simplesmente inveja.

Na juventude, acho que eu teria dado um braço para viajar à órbita, mas, na casa dos quarenta, já não era tão extrema. Já tinha visualizado o resto da minha vida em linha reta, ou melhor, em lento declínio, envelhecendo e continuando meu trabalho: dali a algumas décadas, os meus cabelos brancos me dariam uma imagem ainda mais judiciosa. E, como o número de astronautas devia continuar crescendo exponencialmente, nunca me faltaria gente para avaliar.

Só que esse pensamento de *por que não eu?* se enfiou em algum canto da minha mente e trouxe consigo um pouco de luz para uma vida... não sei exatamente como dizer... meio gasta.

4.

Depois do almoço, Simon tinha sua tarde reservada para um teste dos conhecimentos de engenharia e procedimentos de segurança. Eu acompanharia o teste.

De lá do fundo do corredor já escutei a risada do alemão junto com a risada de uma mulher. Fui espiar e era a diretora Ferris. Não tinha imaginado que a risada dela fosse assim tão espalhafatosa. A piada que ele contou devia ter sido excelente... Ele era, de fato, excelente. No sentido de que era perfeitamente "ok" para um astronauta. Por mais que parte de mim estivesse em dúvida, já sabia que no final das contas passaria uma avaliação positiva para meus superiores.

Simon entrou no escritório onde eu estava, pegou o tablet com as questões e se sentou novamente no sofá. Antes de começar o exame, ele respirou fundo e começou a ler a primeira questão. Só uma respirada era um ritual bem simples.

Quando eu fazia aquele tipo de exame, tinha um bem mais complexo... Tamborilava com os dedos da mão esquerda. Indicador polegar indicador polegar médio anelar mindinho anelar médio polegar indicador indicador. Um ritual meu desde criança. Não fazia isso há anos, mas o cérebro não esquecia. Fiz isso em toda prova desde a quinta série.

Por que eu tinha inventado um ritual tão complexo e tão compulsivo para me concentrar e me tranquilizar? Não lembrava. Por que eu tinha que continuar tirando dez em absolutamente toda prova que eu fazia desde a quinta série até o fim da faculdade, sentindo absoluta raiva de qualquer 9,75? Sentindo tremenda vergonha de todo 8? De onde veio isso? Não me lembro dos meus pais exigindo nenhuma nota que fosse. Ainda mais se me comparasse com a minha irmã, que passava sufoco para passar de ano. Eu até tinha tentado ensinar esse meu ritual para que ela relaxasse mais nas provas, para que fosse melhor, mas ela rejeitara minha técnica (e me olhara como se eu fosse maluca). Costumava rejeitar qualquer ajuda minha, na verdade...

Mas o fato era que eu não me lembrava da pressão de tirar notas boas vinda dos meus pais. Lembro até a minha mãe me consolando, falando que 8,5 numa prova de polinômios era um resultado muito bom. Afinal, ela nem se lembrava do que raios eram polinômios. E essa prova me marcou porque a Viviane, minha melhor amiga na época, estava desesperada; precisava tirar uma nota maior que 7 para passar de ano. Para ela, que já tinha perdido o fio da meada da matemática desde a sexta série, era uma tarefa impossível de realizar sozinha.

Depois de muito me implorar, combinamos que eu escreveria os resultados em ordem num pedaço de papel e esconderia debaixo da lixeira da cabine do meio do banheiro feminino. Eu iria antes, ela iria minutos depois. Fiz a prova inteira suando de nervosismo. Decorei as respostas, eram uma dúzia de questões e a memorização em si não foi fácil. Pedi para ir ao banheiro e caminhei para lá com o peso de um crime em andamento nas minhas costas. Entrei no banheiro: a cabine do meio estava ocupada. Me desesperei. Por sorte, lavar o rosto serviu tanto para me acalmar quanto para disfarçar uma espera. Quem saiu da cabine foi a professora de português, que me sorriu carinhosamente. *Não mereço esse sorriso! Estou traindo a confiança da senhora e da escola! Da moral e da ética!*, pensei, sorrindo de volta para ela.

Ela lavou as mãos, limpou parte do batom e foi embora. Viviane já havia deixado a caneta e um pedaço de papel porcamente rasgado embaixo do lixo. Transcrevi rapidamente as respostas e saí correndo do local do crime, coração palpitando violentamente. Quando voltei para a sala de aula, Viviane me deu um olhar agradecido. Odiei-a no momento por ser tão transparente, imagina se alguém estivesse olhando?! Mas também foi tão recompensador, me lembrei de por que estava fazendo aquilo. Só queria o bem dela. Isso valia mais do que as regras. Após quatro minutos, ela pediu para ir ao banheiro. Meus olhos não saíram mais da prova, mantendo o disfarce perfeito. Ela retornou. Copiou dez dos doze resultados, porque não queríamos levantar suspeitas demais. A sorte ainda a favoreceu: um dos que ela divergiu da cola propositalmente foi um dos que eu errei. Ela acabou tirando o 7,5 de que precisava. Já eu creditava todos os meus erros ao estado de nervos constante em que fiquei aquele dia inteiro, quase morrendo do coração. Sob estresse eu não penso adequadamente. Não era isso o que todo mundo procurava numa astronauta?

Observei Simon resolvendo tranquilamente os cálculos da primeira questão. Eram contas do tempo de consumo de oxigênio por pessoa, por centímetro cúbico do gás precioso.

Na minha cabeça, formulei uma pergunta mais interessante: se só há oxigênio para cinco pessoas numa tripulação de seis e o tempo do foguete com o novo tanque de oxigênio não pode ser adiantado de forma alguma, o que fazer? Como será que Simon se sairia nessa? Permanecerem lá os seis seria de uma idiotice tremenda, e talvez até uma decisão moralmente equivocada, já que, quando o novo tanque chegasse, todos já estariam mortos. Como escolher quem não receberia o ar? Sorteio? Votação? Fazer uma votação sobre como prosseguir com relação a como prosseguir? Havia quem dissesse que o capitão deveria se sacrificar, por ser a liderança máxima e, de alguma forma, ter maior responsabilidade na situação calamitosa que a tripulação se encontrava. Mas e se outra pessoa na estação fosse mais culpada? Fosse obviamente culpada? E se ela quisesse se sacrificar para se corrigir, como um ato heroico de expiação? Aí, tudo bem. Mas e se a pessoa culpada não quisesse sofrer nenhuma consequência, afinal fora tudo um acidente? E na hipótese de a pessoa culpada ter agido de má fé, sabotado a exploração propositalmente? Alguém exigiria um sacrifício do capitão e conviveria com o sabotador tranquilamente até a chegada do tanque? Ainda não havia acontecido nenhum assassinato fora da órbita da Terra. Que se soubesse.

Esses pensamentos me fizeram logo lembrar da história de um navio da marinha brasileira que desapareceu em 1908. Nesses navios, eram frequentes os maus-tratos e a violência extrema contra os marinheiros, herança da escravidão. A rota desse encouraçado estava traçada entre Vitória e Recife, ou seja, ele ia para o Norte, mas foi encontrado dois anos depois à deriva perto do Rio Grande do Sul. Da tripulação de trinta e quatro militares, foram encontrados dezessete cadáveres no barco. Os outros deviam ter tentado fugir em botes, mortos numa tempestade no mar. A parte interessante era que os quatro cadáveres de oficiais encontrados mostravam marcas de intensas chibatadas nas costas, o que sugeria um motim, mas isso não explicava a parte sinistra, que era: todos os dezessete cadáveres encontrados apresentavam o dedão do pé direito decepado. E, dentro do cofre da cabine do capitão do navio, encontraram os dezessete dedões decepados. Só que nenhum correspondia a nenhum corpo — eram dos dezessete corpos desaparecidos. Se essa história soa como uma lenda para você, saiba que também soa para mim, absurda, mas que ficou na minha cabeça pelo frio na barriga que senti quando a ouvi pela primeira vez, de um tio, quando eu era adolescente.

Simon anotou a resposta da primeira questão: trinta e três horas e quarenta e quatro minutos. O teste obviamente focava a parte numérica e deixava a parte moral só para ser devaneada por uma mente perturbada como a minha, que ficava pulando de uma coisa para outra. Lembrando que quanto menos um astronauta cogitasse essas hipóteses e simplesmente seguisse um protocolo cegamente, melhor.

Simon já estava ponderando os cálculos da questão seguinte. *Qual é a pressão interna necessária para romper o casco da estação espacial?*

— São sempre muito tétricas essas questões — comentou.

Fiquei encarando-o. Todas as questões daquela prova eu conseguiria responder tranquilamente, mas tinha uma pergunta que eu tinha feito para ele na nossa entrevista inicial na qual eu teria bastante dificuldade…

Nesses anos, há algum motivo para você ter desenvolvido claustrofobia, algum mal-estar?

Eu tinha motivo. Claustrofobia eu nunca tinha sentido na vida até aquela noite, em 2024, enfiada no armário debaixo da pia do banheiro, prendendo a respiração, sentindo a outra pessoa no cômodo. Meu corpo tinha virado uma bola menor do que eu imaginava possível, achei que não caberia, mas eu coube. Lá dentro, tudo era escuro, mas ainda assim estava com meus olhos fechados com força. Aquele armarinho de madeira sendo a única camada de segurança entre mim e uma coisa horrível. Um útero com cheiro de mofo e sabonete líquido.

O bom era que, enquanto eu fosse a analista e não a analisada, não teria que falar sobre nada disso.

5.

Eu tinha a noite livre, já havia despachado o texto da minha avaliação positiva, e, em breve, seria eu a despachada de volta para qualquer canto do mundo. Missão cumprida e a leve sensação de que estava sendo deixada de fora mais uma vez.

Fui para o gramado fora do hotel tomar um ar. Simon estava lá, sentado num banco depois de ter feito seu check-up médico completo. Eu me sentei ao lado dele e ficamos olhando para cima, encarando as estrelas.

— Não dá pra ver quase nenhuma — falou Simon.

— A cidade é muito iluminada.

— Eu não sei direito quais são as constelações. Não consigo memorizar...

— Hum. Vou ter que contar para o general — respondi, e ele riu. — Já eu sei reconhecer umas coisas, mas só do céu do Sul. Daqui, não.

Ele fez que sim com a cabeça e coçou a barba por fazer, um pouco irritado.

— Não está acostumado com a barba assim?

— É que eu gosto muito do meu barbeador elétrico, mas esqueci em Berlim. Me trouxeram pra cá com muita pressa.

— Também vim pra cá assim, abduzida. — Depois de alguns segundos, não resisti e perguntei o que realmente me interessava: — Simon, já te anteciparam alguma coisa do que está acontecendo lá em cima?

— Só atiçaram.

Adiante, no gramado, duas irmãs com menos de dez anos brincavam de pega-pega, gargalhando, ofegantes, sorrindo de orelha a orelha. Simon ficou encarando as duas fofuras, não sei se para não ter que entrar em mais detalhes, mas não parei de puxar o assunto:

— Imagino que seja algo bem sério. Pra te trazerem assim com tanta urgência.

— Só vou descobrir amanhã. Reunião de briefing com a diretora e o general.

— Os dois, você, Monica e Boris?

— E mais uns analistas. Vai ter uma investigação preliminar por aqui antes da decolagem, para eu subir munido com as melhores informações.

Só fiz que sim com a cabeça, mas meu olhar devia ter transmitido todo o meu desejo de estar naquela investigação. A cara de alguém que não descansava até entender tudo.

— Você não está louca pra voltar para casa? Para a família? — perguntou.

— Que casa? Que família?

Ele sorriu, simpático, mas naquele momento o celular dele começou a tocar. "Elke" estava ligando, espiei na tela.

Simon se levantou apressado e eu pensei que na Alemanha já era de madrugada, deveria ser alguma ligação importante. Antes de se afastar, ele ainda buscou meus olhos e falou:

— Eu vou falar com a diretora. Não faça suas malas ainda não.

Fiquei lá no banco. A noite estava gostosa, batendo um ventinho. Voltei a observar o pega-pega das irmãs. A mais nova não conseguia de jeito nenhum pegar a mais velha. O tamanho dos passos era muito diferente. Só que a mais nova não parecia se entristecer com isso. A caçula já tinha tudo de que precisava e toda a atenção dos pais. Para a mais velha conseguir a mesma atenção, tinha que se esforçar muito, conquistar, se sobressair. Ou não, não sabia, era só uma suposição, não podia generalizar, né?

Em vez de pensar nisso, o certo era aproveitar o momento, aquela noite gostosa. Ficar olhando para cima, tentando ver as estrelas e sonhando com estar lá em cima, ou contente de não ter que ir... Mas não, me levantei e fui para o quarto. Difícil era ser feliz. Não por causa do mundo, mas por causa de nós mesmos.

No dia seguinte, recebi o convite para a reunião de briefing.

Peguei o elevador para a sala de conferência. Logo antes de a porta se fechar, outra mulher entrou: era Monica Lowe, a atual chefe do corpo de astronautas da NASA. Frequentemente, eu não era a pessoa mais inteligente da sala, mas não era importante ser — era importante saber quem era. No caso, se Monica estava na sala, era ela. Quase da mesma idade que eu, me lembrava da época em que ainda treinava para astronauta e ela deu uma palestra aos candidatos como a pessoa mais jovem a ter chegado ao espaço, com apenas vinte e quatro anos e onze meses. A palestra não teve nada de muito especial, um conjunto básico de: seja uma gênia, aproveite a oportunidade perfeita que se abriu exatamente para sua geração, seja uma pessoa que emana luz. Porque, apesar da chatice da situação, apesar de todo o potencial de inveja que uma palestra daquelas podia causar, Monica passava uma serenidade e um carisma marcantes, que fizeram os cantinhos da boca de todos os presentes se curvarem.

Notou que eu tinha apertado o mesmo andar para o qual ela estava indo. Estávamos bem adiantadas para a reunião. Eu estava tentando ser a primeira a chegar, mas, quando a Monica estava envolvida, era difícil ser a primeira em qualquer coisa. Dei um aceno de cabeça e, para minha surpresa, ela sorriu com certa intimidade.

— Tudo bem com você?

Será que estava me confundindo com alguém? Não, era comigo mesmo.

— Tudo. Eu me lembro de uma palestra que você deu — falei.

— Eu sei, eu me lembro de você.

— Muito simpático da sua parte.

— Não, eu lembro mesmo, Rebeca. Torci por você. Mas, sei lá, nem sempre dá certo. Ou dá certo de outros jeitos. Você sabe... Que bom que está nesse time de análise.

Fiquei feliz. Vale dizer que, se parece que eu me valorizo muito pouco quando me descrevo, é porque eu me valorizo muito pouco, mesmo. Mas não é para confiar nas minhas palavras! Quando você só se comparava com poucas dezenas de pessoas especializadíssimas e — por que não? — especiais, a balança do julgamento ficava meio descompensada.

— Vão nessa missão você, o Simon e o...

— Boris Botvinnik.

— Ele eu não conheço. É gente boa também?

— Excelente. Eles estão aproveitando que eu sou baixinha e leve pra pôr um cara fortão junto.

— Pra bater nos ETs, caso eles apareçam?

— Isso mesmo — respondeu ela, rindo, e fez gestos e mímicas sem graça.

Astronautas costumavam ser meio sem graça, mesmo.

A sala de reunião era capaz de receber umas trinta pessoas, mas aquele encontro era para poucos. Os assentos vazios mostravam que o assunto era tão secreto que quanto menos gente presente, melhor. Depois de eu chegar com Monica, vieram a diretora Ferris, o general Salsbury e Simon. Logo depois, mais quatro analistas, que seriam meus colegas. Por último, Boris, o russo que também iria lá para cima. Eu medi os ombros dele por quanto da porta ocuparam quando Boris entrou na sala de briefing. Os astronautas costumavam ser menores, pois quanto menos massa para mandar ao espaço, menos combustível era necessário, e quanto menos combustível, menos dinheiro queimado. Ele era a exceção.

Todos nos sentamos bem perto do telão. Sem maiores explicações, Ferris ligou o vídeo. O rosto de Florentin Lagrave dominou a tela. Trinta e oito anos. Francês, filho de mãe senegalesa. Cabeça raspada. Bochechas mais redondas do que um astronauta estadunidense jamais teria. Era bonito, mas tinha rugas de preocupação ao redor dos olhos, mais do que o normal para a idade. Talvez apenas o traço de alguém muito dedicado e sério. Não era fácil chegar onde ele chegara.

Ele descrevia, em inglês de boca fechada, o progresso da missão. Aparentemente, tedioso e cheio de problemas vagos. Relatórios mais detalhados viriam no futuro. Em determinado momento, ele se mexeu um pouco na cadeira e vimos suas mãos apoiadas na mesa. Um leve tremor, dando uma sensação de nervosismo, pôde ser visto. Olhando melhor, a postura dele estava correta demais? Artificial? Com que casualidade alguém se reportava aos seus chefes? Para alguns, era um ato corriqueiro, para outros, podia ser um momento estressante, especialmente se as notícias não eram tão boas. E, se sua missão custasse bilhões de dólares, a tensão subia proporcionalmente?

Ao final do vídeo, Boris, Monica e Simon se entreolharam, perplexos. Não tinham visto nada demais. Nem eu, para ser sincera, mas era aquele tipo de mistério que me intrigava. Ferris começou:

— O que temos para mostrar não é muito.

— Na verdade, são muitas horas, mas só disso — completou o general.

— Disso o quê? — perguntou Boris.

— Dessa sensação estranha — definiu Ferris. — Já faz duas semanas que os relatórios vindos da TEEI são extremamente vagos. As pesquisas parecem não estar dando certo, o que é normal. A maioria não dá mesmo. Mas detectamos com desconfiança uma certa frieza dos tripulantes. A quantidade de mensagens pessoais enviadas por eles caiu. Nesse tempo todo, não recebemos nenhum dado concreto.

— E o principal — disse o general, e pelo menos era o principal para ele. — Eles estão ligeiramente fora da órbita.

— Quanto fora da órbita?

— 0,04 graus. Eles foram avisados e responderam que os medidores da estação apontavam que estavam no curso, mas que iam checar e fazer qualquer correção.

— É normal esse tipo de desvio? — perguntou Boris.

— Não é comum, mas não é tão incomum também. Já aconteceu. Enfim, pode ser um indício de alguma coisa — respondeu a diretora.

— Do quê? Que vantagem eles teriam ficando fora da órbita estabelecida? — perguntou Monica. Ninguém imaginou nenhuma, então ela continuou: — Chega uma hora que a paranoia toma conta e qualquer coincidência vira uma grande peça do quebra-cabeça.

— Com esse nível de investimento, todo cuidado é necessário. Grandes desvios sempre começam com pequenos desvios, e notar os pequenos desvios antes de a merda explodir é o nosso trabalho. Alguém discorda? — questionou a diretora. Ninguém ousou. — Eu sei que parece pouco. Pode ser que não seja nada, tomara que não seja nada... Antes da decolagem, Simon e a equipe dele vão fazer análises mais detalhadas em cima desses vídeos. Esse é só um, mas temos dezenas. Vocês têm sete dias para imaginar hipóteses, criar questionários. E, de qualquer forma, a instalação da nova lente do telescópio é fundamental. Se esse aspecto investigativo for só um delírio nosso... — disse ela, encarando Monica, antecipando sua reação — melhor para todos nós.

Monica conhecia pelo menos metade da tripulação da TEEI, não tinha por que duvidar nem um pouco deles. Era gente que tinha treinado junto com ela ou gente que fora treinada por ela. E, no caso de Anatoly Petrosian, o russo veterano da missão, era gente que ela considerava um de seus grandes mentores.

O único tripulante da TEEI que eu conhecia de fato era ele, que surpevisionara e comandara nove jovens talentos promissores nos processos de seleção e simulação de missão espacial em Mauna Loa, um vulcão no Havaí. Liderara muitas simulações cansativas de reparo realizadas em piscinas gigantescas no meio de galpões mais gigantescos ainda. Me dei bem com ele, aprendi muito, e tinha carinho pelo seu sorriso bobo, que abria uma covinha ridícula na bochecha esquerda. Porém, ao contrário de Monica, não podia dizer que já fora seu braço direito numa missão de verdade, com riscos de verdade.

Simon estava com a perna balançando, hiperativo, pronto para começar a investigação.

E, por fim, prestei atenção em Boris, que parecia curioso. Ou era eu que estava curiosa com o que ele estava pensando e projetava meus sentimentos no olhar vago do brutamontes? Gente alta e grande costuma ter olhos menores, ou melhor, olhos de tamanho padrão que parecem pequenos no rosto grande da pessoa. Não era o caso de Boris, que tinha globos oculares bem grandes, mas, ainda assim, enigmáticos.

Quanto ao que eu achava dos vídeos: existia muita pesquisa e muito estudo compilado sobre mal-estar psicológico em locais contidos. Naves, navios, estações climáticas na Antártida etc. Mais de 60% das pessoas relatavam que seu humor era bastante afetado. Os outros 40% mentiam. A produção de corticoides aumentava significativamente em metade das pessoas. Irritabilidade subia para todos, chegando ao ápice no quarto mês de confinamento. Distúrbios de sono, envelhecimento por produção de radicais livres e leve inflamação no fígado apareciam em mais de 70%, depois de cinco meses. O nosso corpo foi feito mesmo para olhar para um horizonte distante, na savana, para poder sair correndo e se afastar do seu companheiro insuportável, pelo menos por umas horas, ver novidades na paisagem, escutar outros sons. Esse mal-estar, desconforto ou frieza dos tripulantes da TEEI poderia ser a coisa mais comum de todas, mas algo me dizia que não era, porque, vendo o rosto do francês, eu senti um calafrio subindo pelo nervo ciático, desde lá embaixo, desde a ponta do dedinho. Tinham aumentado o ar-condicionado da sala?

6.

Sobre as quatro pessoas que formaram comigo a equipe de análise liderada por Simon, melhor não entrar em detalhes. Eram como maquininhas norte-americanas, extremamente solícitas e capacitadas para suas funções, extremamente sem graça como seres humanos. Não falaram nenhuma palavra sobre si mesmas em nenhum momento, não sei se por vontade própria ou por ordem expressa. Dois tinham físico e postura de militares. Os outros definitivamente não. Lá pelo começo do terceiro dia, achei que tinha clima para brincar que agora nós sabíamos demais e teríamos que ser mortos após a operação. Descobri pelos rostos deles que não tinha.

Mas também não havia muito tempo livre para conversar. Era bem mais difícil analisar alguém só por vídeo, ainda mais alguém com quem eu nunca tinha convivido. Aquele tipo de análise era uma novidade e resolvi aproveitá-la para usar a habilidade de programação dos meus companheiros e o acesso ao gigantesco banco de dados da carreira inteira de Florentin para analisar sua fala, escolha de palavras e sintaxe. Nenhum gesto ou expressão significava nada por si só, mas, dentro de um contexto, podia revelar muita coisa. Lidar com pessoas era sempre mais imprevisível do que lidar com dados, então o trabalho era descobrir o jeito mais fiel de transformar um no outro.

Nós comíamos às pressas enquanto assistíamos incessantemente às centenas de horas de vídeo das comunicações entre a TEEI e a base, criando os mapas de palavras, enquanto os programas de inteligência artificial faziam a festa.

A análise deu alguns indícios. Palavras mais simples, construções de frases mais diretas; uma alteração significativa entre as comunicações passadas e as comunicações atuais indicavam um esforço consciente do enunciador de não parecer enrolado, de não tropeçar nas próprias palavras.

Sonoramente, as mensagens recentes não demonstravam alteração de frequência da voz, nem de timbre. Nenhum indicador evidente de estresse emocional ou medo.

Eu sabia que mentir era uma tarefa cansativa para o cérebro. Exigia esforço, e isso sempre acabava vazando... Tudo nesse universo deixava rastro. E tudo tinha explicação. Bastava saber onde procurar e saber ver. Mas o escaneamento da inteligência artificial não havia apontado nenhuma diferença significativa de microexpressões ao redor dos olhos e da boca do francês. Era fato que a qualidade do vídeo não era perfeita e a programação do software deixava a desejar, na minha humilde opinião, e o próprio conceito de microexpressão era bem questionável, mas na intuição, se eu me esforçasse, dava para ver uma estranheza nos olhos dele. Uma mudança de olhar entre os vídeos mais antigos e os mais atuais.

Depois dos primeiros dias, Simon parecia não ter muita esperança de chegar a nenhuma conclusão. Ele mal nos liderava mais. Não tinha paciência de ficar muito tempo na nossa salinha escura, iluminada pelas telas. Frequentemente recebia ligações e saía, ou ficava trocando mensagens com alguém no celular. Ele já tinha cruzado com Florentin em vários programas e pesquisas europeus. Com admiração no olhar, me contou que Florentin, em 2026, estivera em dois times indicados ao Nobel, um de matemática e um de química. O nome do francês não aparecia porque só se indicavam os nomes dos três cientistas principais (e, geralmente, os mais velhos), mas Florentin fazia parte da equipe e, segundo as informações que Simon tinha, ele era bastante influente. E detalhe: era Nobel de química e de matemática, sendo que ele se considerava mais físico do que qualquer outra coisa.

Cheguei a sugerir um treino, uma simulação de uma conversa com Florentin. Simon respondeu que não era necessário.

— Já estou acostumado a lidar com militares que exigem um baita esforço para arrancar qualquer coisinha.

— É, mas com um físico-matemático-químico pode ser mais difícil ainda — respondi.

A verdade era que Simon estava mais empolgado para trabalhar com Florentin do que para investigá-lo. No fundo, ele achava que a preocupação da diretora era à toa, o que me fazia questionar se ele era a pessoa certa para a missão.

Só que, mesmo sem a empolgação do meu líder, eu estava obcecada pelos vídeos. Pelo mistério. A primeira vez que eu realmente cansei meu cérebro ao tentar resolver um enigma foi quando tinha oito anos. No prédio onde morávamos, um senhor, desembargador aposentado, morava no apartamento de cima, e o que me intrigava era sua vestimenta: sempre de manga comprida. Mesmo no auge do verão, mesmo usando shorts, o dr. Laerte sempre usava uma camisa de manga comprida. Perguntei para meus pais, mas eles não sabiam a resposta. Perguntei para minha irmã, mas ela nem sabia do que eu estava falando. Tinha gente que nem percebia se o companheiro de vida era destro ou canhoto. Eu ficava com raiva de não conseguir resolver o mistério enquanto ela não estava nem aí, sem se incomodar com as dúvidas e as questões em aberto do universo. Cruzei com o senhor no elevador e não tive coragem de perguntar para ele de onde vinha a paixão por aquelas camisas, mas senti alguma coisa nele… E se, em vez de paixão pelas mangas compridas, fosse vergonha de algo? Mas do quê? Com a hipótese em mente, ansiei pelo momento de confirmá-la e recrutei, ao preço de dois Sonhos de Valsa, minha irmã para fazer o trabalho sujo. Pegamos o elevador várias vezes, em vão, esperando que ele descesse para passear com o cachorrinho pela manhã. Finalmente surgiu o dr. Laerte. Ele nos cumprimentou e eu olhei para minha irmãzinha, dando o comando. Só que, em vez de perguntar, ela foi mais intuitiva e prática e, com a audácia infantil, puxou para cima a manga do senhor, revelando… tatuagens. Elementar, minha cara irmãzinha. O sofisticado desembargador só usava mangas longas para esconder suas tatuagens feitas por impulso quando jovem. Agora, suportava o calor para preservar a imagem. Coisa dos anos 1990. O velho não falou nada, ficou sério e logo abaixou a manga. Encerrar o caso foi muito satisfatório, mas a angústia da investigação também me caiu muito bem. Incerteza e ambiguidade geravam ansiedade e agitação, mas, se num ambiente controlado, geravam prazer como num caça-níquel, uma cachoeira de dopamina. Virou meu trabalho.

Alguma coisa eu tinha que descobrir naqueles vídeos do Florentin. Não existia ação sem efeito colateral, sem nada que escapasse, sem evidência. Bastava saber procurar. Mas eu encarava os olhos do Florentin e ainda não me vinha nada.

E, quando eu fechava os olhos, o rosto dele vinha na minha mente. Sempre no mesmo ângulo, com a câmera um pouco acima dos olhos, ele olhando de baixo para cima, indefeso, mas talvez escondendo alguma coisa... Florentin olhava diretamente para o meio da lente, coisa que pouca gente fazia.

Perto da terceira noite, meus olhos estavam cansados de fixar a vista no rosto do francês. Vermelhos e mal conseguindo focar... Era a idade? Eu me lembrava de quando tinha onze anos e morria de medo de ter que usar óculos porque tinha lido em algum lugar que astronautas não podiam ter qualquer problema de visão. No oftalmologista, apavorada, fui falando as letrinhas até onde conseguia enxergar. Num momento, um pânico: eu estava falando apenas letras porque fora instruída para tal, mas e se aquele "g" minúsculo na verdade fosse um "8"? Era para falar números também? Por causa de um engano, seria o fim do meu sonho? Não foi...

Toda vez que tocava um trecho de um dos vídeos do Florentin no qual tinha uma batida no microfone, eu me assustava. Em determinado momento, senti alguém me observando pelas costas, os pelos da minha nuca se eriçaram, me virei abruptamente e era só Florentin, pausado, me encarando do outro lado da tela.

Não aguentei mais ficar na salinha de pesquisa. Já eram cerca de onze da noite. Subi na cobertura do hotel onde ficava uma piscina aquecida. O hotel me cedeu um maiô. Mergulhei e tentei manter os olhos abertos apesar do cloro (o hotel não me cedeu óculos de natação) porque, se eu os fechasse, algum detalhe do rosto de Florentin apareceria. A ideia ali era nadar até não ter que pensar.

Diria para meus superiores que era uma questão de deixar o inconsciente trabalhar e abrir espaço para aquele lado do cérebro tirar as próprias conclusões. Na verdade, era só para cansar o corpo e descansar a mente mesmo, para variar.

Depois de nove voltas na piscina de vinte e cinco metros, escutei atrás de mim um estrondo abafado — outro hóspede mergulhara. Na volta, vi rapidamente o corpo dele passando. Boris. Competitivo, fez questão de nadar bem mais rápido que eu. E eu, competitiva, demorei algumas voltas até perceber que havia aumentado o meu ritmo desnecessariamente. Não queria perder o fôlego logo e ter que parar de nadar, sendo obrigada a voltar a pensar no trabalho.

Depois de meia hora, paramos nós dois na raia e ele me perguntou como estava a pesquisa. Perguntei para ele o que estava fazendo naqueles dias.

— Me preparando para a viagem. Exercício, alimentação, estudo. Hoje fui com a Monica para uma piscina na base, treinar a montagem da lente do telescópio.

— Está tranquilo, né? Vocês já montaram o da SEEI, vão conseguir fazer esse com um pé nas costas.

— Não é bem assim. Dessa vez, a estação está em outra altitude. O nível de precisão tem que ser ainda maior, porque o material é menos rígido, e o tamanho é 1,3 vezes maior.

— Hum, entendi… E mesmo depois do treinamento a tarde inteira, te deu vontade de nadar agora à noite? Ficar mais tempo na água?

— Água é bom. Não me incomoda.

— E de lazer, o que você tem feito? — perguntei.

— Lido. Tô com um livro de uma autora brasileira, inclusive.

— Quem?

— Não lembro o nome.

— Clarice Lispector?

Ele fez uma expressão, tentando lembrar... Não parecia ser esse.

— Lygia Fagundes Telles? Rachel de Queiroz?

— Melhor não responder pra não errar.

— Me mostra o livro, então.

Em oito minutos já estávamos transando no quarto dele.

No final das contas, o livro era de uma autora argentina, mas não tenho reclamações a fazer.

7.

Enquanto me vestia, ele perguntou se eu não queria ficar e dormir com ele.

— Dormir? Eu tenho que voltar pra análise. Dormir é pra daqui a umas três ou quatro horas.

— Você acha que faz sentido toda essa preocupação com a tripulação lá em cima? — perguntou.

— Você acha que eu vim aqui para falar de trabalho? Nem coloquei o sutiã ainda e você já tá nessa...

Ele riu, pediu desculpas, mas continuou:

— Mas durante... Você não estava pensando em outra coisa? Enquanto nós...

— Não. Nossa, crítica pesada... Minha mente estava só aqui, nesse quarto, e ponto — falei, como se eu fosse capaz de focar só o presente e não viver sempre com mil pensamentos pipocando na cabeça.

No olhar dele estava claro que não acreditou, mas também não ia me questionar mais.

— Mas por quê? O que que *você* acha dessa parte da missão do Simon?

Ele deu de ombros. Obviamente, não via muita importância nela.

— É que você é psicóloga. Vocês gostam de complicar as coisas ao mesmo tempo que acham que entendem de coisa complicada. Mas tem coisas na cabeça de cada um que é impossível descobrir. A consciência é igual a um buraco negro. Você pode até saber as coisas que entraram ali, mas o que está acontecendo lá dentro… por definição, não dá para saber.

— Isso é para quem leu muito romance russo.

— É que na engenharia as coisas são bem precisas. A física funciona. Na matemática, você chega no resultado. Você vê nos elétrons, tudo certo. Nas células, dá para analisar tranquilo. Mas a mente… Um ser humano não dá para analisar da mesma maneira. É só você ver todos esses experimentos científicos de psicologia. É muito difícil tirar todos os vieses, é muito difícil replicar o resultado.

Ok, Boris não confiava muito na minha linha de trabalho. Eu até poderia me sentir ofendida, se parte de mim não estivesse concordando com ele. Enquanto eu não respondia, ele continuou:

— Minha filosofia é mais simples. O mundo tem dois tipos de pessoa: eu e todas as outras. Eu, dá pra entender. As outras, não dá, já desisti, é melhor evitar a fadiga — disse ele, e eu, rindo, respondi:

— E se eu te disser que entendo todas as outras, mas não eu mesma?

Consegui arrancar algum risinho dele.

— Você parece que se conhece bem, sim.

— Ah é? E me corrigindo: eu entendo *quase* todas as outras, porque ainda falta o Florentin.

— Ah, mas isso é só questão de tempo, então.

— Conhece o princípio de Benchley? Tem dois tipos de pessoa no mundo: as que dividem o mundo em dois tipos de pessoa e as que não. Tem mais gente do primeiro tipo, como você pode atestar.

— E você?

— Olha, já que você falou que psicóloga gosta de coisa complicada, poderia dizer que tem dezenas de tipos, mas acho que eu sou ainda mais radical e vou te dizer que tem um tipo só, basicamente. As pessoas previsíveis.

— Previsíveis e chatas? — perguntou.

— Desculpa acabar com a ilusão, mas é.

— Até eu?

— Tadinho… Até você, Boris.

Estava calçando os sapatos quando ele voltou a me perguntar:

— Mas o que você acha que pode ser? Eles ficaram loucos? Estão brigando? Eu acho que é só tédio, mesmo.

— Podem ser mil coisas. ETs — falei, brincando.

— Tomara que seja! Tornaria a missão um pouco mais…

— Uma aventura?

Ele gostou. Vai saber com que idade ele colocou na cabeça que queria ser astronauta, na Rússia após a queda do muro. Vai saber com quantas aventuras ele sonhou. E com que cara enfrentou o tédio de horas e horas sem fazer nada, girando um parafuso, preenchendo formulários burocráticos sem nem ter que se desviar de um lasersinho de um alien verde cabeçudo, sem ter que se sacrificar heroicamente para salvar a Terra de um meteoro. Estava faltando lasers na vida daquela pessoa.

— Já minha relação com ETs é complicada — falei.

— Por quê?

— Cresci no Brasil nos anos 1990. Tinha um boato de um ET numa cidadezinha no interior, o ET de Varginha. Eu morria de medo. Aí, num programa jornalístico, domingo à noite, eles passam a merda de um vídeo preto e branco da autópsia de um ET! E só no final de semana seguinte eles avisam que era falso! Meu cérebro de criancinha não tinha como lidar com isso, não. — Boris riu, e eu continuei: — Toda noite eu achava que estava sendo sequestrada por alienígenas, que eles estavam levando a cama embora comigo e eu não estava vendo por causa do escuro. Aí eu botava a mão na parede para sentir se estava no meu quarto mesmo ou se tinha sido levada. Para de me olhar com essa cara, estou falando sério!

— Cuidado com a Área 51, hein. Não é tão longe daqui.

— Eu fiquei desesperada mesmo.

— Você dormia sozinha no seu quarto?

— Na verdade, não. Eu dividia o espaço com a minha irmã. Mas ela era mais nova e não entendia o perigo, sabe? Sem falar que, do jeito que ela era, receberia os ETs de braços abertos.

Ao falar dela e disso, me veio um flash de uma situação que não passava pela minha cabeça há muito, muito tempo. Em uma daquelas noites, com medo dos ETs, eu lembro que fui dormir embaixo da cama, para me esconder deles, para não ser levada junto com a cama. Peguei no sono e, quando acordei, senti uma coisa estranha agarrada em mim... já imaginei o alien horripilante, mas era minha irmãzinha, quentinha, me dando um abraço enquanto roncava suavemente.

Antes que eu me perdesse na nostalgia e nas saudades, perguntei:

— E você? Não acha que a probabilidade de vida fora da Terra é alta?

— É e não é. Depende de como você computa os números na equação de Drake. Na verdade, depende do que a gente quer acreditar. Tem coisa que a gente só acredita porque quer, ou porque não quer. Você que é psicóloga deve saber disso.

— E o Oumuamua? — perguntei, me referindo ao objeto que foi observado, em 2017, viajando com excentricidade orbital altíssima, o que significava que ele já tinha entrado no sistema solar em velocidade recorde.

Outro interessantíssimo fato: sua forma era comprida, suas dimensões eram de 40 x 400 metros, muito mais esticada do que os outros meteoros ou cometas que estávamos acostumados a ver por aí, que tinham seu formato próximo ao de uma esfera. A partir daí, foram naturais as especulações de que o objeto fosse uma nave, tripulada ou não. Ou talvez um pedaço de uma nave maior que, numa explosão, teria se despedaçado e estava voando à deriva pelas galáxias…

— Era um iceberg de hidrogênio — falou Boris, cortando o barato, repetindo a opinião mais comum (mas não necessariamente certa) entre os astrônomos contemporâneos.

Me levantei, mas acho que Boris não queria que eu fosse ainda, porque perguntou:

— Qual é o seu paradoxo de Fermi favorito?

— Eu gosto do que diz que nosso ritmo de vida é muito diferente dos nossos companheiros de universo. Que eles estão mandando uma mensagem para a gente, só que muito mais lenta, do tipo, precisaríamos de milênios só para receber um

"Oi". Ou o contrário, que eles são tão acelerados, que, num microssegundo, já coube a mensagem inteira deles e a gente não consegue identificar, parece só ruído.

— Tá bom. Se for para seguir nos mais exagerados, eu gosto das hipóteses de zoológico. Eles estão observando a gente, mas mantendo distância...

— Você se sente observado, é? É só o serviço de inteligência russo, mesmo — brinquei com ele.

— O russo, o estadunidense, o israelense... — completou Boris.

— Tenho que ir. Astronauta sério não fica falando sobre ET.

— Rebeca, vem cá.

Me aproximei e ele ficou me olhando por um tempo. Já tinha me vestido, mas parte de mim se sentia nua perto dele. Como se Boris conseguisse ver o turbilhão de coisas passando pela minha cabeça e nem se importasse.

— O sexo foi péssimo — falou Boris, sério. — Por isso, precisamos tentar de novo amanhã, você não acha?

— Vai se foder — falei, sorrindo, e fui embora.

Voltei para a sala de análises pronta pra tirar da cabeça o russo e voltar a me concentrar no francês.

Passei a manhã seguinte um pouco sonolenta.

Ia pedir o almoço para comer no quarto, mas a TV estava ligada num canal de notícias. Erro de principiante. As imagens eram de Honduras, onde uma passeata antitortura estava sendo massacrada com fortíssima repressão policial. Bomba de fumaça, cassetete, bala de borracha e bala comum também.

Imagens grotescas e sangrentas. O ser humano é capaz de uma crueldade que às vezes não parece natural. Na verdade, os outros animais costumam ser bem cruéis também, em se tratando de infanticídio, estupro etc., mas a questão é que nós não fazemos isso só por instinto — fazemos com um requinte cultural. Criamos um tabu e, assim que ele é criado, surge também a transgressão. E isso move muito da nossa cultura: a possibilidade do horror. Os cachorros não estão por dentro do que é o horror. Eles podem até sentir medo e pavor, mas, para alguns tipos de horror, é preciso ter cultura.

Nós, da comunidade espacial, vivíamos numa realidade paralela, isolada numa bolha fora do caos do mundo cheio de violência e problemas insolúveis. E a questão era só de quando essa bolha ia ser furada. E de quem estaria com a agulha na mão.

Desliguei a TV, mas o clima do quarto já estava contaminado. Resolvi ir comer no restaurante do hotel, para pelo menos estar cercada de burburinho. Já no meio da refeição, me surpreendi quando a diretora Ferris se sentou à minha mesa. Encarando o cardápio, ela me perguntou:

— O que você acha que eu devo pedir?

Àquela altura, tanto eu quanto ela já tínhamos provado todos os pratos.

— A massa. Talharim ao molho pesto.

— Por quê?

— O peixe, eu excluí, porque você está vendo ele aqui no meu prato e, se te parecesse apetitoso, você não estaria em dúvida. E nunca vi você comendo carne vermelha... Mas já te ouvi reclamando de uma mancha de molho na blusa.

Satisfeita, Ferris seguiu minha sugestão. Ela estava gostando de mim. Mais tarde, no almoço, entrou num discurso empolgado sobre as capacidades do lado esquerdo do cérebro (o que era uma divisão nem tão precisa quanto costumava-se veicular):

— Sempre tem alguém que não se contenta em só olhar para a lua e para as estrelas... Alguém que percebe que elas se movem a cada noite, e não de qualquer forma, mas num padrão definido. E que esse padrão é cíclico. E por quê? Quais são os detalhes? O que esses detalhes revelam? O que dá para aprender com isso? Essa é a visão, é a capacidade infinita... A maioria vê um problema que não sabe resolver e quer fugir dele. Só quem fica apaixonado pelo problema consegue resolver. E é aí que a gente consegue pisar na Lua, sabe? A história da humanidade é também uma história de processamento metódico e análise aguda do universo. Por isso que temos fogo num isqueiro, transplante de coração e um supercomputador no bolso de cada um.

Ela estava ensinando o padre a rezar a missa; eu concordava integralmente. E ela devia saber isso. Talvez estivesse treinando esse discurso, e eu fiquei imaginando quem seria seu oponente. Quem discordaria? Talvez a diretora estivesse frustrada com as opiniões do general, que andava minimizando os indícios de que algo estava errado, ou propondo uma solução mais bruta, como trocar toda a tripulação sem mais explicações.

— Sim. Só não vê quem não sabe ver — falei, pronunciando a frase como se fosse meu lema de vida. A frase agradou Ferris e me deu confiança para garantir a ela: — As análises estão difíceis, mas nós seguimos firmes. Se estiver acontecendo alguma coisa com o Florentin, eu não vou deixar passar despercebido dessa vez.

O "dessa vez" eu não pronunciei. Foi só para mim mesma.

— Sim, eu tenho certeza. E confio muito no Simon indo lá para cima — respondeu a diretora.

O assunto voltou comodamente para a comida e em seguida para as sobremesas.

De noite, no meu quarto, eu estava escovando os dentes com as luzes apagadas. Sou caxias da economia de energia desde os apagões de 1999. Além de que fazer coisas banais no escuro era um desafio cotidiano, parte do treinamento, assim como treinar fazer tudo com a mão esquerda.

De novo, o canto escuro do banheiro. Alguém ali? Diziam que a ansiedade e a inteligência andavam juntas. Tomara, porque, se eu tivesse só a ansiedade e nada para compensar, o universo não seria justo. Aliás, o universo não era justo de qualquer forma.

Estava pensando em como seria um saco assistir a outro lançamento, outro foguete decolando e eu aplaudindo da Terra. Isso se ainda me mantivessem em Houston. Provavelmente, já teriam me despachado de volta para algum hotel na Europa Oriental. O que eu queria era estar ali, dentro de um daqueles foguetes. Só que dava medo de querer, porque já quis muito e já tinha me decepcionado. Muito.

Nossa esquipe de investigação não estava achando nada de concreto e Simon nem parecia se importar. Estava avoado. Um dia, vi em suas anotações uma lista de nomes: Gisela, Susanne, Monica. Só Monica eu conhecia, das outras eu não fazia ideia… Só tínhamos mais três dias, mas nenhum caminho para seguir.

Resolvi bater no quarto de Boris, não queria dormir sozinha. E foi assim na noite seguinte também. Até voltamos a nadar juntos. Sincronizados. Uma sensação gostosa de estar isolado, mas também em sincronia, seguindo um ritmo. Acertamos o ritmo na cama também.

Na primeira vez, eu estava com muitas coisas na cabeça. Mas depois houve um encontro, um querer e um entendimento sem fala, automáticos. E aí a vontade de mais. Boris conseguia me trazer um pouco mais para o presente. Melhor do que nadar.

Na última noite que teríamos juntos, eu estava sentada jantando um sanduíche quando vi Boris me olhando de canto de olho e rabiscando uma folha de papel. Estava me desenhando com uma caneta Bic. Eu não queria ser desenhada, mas também não queria impedi-lo; queria ver como ficaria. Não podia negar que *Titanic* deixara alguma marca no meu imaginário romântico. Não falei nada, mas fiquei mudando de posição de propósito, até que Boris teve que me mandar ficar parada um pouco e confessar que estava fazendo meu retrato.

Finalmente, ele me mostrou o resultado. Era um desenho muito mais delicado do que eu imaginava que aquela mãozona era capaz de produzir. Era eu.

— Você me embelezou — reclamei.

— Onde?

— Em tudo. Nos olhos. No cabelo. Nem fez a mancha de maionese na minha gola. E olha esse pescocinho aqui, o meu não é assim.

— Pode jogar fora, se quiser.

Virei a página e tomei a caneta da mão dele. Para não ficar em dívida, iria desenhá-lo também. O único problema era que eu era péssima; minha irmã que era a artista plástica (e não deixava de ser péssima também). Fiz meu melhor, observando as linhas das sobrancelhas, do queixo, os músculos do pescoço. Ele estava se divertindo como modelo, estático. No final, meu desenho rendeu algumas boas gargalhadas e Boris dobrou o papel com cuidado e o guardou no bolso.

— Vai jogar fora?

— Temos que expor no nosso casamento — brincou ele.

Estávamos num modo ultrarromântico irônico desde que ele tinha perguntado mais da minha infância e da minha família e, para não ter que responder, eu disse que minha vida começou quando o conheci, ó, príncipe encantado.

Algum tempo depois, na cama, no meio do ato, vi os olhos de Boris fechados. Fechei os meus também. Minha mente estava aérea, quase desligando a parte consciente, quando uma ideia surgiu muito forte. Uma imagem, na verdade. Fulminante. Um detalhe da imagem de Florentin. Pulei da cama e comecei a me vestir.

— O que está acontecendo? Eu fiz alguma coisa? — perguntou ele.

— Não, eu preciso analisar uma coisa. Só isso. Desculpa, mas eu preciso fazer isso agora.

8.

Revi o vídeo. Confirmei minha suspeita. Fiquei a madrugada toda na nossa salinha de análise, ansiosa, esperando que Simon ou alguém acordasse e eu pudesse dividir minhas preciosas descobertas.

Ele entrou perto das seis da manhã. Olheiras, pele e lábios ressecados, costas curvadas. Não era só eu que tinha passado a noite em claro. Devia ter comido às pressas uma omelete com salsinha ou alguma outra verdura, porque num cantinho entre seu incisivo e o canino se via um pedacinho verde. Ele se sentou, agarrando o celular com força, a mão tensa.

— Eu tenho uma coisa para te mostrar — falei.

Na tela, o rosto de Florentin, estático, encarando nós dois. Porém, antes de eu começar a contar, o toque estridente do celular nos assustou. Ele pediu um minuto e saiu pela porta para a varanda, para atender com mais privacidade. Infelizmente para Simon, as persianas estavam abertas, e não pude deixar de observá-lo…

Simon não parava quieto, andando de um lado para outro, na maior parte do tempo de costas para mim. De vez em quando, era possível espiar seu semblante preocupado. Falou algumas frases bem baixo, quase sussurrando. De repente, ele quase deu um pulo. Se agachou, os ombros balançando, como que rindo ou, melhor, chorando. Ficou assim, de cócoras, chorando, por algum tempo. Quando girou o pescoço, vi que no meio das lágrimas havia um sorrisão (o pedaço de salsinha mal era visível de dentro da sala, caso você esteja se perguntando).

Deduzi que Simon tinha acabado de receber a melhor das notícias: descobrira que a esposa estava grávida. Cheguei a essa conclusão pelos comentários dele sobre ter uma família grande, pelo tempo que passava grudado no celular, pela lista de nomes de menina. Na Alemanha, já eram duas da tarde, e ela devia estar ligando para ele do médico. Eles estavam tentando ter um filho há anos, já haviam feito uma fertilização in vitro que não dera resultados. Fui descobrir depois que, naquela segunda tentativa, dois óvulos saudáveis estavam se desenvolvendo.

Simon ainda ficou uns dez minutos lá fora, falando com ela e se recuperando emocionalmente. Voltou para a sala sem saber que eu havia observado tudo. Olhou para mim, para aquela sala e toda aquela situação como se não fossem nem um pouco importantes. E não eram mesmo, para ele, naquele momento.

— Desculpa a demora. O que você ia me dizer? — perguntou.

— Eu posso falar mais tarde, se…

— Não, pode falar.

Encarei-o bem, com cuidado. Simon queria desistir de tudo. Só faltava um empurrãozinho…

Resolvi empurrar.

— Não é nada importante. A diretora me pediu para checar se você já tinha preenchido o formulário IB4. Sabe? É um pouco tétrico… Burocrático e tétrico. É sobre a possibilidade de algum acidente fatal na decolagem ou no retorno. Coisas de contato de emergência, como avisar sua esposa, herança, descendentes, dados de seguro de vida, estilo de funeral, honrarias militares, essas coisas. É chato, mas você sabe... acidentes acontecem.

Falei "acidentes acontecem" do jeito como Simon tinha comentado o acidente de carro do pai. Me orgulho de ter me lembrado desse detalhe. Não necessariamente me orgulho de tê-lo usado...

— Não, ainda não preenchi nada assim — respondeu, enquanto, possivelmente, flashes passavam diante de seus olhos, com imagens dele morrendo antes de ver os filhos nascerem.

Dos gêmeos crescendo sem pai, como ele... Me senti mal por estar fazendo o que estava fazendo. A culpa, às vezes, chegava bem afiada, cortando o estômago. Mas, fazendo algum esforço, deu para me convencer de que eu só estava tentando fazer Simon entender melhor o que ele mesmo já estava sentindo. E também pelo bem da missão, já que ele duvidava da importância da empreitada.

— Sem pressa, ainda tem uns dias até o lançamento — falei.

Algumas horas depois, por volta das oito e meia, passei num corredor ao lado da sala de reunião e escutei alguns ruídos abafados. Colando o ouvido na pesada porta de madeira, deu para distinguir os berros do general Salsbury, irado com Simon, que tentava gritar de volta nos poucos momentos que o general permitia.

Logo após o almoço, à uma da tarde, eu aguardava na mesma sala de espera que me recebera uma semana atrás. Muita coisa tinha mudado, o nervosismo era maior, mas tomei menos água daquela vez.

Entrei na sala com meu computador, um copo de café para mim e outro, quentinho, destinado especialmente para o general. A diretora já tinha alguma simpatia por mim, mas o general carecia disso, já que eu não era militar. Como da vez que nos conhecemos, ele deu um gole e a lente dos seus óculos embaçou. Considerei um sucesso minha tentativa de elevar em 1% a estima que ele tinha por mim. Não só as pessoas eram viciadas em cafeína, mas sentir o calor na mão também gerava sentimentos calorosos para com a pessoa à sua frente. É bem idiota, mas nós somos seres idiotas. E todo trabalho era sempre duplo: o trabalho em si e a política do trabalho. Com a parte da política concluída, fui ao que interessava: falei que tinha encontrado algo interessante nos vídeos de Florentin, mas não estava achando Simon naquela manhã para passar para ele as descobertas. Nenhum dos dois ofereceu qualquer informação a mais, só balançaram a cabeça. Comecei perguntando para a diretora:

— Os vídeos das comunicações ficam disponíveis para os próprios tripulantes da TEEI também, certo?

Ela fez que sim.

— O que eu descobri foi que, no primeiro vídeo de Florentin no qual aparece esse "estranhamento", palavra usada por você mesma, observei pequenos espasmos no esternocleidomastóideo, um dos músculos que usamos para mexer a mandíbula, e que é usado na fala. Dá para vocês verem, se prestarem bem atenção. Aqui… e aqui. Esses espasmos aconteceram no silêncio, em conjunção com uma contração labial, nítida nos músculos orbiculares. Isso ocorreu dezessete vezes no vídeo de cinco minutos, com intensidade crescente, como um tique. O músculo do pescoço contrai cada vez mais forte, preparando a garganta para falar, e o músculo da boca se fecha cada vez mais agressivamente. Na minha interpretação, um desejo constante de falar mais, de contar algo, sendo conscientemente interrompido. Dá para ver, apesar de estarmos falando só de alguns pixels para cá, alguns pixels para lá, o rastro de uma briga interna, um conflito entre contar alguma coisa ou manter o silêncio. O cérebro é um circuito extremamente complexo e é bem possível que partes diferentes estivessem comandando ações contraditórias.

— E você encontrou essas contrações só nesse vídeo? — perguntou o general.

— Exato, só nesse. E é aí que as coisas ficam interessantes, na minha opinião. Esse é o único vídeo que o Florentin gravou com o pescoço tão à mostra.

Fui rodando pelos outros vídeos com Florentin usando a gola do macacão cobrindo quase todo o pescoço. Várias vezes ele colocava as mãos junto à boca, tapando a visão da câmera. Continuei:

— Por isso fiz a pergunta. Para mim, há uma grande possibilidade do Florentin ter analisado o próprio vídeo, assim como eu fiz. Ele detectou esse mesmo "sinal" e evitou que se repetisse em todos os vídeos subsequentes.

Tanto o general quanto a diretora pareceram interessados.

— Lógico que só é uma hipótese. Pode muito bem não ser nada. Um refluxo que estava incomodando sua garganta, uma coincidência de vestuário nas ligações seguintes. Mas corrobora os sentimentos de vocês e justifica investigações adicionais, porque essas tensões podem significar que ele está escondendo alguma coisa. Especialmente com o passado que ele tem com a linguagem, com o falar ou não falar...

Estava me referindo à questão mais interessante da ficha de Florentin, coisa da qual os dois à minha frente certamente sabiam com detalhes. Entre os dezessete e os dezenove anos, Florentin não falou uma palavra sequer. Na época, ele havia acabado de entrar na Saclay, uma universidade parisiense de altíssimo nível em exatas, especialmente em física. Os professores inclusive acharam que ele fosse de fato mudo, mas Josefine, uma colega do colegial técnico, registrou um comentário com o corpo médico da universidade alertando que Florentin falava normalmente antes e que aquilo poderia ser sintoma de algum desconforto com o novo ambiente excessivamente competitivo, de algum trauma, de uma sensação de marginalização por preconceito dos colegas, ou início de depressão. Mutismo seletivo. Era relativamente comum esses períodos de silêncio prolongado serem resultado de luto, mas não era o caso de Florentin, cujos pais estavam vivíssimos e aparentavam ter boa convivência com o filho.

Depois de cerca de dois anos, num dia aparentemente aleatório, Florentin voltou a falar. Todos se surpreenderam e ele apenas relatou em consulta registrada na universidade que "não tinha nada de novo para dizer". Não havia registro de nenhum exame na garganta. Eu imaginava que os psicólogos que tinham analisado Florentin para mandá-lo ao espaço deviam ter se demorado bastante nesse assunto, mas, de alguma forma, a personalidade atual dele dera segurança aos avaliadores.

Eu me perguntei se talvez tivesse sido uma promessa. Embora ele não parecesse do tipo supersticioso, era possível que tivesse prometido a si mesmo dois anos sem falar, caso conseguisse a bolsa da universidade que ele tanto queria. Outra ideia que cruzou minha mente: uma forma de autopenitência? Ou essas hipóteses só se aplicavam a mim, eram as coisas que *me* fariam ficar quieta?

Os relatos eram de que, quando Florentin voltou a falar, foi com uma dicção perfeita. Nós, da equipe de análise, já tínhamos pesquisado se ficar tanto tempo sem falar gerava alguma atrofia das cordas vocais ou dos músculos da mandíbula ligados à fala. Ainda mais do francês, com tantos fonemas fechados. A resposta era sim, mas Florentin retomara a fala perfeitamente, o que me fazia pensar se havia alguém com quem ele tinha continuado a conversar. A questão era com quem, porque ele pouco deixava o campus e morava com um companheiro de quarto que relatava silêncio absoluto. Não namorou ninguém, não se aproximou muito de nenhum professor naqueles primeiros anos. Falava sozinho?

De qualquer forma, a partir do vídeo, expus minha especulação para o general e a diretora, que pareceram bem satisfeitos com minhas pequenas descobertas.

— Você está com que idade? — perguntou Salsbury.

— Quarenta e dois — respondi.

A média de idade dos astronautas era trinta e quatro (Gagarin fora o primeiro humano no espaço com míseros vinte e sete!), mas quarenta e dois era uma idade ainda muito comum para uma pessoa ir ao espaço. E eu era a única da equipe de análise que tinha o treinamento para ser uma astronauta.

— Muito obrigada pelas informações, Rebeca — falou a diretora.

Acenei com a cabeça e sorri. Diziam que eu tinha um sorriso meigo, o que era a máscara perfeita, porque se soubessem o que eu pensava...

Não era todo dia que as peças do quebra-cabeça se juntavam assim perfeitamente na primeira tentativa. Para os que me achavam muito insegura, ali estava um momento de confiança pura. Eu estava no meu auge!

No dia seguinte, Simon desistiu oficialmente e eu acordei com um funcionário me chamando para fazer os exames físicos que iam me credenciar a ser uma astronauta de verdade. Primeiro, eu mal estava acordada, mal distinguia o sono da realidade, mas aí caiu a ficha... Senti meu nariz formigando, meus seios paranasais, que ficam embaixo das bochechas, fazendo uma pressão muito forte. Era um choro vindo, mas não era nem medo nem alegria. Era alívio? Não sabia.

Fato era que nós dois estávamos vencendo: Simon voltaria são e salvo para seus futuros bebês. Eu me tornaria a 713ª pessoa a ir para o espaço!

É uma pena que nem sempre realizar seu sonho é a melhor coisa que pode te acontecer. Pena que, depois do auge, é só ladeira abaixo.

9.

Os exames me mostraram que, nos últimos oito anos, meu corpo caíra de uma saúde impecável, nota dez, para uma nota sete. Achei que estava bom, fazia sentido e estava tudo certo.

Na esteira, corri esbaforida, enquanto eles aumentavam a velocidade como se quisessem que eu fosse parar num necrotério com a causa mortis "coração pulou para fora do peito". Dentro de uma cápsula, numa centrífuga, aguentei até 7G. Fui elogiada. Eu estava com a taxa de ferro no sangue um pouco inferior à recomendada, mas nada que me tirasse da missão. Nada que me impedisse de ir lá para cima e descobrir o que estava acontecendo na TEEI.

Só faltava a avaliação psicológica. Numa ironia completa, eu teria que responder às mesmas perguntas que fizera a Simon uma semana antes. Como se eu não soubesse exatamente o que responder, caso quisesse esconder alguma coisa. Mas não que eu quisesse esconder muita coisa, não. Não queria ser acusada disso.

A psicóloga se sentou e puxou um iPad, e temi que fosse ler pergunta por pergunta burocraticamente, mas ela tinha muito mais jogo de cintura. Talvez não soubesse o que estava acontecendo, porque, diferentemente de todas as pessoas se preparando para aquela missão, não parecia nem um pouco preocupada.

Ela tinha as fichas de todas as minhas tentativas prévias de entrar numa missão espacial e traçara um desenvolvimento bem claro e natural dos meus vinte e três até meus trinta e três anos, quando cheguei mais perto de ser selecionada. A questão principal era continuar desenvolvendo a linha daqueles últimos nove anos.

Falei do prazer que era o esforço de entender o outro, do enigma que era tentar compreender alguém só por meio da comunicação, verbal ou não verbal, processo mais complexo e instigante do que meter um estetoscópio no peito e um oxímetro no dedo para sacar o que estava acontecendo. Ela devia ter se identificado.

Contei brevemente questões da minha vida amorosa e familiar. Ela não tinha os detalhes. Não havia por que mentir, mas também, por que me alongar em alguns detalhes desagradáveis? Resumi 2024 numa frase bem curta e já emendei na seguinte, e a fala seguiu, assim como a vida. A frase que eu usei para resumir o pior ano da minha vida foi:

— Minha irmã teve alguns problemas, que deram uma desestabilizada na nossa vida, mas, nos anos seguintes, comecei a trabalhar mais na Europa…

E, num passe de mágica, 2024 já tinha chegado e ido embora. Já estava muito mais confortável falando do divórcio, meu terceiro hobby favorito.

Falando tudo isso em inglês, ainda… Falar numa segunda língua era colocar em ação uma outra personalidade. Em inglês, eu era muito mais pragmática. Alguns minutos depois, a narrativa da minha vida já tinha chegado no presente.

— ... e aí fui chamada pra cá.

— E como você se sente com relação a essa missão?

— Já estou bem envolvida.

— Qual é a sua familiaridade com surtos psicóticos? — continuou.

Respondi o que eu sabia, os livros que já tinha lido...

— E pessoalmente?

— Pessoalmente, não atendi muitos casos...

Mentia ou não mentia? Ou melhor, parava na verdade por ali ou seguia contando? O olhar da doutora era de muita simpatia, muita abertura. Será que ela percebia minha hesitação em falar alguma coisa? Será que seria um sinal para investigar mais coisas naquele âmbito? E por isso era melhor falar logo? Ou já passara a hora de falar e o melhor era não falar nunca mais? Isso tudo passou na minha cabeça em menos de um segundo, provavelmente.

— Pessoalmente, também tenho experiência. Minha irmã.

Ela balançou a cabeça, encarando o tablet: buscando alguma próxima pergunta ou decidindo se investiria mais tempo aprofundando o assunto. Por fim, pulou direto para a última questão:

— E, nesses anos, houve algum motivo para você ter desenvolvido claustrofobia, algum mal-estar assim? A um ambiente fechado, ou com muitas pessoas por perto?

A pergunta que eu mais temia.

— Não! Adoro pessoas, quanto mais perto, melhor — respondi.

10.

Minha mãe estava me pedindo para não ir. Ela estava viva, o que era ótimo, mas estava me infernizando. Eu fazendo as malas e ela desfazendo, zanzando ao meu redor. Ela era jovem, idade perto da minha, na verdade. Eu, atrasada, irritada com ela. Empurrei minha mãe para o lado e, como às vezes acontecia em sonhos, ela voou como se fosse feita de papel, ou como se a gravidade estivesse pela metade. No susto dela batendo na parede, acordei do pesadelo.

E aí me assustei mesmo: havia alguém me agarrando, me movendo. Esperneei o mais forte que pude e gritei, tudo antes de abrir os olhos e entender a situação. Boris estava me carregando da poltrona, onde eu caíra no sono, para a cama. Não era um alienígena me sequestrando, como no meu medo infantil, era só um gesto de cuidado. Não estava acostumada.

Voltei a dormir na cama e, dessa vez, sem pesadelos.

Quando a luz invadiu o quarto, no dia seguinte, acordei antes de Boris e observei a respiração pesada dele. De leve, mexi no seu cabelo curto, fazendo cafuné. Estava tudo muito quieto e, por alguns segundos perfeitos, vivi sem preocupações. Por que mesmo a vida não podia ser toda assim? O bom de estar com alguém era que, quando estávamos escovando os dentes juntos e eu olhava para o canto totalmente escuro do banheiro, eu não tinha por que imaginar nada ali.

Aquele era o dia em que sairíamos dos Estados Unidos. O lançamento da nossa missão seria no Brasil, no Centro Espacial de Alcântara, no Maranhão, bem próximo à linha do Equador.

Boris acordou. Perguntei se ele teria dado em cima de mim se soubesse que eu acabaria indo para o espaço junto com ele. Ele deu de ombros. Sexo entre astronautas não era recomendado, mas também não era nenhuma novidade.

Quando saí do quarto dele, a Monica, que dormia no quarto ao lado, estava saindo do dela e me olhou como se soubesse o que estava acontecendo e não aprovasse, mas também não ia se dignar a comentar em voz alta.

— É hoje! — disse Monica. — Está empolgada?

— Muito. Você já foi ao Brasil? — perguntei.

— Várias vezes. Como turista. Fui muito para um lugar chamado "Chapada".

— Dos Veadeiros? Dos Guimarães?

— Alguma dessas.

E ficou parada no corredor, em dúvida se falava alguma coisa ou não. Esperei pacientemente. Já tinha passado o tempo de não falar nada mais, agora ela teria que falar.

— Rebeca, tem coisas sobre você que você não comentou na avaliação psicológica, mas que nós já sabemos. Sobre a sua família.

Não valia fingir que eu não sabia do que se tratava.

— O general me informou — continuou.

— Só a você ou...

— Ao Boris também. Isso é um problema?

— De forma alguma.

— Eu quero dizer, isso vai ser um problema? — perguntou Monica, de um jeito que eu me senti quase ameaçada.

Quem diria que aquela palestrante carismática e inocente conseguiria passar essa mensagem tão intensamente.

— De forma alguma.

Ela me deu as costas e voltou para o quarto sem falar mais nada.

— Tchau! — falei, e saí um pouco perturbada.

Queria deixar as coisas guardadas em suas respectivas caixinhas, sem ficar mexendo no passado e misturando tudo com aquela oportunidade do presente. Queria olhar para o futuro.

No avião fretado para o Maranhão, estávamos nós, os três astronautas, dezenas de engenheiros e profissionais que iam acompanhar o lançamento, e funcionários de alto e baixo escalão, incluindo a diretora Ferris.

Só depois da euforia da seleção e de saber que eu iria para o espaço se formou com mais clareza a ideia de que a tripulação da TEEI poderia estar escondendo alguma coisa e que eu teria que lidar com isso. Ao vivo e a cores. Pela primeira vez, também senti um certo medo. Eu poderia estar indo para uma das missões mais perigosas já feitas. Poderia estar indo para meu caixão espacial. Estranho como tinha demorado para pensar nisso.

Ferris tinha algumas informações complementares daqueles dias: os astronautas da TEEI tinham sido avisados da nossa missão de manutenção e a estranhado. De fato, a próxima missão do tipo só estava programada para dali a três meses. A diretora tinha sentido certo desconforto na recepção da notícia e restava saber quão bem recebidos nós seríamos.

Para combinar com o clima, enfrentamos uma leve turbulência voando sobre o golfo do México. Vi o medo na cara de uma mulher que voltou correndo do banheiro para seu assento e afivelou o cinto de segurança muito forte, provavelmente a ponto de machucar. Eu já estava tão acostumada que decolando, pousando ou em turbulência, não sentia mais nada, quase como uma lombada na estrada. Aliás, era mais seguro que uma lombada na estrada. Ao meu lado, Boris também notou a mulher e meu olhar atento nela, então começou a sussurrar como se fosse uma voz dentro da minha cabeça:

— Pelo jeito que ela está agarrada na cadeira... Pela combinação das roupas... Olha a postura, olha como a meia esquerda dela está do avesso... Ela ainda não superou a tragédia da morte do marido. Ele era piloto de helicóptero. Uma vidente previu que os dois morreriam num acidente aéreo. Ela só está esperando acontecer o dela.

Ele estava satirizando meu modo de pensar, na verdade, e abriu um sorriso provocador. Naquele momento, a mulher deu uma ajeitada no cabelo com a mão esquerda, a aliança bem visível.

— O marido morreu e ela ainda usa a aliança?

— É lógico, Rebeca! Ela prometeu usar pra sempre!

Era bom que ele estivesse se divertindo às minhas custas, mas não às custas dela.

Joguei um sorriso para a engenheira, tentando tranquilizá-la. Não teve tanto efeito, mas aí fiz um gesto com o ombro, zombando dos chacoalhões ao nosso redor. Consegui arrancar um pequeno sorriso dela.

Depois que a turbulência acabou, ela encontrou meu olhar à distância e falou sem emitir som: "Obrigada." Na minha fantasia, ela sabia quem eu era e tinha procurado no Google o jeito mais carinhoso de me agradecer. Depois descobri que ela era peruana e sabia falar "obrigado" em português. Apesar de tão simples, aquela foi uma das interações mais satisfatórias dos meus últimos anos. Mais tarde ela até pegou minha mão para dar um leve aperto simpático, mas eu, num reflexo, puxei a mão. Realmente precisava sair dos hotéis e viver com mais gente.

Enquanto voávamos, o módulo principal que nos levaria e se acoplaria à TEEI também estava indo para o Maranhão, mas de barco, saindo de Nova Orleans e passando bem perto de Cuba, fazendo uma pequena pausa lá para reabastecer. Isso não teria sido possível décadas atrás. Para o bem e para o mal do mundo. Aquele módulo já havia sido usado numa operação anterior, em 2028, e depois fora reformado e rigorosamente inspecionado. O combustível de propulsão que nos impulsionaria havia sido fabricado em caráter de urgência numa pequena cidade perto das Montanhas Rochosas. Já posto dentro do foguete de propulsão, ele seria enviado de trem até a Flórida, onde outro foguete de propulsão (o reserva de um lançamento passado) esperava pacientemente em Cabo Canaveral. Os dois juntos seriam enviados de navio para chegar ao Nordeste brasileiro em poucos dias.

Pensando nisso, me lembrei de um velho *slideshow* que rodava pela internet quando eu era jovem. Se chamava "O que tem a ver a bunda do cavalo com viagem espacial?" e oferecia como primeiro slide uma bela imagem da traseira de um cavalo, recortada e colocada na parte de baixo de um foguete, o *Apollo 14*, reconhecível para mim pelas duas faixas pretas na lateral. A sequência de slides mostrava que a empresa que fabricava os foguetes de propulsão ficava em Utah e, para chegar à Flórida, de onde saía uma vasta quantidade de foguetes, era necessário passar pelos túneis das Montanhas Rochosas, o que acabava limitando o tamanho do foguete de propulsão. Mas de onde vinha a medida do túnel das Rochosas? Vinha de medidas inglesas de construção de túneis para trens. E de onde vinha essa? Bom, a distância padrão entre os trilhos fora definida a partir das antigas estradas romanas construídas na Grã-Bretanha há mais de mil e oitocentos anos. E os romanos construíram suas estradas para caber exatamente uma carruagem de dois cavalos, lado a lado, a largura de duas bundas. Era assim que a distância de duas bundas de cavalo definia quanto custava uma operação espacial!

Vale dizer que tinha praticamente um erro factual em cada slide, então não era uma história para se levar muito a sério, mas era fato que bilhões de pequenos fatores históricos definiam as coisas grandes que aconteciam com a nossa espécie. E agora, graças a toda aquela soma de pequenos eventos, era eu que me posicionava para ser alçada para fora da órbita terrestre.

No Brasil, não vi ninguém conhecido. Meus contatos familiares importantes já não existiam e os menos importantes não me interessavam. O bom de não depender de ninguém era que ninguém se sentia no direito de depender de você também.

Troquei mensagens com meu ex-marido, avisando o que estava acontecendo. O nome dele era Wanderley, um nome complicado para se dar um apelido carinhoso, porque eu não gostava nem de Wan nem de Derley, nem de Ley, e muito menos de Wand. Tínhamos nos conhecido numa festa à fantasia, o que já não era muito a minha praia. Eu estava fantasiada com três cartolinas pretas coladas com fita crepe: era o Monolito de *2001: Uma odisseia no espaço*. Ele estava fantasiado de Darth Vader, e tivemos uma agradabilíssima conversa por uns vinte minutos antes de ele tirar o capacete. Achei que seu rosto seria horrível, mas definitivamente não era. Gostei da surpresa.

Nosso segundo encontro foi perfeito: de cara, fomos ensopados por um ônibus que passou com tudo numa poça; chegamos atrasados ao teatro e não conseguimos ingresso; comemos um cachorro-quente suspeito (eu comi inteiro, ele teve a inteligência de parar na metade); fomos assaltados e terminamos a noite cancelando cartões de crédito juntos. O universo estava tentando avisar, mas fiz questão de não ver, porque já estava apaixonada.

A gente trocava SMS numa época em que se cobrava por cada mensagem e se digitava no teclado numérico. Para escrever “Wanderley” eu demorava minutos. Ele era neurótico e cheio de energia e, enquanto eu queria explorar o universo, ele queria explorar o mar. Era biólogo. Eu estava sempre nas minhas viagens de treinamento e ele, viajando atrás dos polvos nos corais no Ceará, ou atrás das baleias, na Bahia.

Quando nos encontrávamos, era muito intenso, porque tinha prazo. Ciclos de saudade e euforia. E aí, quando paramos para morar juntos e convivemos de verdade por anos, descobrimos que a gente só se irritava. O desejo é assim; você não deseja o que tem na mão, não é? Pelo menos para um tipo de gente, os eternamente insatisfeitos.

Para fazer uma analogia no mundo da astronomia, nossa relação foi mais ou menos assim: eu topava que ele me orbitasse e eu o orbitasse com certa distância, mas, quando ele tentou chegar muito perto, correndo risco de colisão, acabei o empurrando com uma velocidade de escape altíssima e ele saiu da órbita para sempre, rumo ao espaço longínquo. E ainda levou o gato.

Dos trinta astronautas dos programas Gemini e Apollo, vinte e três acabaram se divorciando. Pelo menos essa parte de virar astronauta eu tinha feito direitinho.

Dei uma coletiva de imprensa de vinte minutos. No início, a sensação foi bizarríssima, com todas aquelas câmeras e luzes apontadas para mim. Não parecia de verdade. A sensação era de que eu estava numa pegadinha, que tudo aquilo era uma enorme piada, que no momento de ascender ao espaço sideral as paredes do foguete desmontariam e eu estaria no meio de um auditório, estupefata, com a plateia rindo e fazendo coro com os espectadores em casa.

Na coletiva, abri a boca para dar a primeira resposta e engasguei, gaguejei, me enrolei toda. Não parecia que eu tinha nascido para aquilo. Já tinha assistido a coletivas de astronautas que eu havia avaliado, mas percebi que não tinha sido capaz de imaginar o que eles estavam sentindo. O ego assustado e inflado ao mesmo tempo. *Talvez eu mereça mesmo essa chance! A humanidade está precisando de alguém exatamente como eu lá em cima!* Até a pergunta do jornalista sugerir que minha escolha fora por pura política. Era uma sacanagem exigir que alguém que já estava insegura com sete rejeições nas costas tivesse que se defender, elencando suas habilidades e argumentando a favor da sua conquista. Mas, apesar de não conseguir lembrar exatamente o que falei, foi isso que eu fiz.

O governo atual tentou clamar para si o desenvolvimento tecnológico que me possibilitaria ser a primeira mulher brasileira e a segunda cidadã brasileira no espaço. Cairia bem no jornal, contrastando com os professores protestando nas ruas, o desemprego subindo, um país em polvorosa com um Legislativo que sabia citar versículos com confiança, mas não entendia nem o bê-á-bá do método científico.

Antes da decolagem, sugeriram que dormíssemos um pouco para descansar. Tínhamos cerca de quatro horas para isso. Deitei, fechei os olhos. Num estado entre sonho e realidade, voltei a pensar no meu pé quebrado, no calor da mata. Nos gritos que eu dava e ninguém escutava. Não havia celular na época. Quem me achou, horas depois, foi um professor acompanhado da Viviane, minha então melhor amiga. Ela que foi intuindo para onde eu teria ido. Não deixei migalhas nem o fio de Ariadne, mas ela soube percorrer meu caminho mesmo assim.

Também fiquei pensando se ela sabia que eu estava indo para fora do planeta. Pelo meu sobrenome, ela devia saber que era eu. Como eu poderia mandar uma mensagem para ela e contar o que estava acontecendo comigo sem parecer que estava me gabando, ou esfregando na cara? A última coisa que ouvi sobre ela foi que fazia queijos, aparentemente deliciosos, numa fazenda autossustentável no interior de São Paulo.

Assim como milhões e milhões de pessoas nos últimos cinco anos, Vivi havia apagado completamente sua presença on-line. Eu nunca teria imaginado que ela teria aquele destino tão pacato e realizado. Ela costumava ser um motor, cheia de ambição e ímpeto. Iniciava projetos com uma sede maior do que a de todo mundo. Se alguém pensava em fazer uma atividade para a classe, ela já pensava em divulgar para a escola inteira. Se alguém pensava numa festa para a escola, ela já estava bolando um plano para atrair estudantes de todos os colégios da região. Péssima em matemática, mas integrante do grêmio, ela era a aluna mais cotada para dominar o mundo como a deputada federal mais empenhada ou a advogada mais cruel e implacável de uma multinacional. Será que na fazenda ela era feliz, vendo as estrelas de verdade num céu iluminado, comendo queijo de primeira qualidade?

Do jeito que meu pé estava quebrado, eu até pensei em me levantar e me arrastar, mas em segundos ficou claro que eu ia ficar parada ali para sempre, a menos que alguém chegasse. Eu vi a silhueta dela, seu cabelo enrolado, e a figura comprida do professor de geografia surgirem no horizonte contra o céu alaranjado, comigo já imaginando como seria ficar lá na mata de noite. A visão dos dois veio com um alívio enorme.

Durante os cinco minutos entre eles me verem e chegarem correndo, eu juro que minha dor desapareceu. Fui carregada pelo professor, que não tinha musculatura para tal e realmente fez um esforço hercúleo. Enquanto caminhava, Vivi fazia piadas comigo, amenizava o clima, zombava dos bracinhos tremendo do Cadu, o professor. Ela também zombava do meu pé, que ficaria ao contrário e eu só conseguiria fazer gol contra. Ela sabia exatamente o que me faria rir e falava tranquilamente, escondendo qualquer desconforto, por mim. Uma sensaçãozinha de calor no coração só de lembrar.

Ultimamente, não andava fazendo muitos amigos, pulando de país em país, preparando uma missão atrás da outra.

Desde que pousara no Brasil, fiquei de olho no meu celular, com alguma esperança de que haveria uma mensagem de um número desconhecido. E havia. DDD 19, interior de São Paulo.

Enquanto meu polegar abria a mensagem, o meu coração deu um pulinho a mais.

Era uma promoção da empresa de telefonia.

11.

Vesti a roupa com a maior cerimônia. Achei que fosse sentir mais coisa. O clichê era a noiva demorar para vestir a roupa no dia do casamento. Quando eu botei o meu vestido de noiva, um vestido amarelo qualquer, só para ir até o cartório, fiquei com a sensação de que estava perdendo alguma coisa, uma experiência que só era reservada às românticas que acreditavam mesmo, e eu nunca ia acreditar, e a tristeza foi de imaginar e sentir falta da alegria das iludidas. Só que iludida era eu, que achava que, por não ser romântica, ia sofrer menos no divórcio. Isso me pegou de jeito, porque doeu mais do que o normal, ainda mais nas circunstâncias daqueles anos.

Fui me vestindo, camada por camada. Primeiro, uma roupa de baixo apertada, tecido fino e macio; logo em cima, uma camisa prateada; em seguida, o macacão azul típico de missões internacionais. Nossa roupa não era superprotegida nem apta para estar fora da proteção do nosso módulo.

Será que o certo era eu estar chorando?, pensei. Monica e Boris já haviam feito isso outras vezes, talvez fosse corriqueiro para eles. Estavam com expressões neutras.

— Você ainda fica nervoso? Te dá um medinho?

— De lá de cima, eu tô com saudades. Da parte que uma explosão gigante acontece para me jogar lá em cima... não faço tanta questão.

A maior chance de mortalidade era na decolagem, não havia dúvida. Imagens com textura de VHS dos anos 1980 da *Challenger* explodindo vinham à mente, sem conseguir evitar.

Se a gente morresse no lançamento, toda a nossa comunidade astronáutica ia se emocionar, mas por quanto tempo? Por quantos segundos até a tragédia se transformar só num fato técnico a ser analisado e categorizado para evitar acidentes futuros?

Ainda por cima estávamos no Centro de Alcântara, palco da maior tragédia científica brasileira. Em 2003, um dos foguetes entrou em ignição prematura, três dias antes do lançamento de um satélite. Acidente ou sabotagem? A resposta era a precariedade. O objetivo era colocar um satélite meteorológico em órbita, o foguete era o VLS 3, e o detalhe importante era que tanto o VLS 1 quanto o VLS 2 já tinham falhado na decolagem. A explosão e o fogo mataram vinte e um técnicos, todos funcionários do Centro Técnico Espacial. Eu era adolescente na época e não conhecia ninguém, mas depois conheci a filha de um deles, numa olimpíada de matemática.

Só que já tinham se passado décadas desde o acontecido, não tinha por que achar que algum acidente se repetiria. Senti isso ainda mais quando Monica Lowe, com todo seu poder de liderança, olhou fundo no meu olho e falou:

— Boa missão para todos nós. Você vai adorar.

— Eu tô com cara de tão nervosa assim, pra você ter que falar isso?

Monica abriu um sorriso, e era o sorriso da Mulher Maravilha. O que podia dar errado com ela do meu lado?

Para a pessoa que, lendo esse relato, reclamar dos meus medos, respondo que coragem é o poder dos burros. O que combinava com viagem espacial era atenção ao detalhe, cuidado com a segurança e frio na barriga.

Na base de Alcântara não existia nenhuma tradição supersticiosa como existia na Rússia, na base de lançamento de Baikonur, na qual todos os astronautas plantavam uma árvore antes de partir. Tradição, aliás, inaugurada por ninguém menos que Yuri Gagarin.

Passando pelo corredor, vi no rosto da equipe brasileira o maior orgulho. Todos passavam olhando para a bandeira costurada no braço esquerdo da minha roupa. Mal sabiam eles que minha missão era até mais interessante do que parecia.

Logo antes de entrar no módulo, era importante a passagem no banheiro, batizado de "último banheiro da Terra". Ele ficava lá no alto da ponte, ao redor do foguete, e, depois dele, só na fralda ou na estação.

Enquanto Monica estava no banheiro, Boris se aproximou, me puxou pela cintura e disse:

— Quando a gente voltar para a Terra, você já tem um compromisso. Vai comigo no casamento do meu irmão. Vai ser no Lago Baikal, é lindo.

— Não quero — respondi, seca.

Boris até esperou por um momento, como se eu estivesse brincando e fosse revelar logo em seguida, mas não.

— A gente está numa missão junto, não vamos pensar em bobeira. E conhecer a sua família? A gente mal se conhece — argumentei.

Talvez ele só estivesse querendo pensar em coisas felizes, ter um horizonte alegre para depois da nossa missão, mas, para mim, sugeriu uma proximidade para a qual não estava pronta. Reação automática e desesperada.

Não sabia se tinha sido maldosa, mas estava com fome e existia um estudo que apontava que juízes com fome, logo antes do almoço ou do jantar, costumavam aplicar penas muito mais altas. A média de liberdade condicional, por exemplo, ia de 60% em outros momentos do dia para praticamente zero logo antes do almoço. A se considerar…

Monica saiu do banheiro, era minha vez. De rosto fechado, me afastei e deu para ver no olhar de Boris a decepção, que eu também sentia, porque parte de mim estava com o coração partido também.

— Depois de voltarmos eu refaço o convite — falou Boris, antes que eu fechasse a porta.

Senti alegria e irritação. Será que ele não tinha entendido o meu chega pra lá? Ou pior, tinha entendido e ainda estava interessado?

Será que a gente estava levando a sério nosso modo ultrarromântico?

Uma vez dentro do módulo, fizemos a checagem dos equipamentos e das caixas que estávamos levando para a TEEI, incluindo as peças e ferramentas para o conserto da lente do telescópio.

Enfim me sentei na minha cadeira, cada uma delas era ergonomicamente desenhada para as costas de cada astronauta. Monica no centro, na cadeira de capitã. Mais me deitei, na verdade, porque ficávamos com o tronco paralelo ao chão. Três penduricalhos de pelúcia balançavam sobre nós: um dado rosa-choque, um rosto de cachorro, uma estrela sorridente. Será que foram colocados carinhosamente ali porque eram da filhinha de algum dos engenheiros? Ou foram colocados ali friamente por um departamento de marketing que no futuro via oportunidade de vender aqueles penduricalhos a R$ 1,99 e financiar um bilionésimo da próxima expedição?

Fato era que eu estava ali de verdade, não era uma simulação. Não era um vídeo que eu estava vendo de fora.

Ainda faltava muito tempo para a decolagem e isso me deu raiva. A minha ansiedade queria que partíssemos logo.

— Você acredita em Deus? Agora é uma boa hora pra começar — falou Boris.

— Ah, é? Para rezar para a gente não morrer? Ou porque lá em cima é tão bonito que a gente acaba acreditando numa coisa maior? — perguntei de volta.

— Para não morrer.

— Acredito em cada cientista que preparou esse lançamento.

— Vocês conhecem gente que viveu experiências sobrenaturais? — perguntou Monica.

— Conheço gente que *diz* que viveu — disse o russo, cético.

— Tem uma parte de mim que fica empolgada com essas histórias. Fascinada. Eu estou falando de um friozinho na barriga, sabe? — disse Monica. — Quanto mais eu acredito estritamente na ciência, mais forte é o friozinho na barriga.

— É o seu inconsciente animado que tem um lugar no mundo. Sua mente racional não dá conta de tudo e é a empolgação dele que você sente — falei.

— Guarda as análises pra eles lá em cima, tá? — respondeu, bem-humorada.

— Ainda dá tempo para uma sessão curta — falou Boris, e primeiro entendi que ele estava fazendo uma piada, falando de uma sessão de terapia, mas na verdade ele estava se referindo a uma sessão de meditação.

O programa espacial internacional tinha incorporado meditações com base em evidências científicas de desempenho desde 2022. Eu não gostava. Ou melhor, não gostava desde 2024. Meditar, para quem não tinha imagens horríveis vindo na cabeça, era fácil.

Estava nublado demais, estavam esperando o céu clarear para fazer o lançamento. Se o lançamento fosse adiado por razões climáticas, eu ficaria muito puta...

Parecia que estávamos ali há horas. Ali na cabine, nós três, eles sabendo mais sobre mim do que eu gostaria que soubessem. Torcia para não tocarem em nenhum assunto particular, mas bastava não querer para o universo te dar. Após a meditação, Monica se virou para mim e disse:

— Me fala três animais.

— Quê?

— É só um jogo pra passar o tempo. Aprendi com um soldado israelense.

Por que fazer o jogo comigo e não com o Boris? Porque ela estava tentando me conhecer melhor, saber como me liderar, talvez. Após eu ter sido selecionada e ela ter certeza de que eu estaria na equipe, Monica vinha me bombardeando com descrições bem claras e objetivas sobre ela mesma. Filha única, exigente, se irritava com barulhos altos e gritaria, apaixonada pela coleção de minérios que tinha. Isso mesmo, pedras, um porão lotado delas. Eu, em compensação, não devia estar falando muito de mim e restara a ela o joguinho do soldado israelense.

— Vai logo, Rebeca. Tem que ser os primeiros três que vêm na sua cabeça.

— Rinoceronte, beija-flor, besouro.

— Tá, agora me fala uma qualidade de cada um deles.

— Rinoceronte... tranquilão. Sereno.

— Uuuuh.

— Tem rinoceronte no Brasil? — perguntou Boris.

— Não. Quer dizer, em zoológico. Sei lá.

— Continua, beija-flor... — disse Monica.

— Beija-flor é perfeito. E besouro... encouraçado.

— Interessante. Esse jogo nunca falha.

— O que é?

— O primeiro animal, rinoceronte, é o jeito que você se vê. Tranquila. Serena.

— Humm, não sei — falei.

Mas era verdade, me achava mais tranquila que a maioria. Quando foi fundamental, já consegui manter a calma, ou pelo menos manter uma paralisia silenciosa por mais de uma hora e meia, coisa que pouca gente conseguiria.

— O segundo animal é como os outros te veem. Beija-flor, perfeita.

— Tá, mas isso vale para todos nós aqui. Muita gente idealiza os astronautas.

— E com razão — disse Boris.

— E por último, o terceiro animal, é como você realmente é.

— Encouraçada? Bom, tô com toda essa roupa.

— E não deixa ninguém entrar aí dentro, né? — cutucou Monica.

— Aí já é opinião, não sei se é assim.

Meu Deus, quem era o soldado israelense gênio?!

Ficou um silêncio na cabine.

— Vocês não vão falar os seus animais? — perguntei a Boris.

— Não, agora que já sei como funciona o jogo, não funciona.

— Exato — confirmou Monica, e, ainda me olhando, perguntou: — Quais são suas três frutas favoritas?

— Eu? Eu já sou dos animais, pergunta pro Boris.

— Rápido, três frutas, as três primeiras que vêm na cabeça!

— Caqui. Lichia… Sei lá. Melão — respondi.

— Melão?! — reagiu Boris.

— Eu gosto de melão! — Me defendi.

— Perfeito, agora pega a terceira, o melão mesmo, e me diz as três qualidades.

— Hmm… Doce. Suculento. Refrescante.

Ela caiu na risada.

— Quê que é essa?

— Na teoria desse jogo, que, vou repetir, nunca erra, esses são os adjetivos do que você considera o sexo perfeito: doce, suculento e refrescante.

— Voltamos para a quinta série agora, não é possível.

— Confirma, Boris? — perguntou Monica.

E eu preocupada se a comunicação estava aberta para todo o time de engenheiros na base de lançamento.

— Confirmo… que estamos na quinta série agora.

Depois disso, o tempo passou voando. O céu abriu e a decolagem já estava próxima. Hora de checar se a tripulação da

TEEI estava bem, se o investimento de bilhões de dólares estava em boas mãos, se todos os avanços científicos iam acontecer como planejado. Tamborilei os dedos: indicador polegar indicador polegar médio anelar mindinho anelar médio polegar indicador indicador. Meu ritual compulsivo. Estava me preparando para a maior prova da minha vida, sem dúvida. Mas me provando para quem? Para uma versão mais jovem de mim mesma, talvez. Lembrei-me da minha irmã e me perguntei o que ela ia achar de eu ter conseguido, de eu ter chegado ali... Pensei que ela ficaria genuinamente feliz.

Contagem regressiva.

10 Ai, meu Deus,

9 a contagem já começou, que emo

8 ção que é escutar esses

7 números; no que eu devia

6 estar pensando? Que coisa mais

5 neurótica eu estar pensando

4 nisso em vez de curtir

3 o momento.

2 Já é o dois?

1 Um?!

Senti um tremor intenso. O barulho de dentro não deveria ser muito alto, mas era. Era uma erupção vulcânica acontecendo embaixo dos nossos pés. A corrente sanguínea era inundada por muita coisa. E ela fluía rápido, com o coração batendo tão forte.

Decolar.

O tranco foi menor do que eu esperava, com base em todos os nossos exercícios, mas o cérebro não botava fé totalmente, achava que sua existência estava prestes a chegar ao fim e clamava desesperadamente para sair daquele lugar e encontrar terra firme.

Meu olhar saiu dos penduricalhos balançando para procurar o olhar de alguém com quem dividir a experiência. Boris estava olhando o teto, mandíbula tensa. Monica cruzou o olhar comigo e, serena, deu uma piscadinha divertida. Minha capitã estava tirando de letra.

De onde eu estava, dava para ver por uma janela o céu azul ficando cada vez mais escuro. Já estávamos passando dos cem quilômetros de distância do solo.

E o tremor só aumentava.

Meu corpo continuou tenso, se perguntando que porra estava acontecendo. Fechei os olhos, não porque quis, mas porque meu corpo quis.

Dois ruídos gigantescos: o módulo se separando de seus foguetes propulsores. Estávamos a duzentos e sessenta quilômetros de distância do solo. Cerca de vinte e quatro milhões de reais em combustível e tecnologia sendo queimados. Mas, com o papel cumprido, uma bolota de metal com três seres humaninhos estava em órbita terrestre.

Depois daquele tempo com as pálpebras contraídas, pensando que eu poderia morrer ali mesmo, abri os olhos.

A visão da Terra daquela altura é indescritível. Não chorei, mas hoje em dia, quando lembro, dá vontade de chorar. A curvatura da Terra era impressionante, era a forma mais linda. Toma essa, terraplanistas, vocês não sabem o que estão perdendo. Eu sempre tinha achado as nuvens bonitas de se ver, mas vistas de cima eram mais bonitas ainda. E a intensidade do azul... Era engraçado que o azul fosse a cor "inventada" por último: na maioria das línguas, era a palavra referente à cor que aparecia muito depois do preto, branco, vermelho, verde, amarelo... Era a cor que não aparecia mencionada na *Ilíada*, por exemplo. Era a última das cores primárias que as crianças aprendiam, antes disso descrevendo o céu como branco. E, no entanto, eu estava vendo e era óbvio: era a cor mais importante para nosso mundo, o pálido ponto azul.

Ver o planeta assim era ter a certeza de que tudo que acontecera ali era insignificante, pequeno e estava longe.

12.

A TEEI tinha uma massa de um milhão de quilos, mil toneladas. Tinha 2.250 metros cúbicos de volume interno. Vivia a cerca de quatrocentos e cinquenta quilômetros de altura, uma órbita considerada baixa, voando a uma velocidade de 28 mil quilômetros por hora, similar à que nós estávamos, no nosso módulo. Nós fomos lançados de forma a pegar uma órbita semelhante e, depois de três horas, nas quais demos duas voltas completas na Terra, finalmente chegamos perto o suficiente da TEEI para preparar a acoplagem.

No passado, o tempo era ainda maior, chegando até a vinte horas em versões anteriores das Estações Espaciais Internacionais. As órbitas eram calculadas para se sobreporem e se alinharem numa manobra chamada Transferência de Hohmann. Os cálculos eram feitos antecipadamente, em grande detalhe (incluindo o misterioso desvio de órbita da estação), mas naquele momento eram incorporados todos os ruídos de altitude, velocidade e tempo, e uma nova rota praticamente perfeita era calculada. Pequenas pulsações do motor faziam os ajustes milimétricos. No passado, essas pulsações eram chamadas de "queimas de correção", mas, no caso do nosso módulo, assim como da TEEI, não era bem uma queima.

O motor de queima por reações químicas só era usado para nos colocar em órbita, ali em cima as locomoções eram feitas com um motor de íons líquidos que passavam por uma superfície porosa e que, ao entrarem num campo magnético, formavam um cone perfeito emitindo um íon por vez, como um canhão de íons com a largura de um único átomo, gerando o momento para nosso deslocamento. Era impressionante e difícil de imaginar.

O balé espacial era conduzido à distância, nós só tínhamos que agir em caso de emergência. Era como uma perseguição. Nós estávamos um pouco mais rápidos, nos aproximando cada vez mais da Terceira Estação Espacial Internacional, que, com o Sol ao fundo, aparecia silhuetada como uma aranha gigante.

Ultrapassamos a TEEI e, logo em seguida, o momento de maior emoção: o cavalo de pau. Nosso módulo foi rotacionado em 180º e o motor de íons ativado para reduzir a velocidade até nos encontrarmos.

A conexão foi suave e perfeita. Dezenas de pessoas deviam ter pulado e comemorado, punhos em riste, em algum pontinho lá embaixo.

Nós três tiramos os cintos de segurança e nos deslocamos dentro do módulo, que era do tamanho de uma sala pequena, três por cinco metros, e eu pude sentir a gravidade zero de verdade pela primeira vez.

Enquanto as válvulas e os compressores de ar faziam seu trabalho, eu já começava a me colocar no eixo, recobrando o foco. Atenção total para as interações com os tripulantes da TEEI, tanto para captar precisas primeiras impressões quanto para causar boas primeiras impressões neles.

Uma vez aberta a escotilha, nós passaríamos tranquilamente para a TEEI, como se flutuássemos de um hall de elevador para a sala de um apartamento.

Além dos ruídos de sucção e pressurização, um chiado distante começou. Mal sinal. Ninguém queria nenhum vazamento inesperado no espaço. Monica estava com uma expressão que me fez perceber que ela já estava sentindo algo de errado antes de mim.

Não tardou para o leve chiado ficar mais e mais perceptível, e só foi interrompido quando um alarme dolorido começou a castigar nossos tímpanos.

Nós três corremos (flutuamos) para pegar nosso equipamento de segurança, seguindo o procedimento. Bota direita, bota esquerda, perna direita, perna esquerda, levantar até o quadril, rebolada suave para facilitar a subida enquanto a mão direita ajudava o braço esquerdo a entrar — a parte mais difícil era o braço direito. Feito isso, era importante fechar o zíper, verificar os botões, deixar o capacete próximo, conectar na cabeça, selar, fazer o teste de pressão um, o teste de pressão dois, lembrar de respirar. Setenta e quatro segundos para mim, Monica e Boris terminaram alguns segundos antes.

Em menos de um minuto e meio estávamos selados e protegidos da ameaça do mundo exterior, com sua ausência de ar e de pressão. Os dois pularam para perto da conexão com a TEEI para investigar o que dera errado.

Os avisos da base chegavam num inglês furioso e Monica os respondia prontamente.

Eu me senti um pouco inútil, sem saber o que fazer com as mãos, sem querer me aproximar da escotilha para não trombar nos movimentos amplos e cheios de destreza que Boris e Monica faziam.

Me virei para as telas e os medidores: números baixando. O módulo estava perdendo oxigênio. À distância, a base já havia fechado os tanques de ar reservas, logo depois que acabamos de nos vestir.

E, no meio de tudo aquilo, em cima do painel, estava pendurada a estrela de pelúcia sorridente, como se nada estivesse acontecendo. Essa imagem ficou forte na minha memória. Nosso cérebro sempre retém muitos detalhes quando vivemos um pico de estresse; evolutivamente, é muito vantajoso memorizar os detalhes de quando quase morremos (e principalmente de como escapamos).

— Essa bosta aqui — falou Boris.

Ele já estava perto da porta de conexão, tentando entender o que havia acontecido. A TEEI estava fechada para nós, pura autopreservação, mas a conexão inicial já tinha sido feita. Estávamos agarrados à estação.

— Segura aqui!

Percebi que Boris estava olhando para mim. O alarme ainda era bem audível, mesmo com o capacete, e estava começando a irritar o corpo inteiro. Por que alguém achou que seria uma boa ideia toda aquela barulheira enquanto a gente devia estar se concentrando?

Peguei impulso até a porta/escotilha para ajudar Boris. Trombei numa das poltronas e caí batendo de cara no chão. O módulo estava sem gravidade, mas estava girando, empurrando-nos para o lado. Escutei o barulho do acrílico do capacete batendo no chão. Já imaginei uma trincada que puxaria todo meu ar, mas não trincou. Meu pulmão estava parado, tentando guardar todo o ar possível, temendo que fosse perdê-lo para sempre. Em seguida, imaginei meus dois companheiros me vendo naquela posição ridícula. Pelo menos essa imaginação durou pouco e o senso de urgência tomou conta. Fui até eles.

Boris mostrou que havia um rombo de cerca de cinco centímetros na borracha que fazia a conexão com a escotilha da TEEI. Como aquilo tinha acontecido? E ele estava segurando o rombo com as duas mãos.

— Segura aqui, Rebeca. Forte. Vou buscar algo para bloquear.

— Feito — falei, enquanto segurava.

Mal consegui falar a segunda sílaba, porque a força necessária era muito maior do que eu esperava. Muito ar tentando sair e só a força dos meus braços para segurar.

Nem Boris nem Monica estavam do meu lado agora. Estavam revirando o módulo atrás de algum equipamento apropriado.

Eu estava sentindo uma dor intensa em cada bíceps e pareceu uma eternidade até eles voltarem. E ainda por cima eu respirava tão rápido que vapor estava se condensando no visor do meu capacete, embaçando minha visão.

Os dois surgiram do nada com uma ferramenta gigantesca, quase como um grampeador gigante.

— Tira a mão! Tira a mão! — gritou, junto com alguns xingamentos em russo.

Tirei as mãos e Boris segurou o rombo que agora já estava com o dobro do tamanho. Monica posicionou o grampeador.

Catcheck!

A primeira tentativa não deu certo. O grampo não era grande o suficiente para fechar os dez centímetros do rombo.

Catcheck!

A segunda tentativa não deu certo. E eu sentindo que, de novo, só estava assistindo a uma tragédia acontecer.

Catcheck!

A terceira tentativa eu só escutei, porque já tinha virado as costas em busca de outra solução. Aquela ferramenta não fora feita para aquilo e não daria conta. Um fluxo constante de palavras em inglês estava inundando meus ouvidos, mas já tinha duas pessoas focadas na solução oficial; eu tinha que pensar em alternativas.

Tapar um buraco… Eu estava abrindo as caixas de ferramentas e os carregamentos de manutenção que tínhamos levado para a TEEI, buscando alguma coisa do tamanho do rombo. Encontrei um estojo de chaves de tamanho semelhante, dei um impulso na parede e voei de volta para a porta levando uma pistola de cola de cianoacrilato, uma das únicas colas que funcionavam em temperaturas baixíssimas.

Monica tinha acabado de desistir do grampo.

— Me ajuda — pedi.

Posicionei o estojo mais ou menos no rombo.

— Cuidado que eu vou colar sua mão no negócio.

Ela afastou a mão e tentou me ajudar. Logo as seis mãos estavam se invertendo, funcionando como um polvo gigante, tentando colar o estojo de ferramentas no buraco. Algumas mãos seguravam o estojo, outras, aplicavam a cola, e outras grampeavam trechos. Só que quanto menor ficava o buraco, mais pressão ele concentrava. Mais difícil ficava de fechar. Nós já estávamos perdendo muito do ar do nosso módulo e não sabíamos se conseguiríamos entrar na TEEI ou se teríamos que usar o ar disponível para dar um jeito de retornar à Terra.

O final estava impossível de grampear. Simplesmente exigia uma força que não tínhamos. Teríamos que esperar até perder todo o ar para conseguir fechar, e aí não teria por que nos fecharmos dentro de um ovo vazio.

Peguei uma chave pontuda, fui até o outro lado da escotilha e respirei fundo. Perfurei com força, abrindo um segundo furo. Esse, eu esperava, mais controlado.

Os outros dois me olharam, assombrados, mas logo perceberam que, com o ar fugindo pelos dois lados, a força da pressão se dividiu. Eles conseguiram fechar o rombo principal. Eu mantive o novo furo pequeno o suficiente para Monica chegar com o grampeador, e, em pouco tempo, os dois furos estavam fechados.

O alarme parou. O inglês nos nossos ouvidos parou. Tinha dado certo?

Fui eu que fiz isso? Fui eu que fiz isso! Fui eu que fiz isso, mesmo!

A adrenalina continuava percorrendo nossos corpos, ainda descrentes de que tinham escapado do perigo. Ainda não estávamos completamente seguros, mas o pior já tínhamos superado.

Monica agarrou minha mão, comemorando. Segurou a de Boris também. Na hora, eu achei estranho; minha mãe às vezes pegava na minha mão assim, repentinamente, mas fazia tanto tempo que ela não estava mais viva para fazer isso…

Enquanto eles estavam felizes pela nossa equipe, eu estava com a cabeça a mil e nem senti direito o clima, nem acreditei direito no que eu fiz, no que aconteceu. Talvez Monica tenha estranhado minha mão mole.

Logo ela voltou a ter uma postura de capitã e nos conduziu de volta para os nossos assentos. Retomou contato com a base. Checou a monitoração e descobriu que nossa gambiarra havia salvado metade do tanque de ar do módulo. E a TEEI estava intacta.

Sabíamos que, na base, dezenas de pessoas estavam calculando se valia a pena retornar ou manter a missão.

Nessas horas que a gente lamenta a simples economia das coisas. Não era só porque os projetos inteiros custavam bilhões e trilhões que os orçamentos não eram apertados da mesma forma que qualquer empreendimento econômico do nosso século. Era o ápice científico da nossa avançadíssima sociedade internacional... Mas cortes eram feitos, a margem de segurança diminuía, uma série de acidentes acontecia, e aí a redução de despesas começava a pesar sobre nossas vidas.

Abrimos comunicação com a TEEI, mas não houve resposta.

Quase como se eles não quisessem que estivéssemos ali. E, pela primeira vez, pensei que o rombo poderia não ter sido um acidente, mas sim uma armadilha que a tripulação da TEEI teria colocado na válvula de acoplagem. Algum objeto cortante.

Enquanto eu terminava de pensar nisso, um ruído chegou, cheio de chiado. Era a TEEI abrindo comunicação com a gente pelo rádio.

— Vocês estão bem? — A voz era do Florentin.

13.

Estávamos bem, mas ninguém começou a falar imediatamente.

Eu dei uma olhada para a escotilha, para nossa gambiarra. Não parecia a coisa mais segura. Caso não se soltasse sozinha, certamente ia se soltar quando estivéssemos retornando à Terra. Todo o atrito com a atmosfera ia arrancar o estojo de ferramentas colado ali, e uma mudança de pressão aconteceria com muita velocidade, colocando nossas vidas em risco. Eu não sabia se os engenheiros lá de baixo tinham noção de quão tosca era a nossa solução.

— Tripulação do módulo, vocês estão na escuta?

— Positivo, TEEI. Estamos aqui. Nós tapamos o buraco, mas ele está instável. Vamos coordenar essa entrada com todo o cuidado possível. Aguardando confirmação da base para próximos passos — respondeu Monica.

— Aguarde um momento, estamos em conversa com a base — disse Florentin, e cortou a comunicação logo em seguida.

Dei um olhar para Monica, checando se nossa comunicação estava cortada. Ela assentiu, confirmando que nós três estávamos a sós.

— E se eles não quiserem abrir?

Fiz um movimento com a cabeça, indicando o outro lado. Ali, atrás daquela porta, havia seis indivíduos com vontades próprias. E, dependendo de para quem se perguntasse, vontades estranhas.

— Viemos até aqui, nós vamos ter que entrar — falou Boris.

— Eu não gosto nem um pouco dessa situação — acrescentou Monica.

— Nem eu — falei.

A ideia de que o acidente pudesse ter sido um "ataque" da TEEI ficou selada na minha boca.

Esperamos uma resposta por algum tempo. Se tivéssemos que voltar, quão anticlimático isso seria, quão frustrante. E ainda o medo de ter que voltar com aquele módulo danificado.

Uma ideia cruzou a mente de Boris:

— A base consegue abrir a escotilha remotamente?

— Acho que sim — falou Monica. — A menos que os tripulantes travem a alavanca de segurança.

Tinha um jeito de descobrir se eles tinham travado. As portas tinham conexão eletroeletrônica e havia uma quantidade de metadados que ficava registrada de uma escotilha para outra. Naveguei por alguns menus do painel de controle da porta até encontrar: ALAVANCA DE SEGURANÇA — TRAVADA.

O fato era que nosso destino estava nas mãos deles. Só entraríamos se eles abaixassem a alavanca.

— Base, alguma atualização?

Não havia, e pediram para aguardarmos com paciência. Aquela nova tensão ocupou o espaço do estado de tensão anterior usando os mesmos hormônios. Os segundos custavam a passar, mas nos mantivemos em silêncio. Não era tão fácil julgar a linguagem corporal com as roupas grossas que usávamos, mas parecia que Boris estava contraindo todos os músculos, espumando de raiva. E Monica, com um peso nas costas, se sentindo culpada pela situação, se encurvava enquanto esperava. Na minha visão periférica, senti um pequeno movimento na tela.

ALAVANCA DE SEGURANÇA — DESTRAVADA.

Sem muita preparação, a escotilha começou a se abrir e encaramos do outro lado da porta, na câmara de descompressão da TEEI, Florentin sorrindo e fazendo um gesto com a mão para entrarmos rapidamente. Ele vestia o capacete e a roupa de proteção, mas sua expressão estava bem visível.

— Antes que outra coisa dê errado — falou, com sotaque francês.

Fiz que sim com a cabeça e rapidamente cruzei o limiar. Pisei na câmara de descompressão, saindo do módulo. Logo chegaram Boris e Monica, carregando rapidamente um monte de caixas de ferramentas e equipamentos recém-trazidos da Terra. Monica foi recebida com um abraço um pouco torto pela roupa espacial que ambos usavam. Em seguida, Florentin se posicionou no canto, abrindo bastante espaço para a gente.

A porta se fechou atrás de nós. Ficamos nós três mais o principal objeto de minhas investigações.

— Recompressão! — gritou, e apertou alguns botões no painel. O ar da câmara foi trocado.

Florentin retirou seu capacete e respirou fundo, testando o ar.

— Trinta e sete por cento oxigênio, pressão de 65,8.

O ar da estação tinha concentração de oxigênio maior que o ar da Terra, mas também era mais rarefeito, semelhante ao ar de La Paz. Menos peso, maior eficiência. Mais barato. Quem pagava eram os astronautas com uma ou outra dor de cabeça até se acostumarem.

Ele abriu a segunda escotilha e finalmente pisamos no coração da TEEI.

Nos esperando estavam Anatoly, Jane, Hsu e Lucio. Solícitos, ajudaram a carregar todas as caixas, os equipamentos e as ferramentas que trazíamos da Terra. Nos cumprimentamos e trocamos frases iniciais de pura cortesia, como "Bem-vindos", "Tudo bem?", "Vocês tão bem?", "Foi sério o problema?", e um irônico "Fizeram boa viagem?".

Muitos deles já se conheciam, e pareciam bem mais íntimos do que eu, carinhosos uns com os outros. Me senti um pouco como uma intrusa no meio de amigos.

Logo me lembrei de por que estava ali e tentei observar Florentin para captar uma precisa primeira impressão... Para minha surpresa, ele estava olhando para mim, talvez já me analisando. Aquele rosto que eu tanto vira no vídeo agora estava me encarando ao vivo. Me deu um arrepio desconfortável e, meio segundo depois, estávamos sorrindo um para o outro, como se nada estivesse acontecendo. Sorrisos falsos e educados.

14.

Uma coisa óbvia que eu notei: só contei cinco tripulantes. Onde estava o sexto?

Com a ajuda dos outros, tiramos as roupas e o capacete. O armário era projetado para apenas oito trajes, mas, com jeitinho, conseguimos enfiar nossas três roupas junto das seis que já estavam lá. Tudo se resumiu a dar uns soquinhos e a certa habilidade tétrica. Por tétrica, eu quero dizer habilidade no Tetris, obviamente.

O tempo planejado era de cinco dias, o suficiente para Monica e Boris consertarem o telescópio e eu descobrir se alguma coisa estranha estava acontecendo.

A indicação de Florentin como capitão tinha sido política, o que não desmerecia o francês em absolutamente nada. De fato, Florentin era um gênio, o mais inteligente, no auge de sua capacidade intelectual, versado nos assuntos pragmáticos, como foguetes de propulsão, e nos assuntos mais abstratos: seu doutorado fora sobre o teorema da incompletude de Gödel, que tratava da impossibilidade dos sistemas lógico-matemáticos serem completos e consistentes, ou seja, dentro de todo sistema sempre haveriam proposições que não podiam ser demonstradas nem verdadeiras, nem falsas.

Dos tripulantes da TEEI, Anatoly era o mais velho, já com o cabelo todo branco, e o mais receptivo. Foi meu único abraço genuíno, que me trouxe um conforto de fato, apesar de eu não falar com ele há oito anos. Florentin era o capitão, mas Anatoly era mais expansivo, social e um líder natural (talvez por não ficar falando sobre Gödel nas festinhas). Ele tinha mais do que o dobro de tempo de espaço do que todos ali.

Dava para ver nos olhos de Monica a admiração que ela tinha por Toly. Tinham se conhecido na primeira missão internacional de Monica, quando a novata ganhara rapidamente a confiança do russo experiente, servindo quase que como braço direito, mostrando intensidade e energia fora do comum. Ela dava muito crédito a ele por sua carreira, mas sempre nos bastidores, porque publicamente as ondas de tensão entre Rússia e Estados Unidos não permitiam elogios daquele tipo.

Entre Boris e Anatoly dava para imaginar certa rivalidade. Uma questão geracional, provavelmente. Boris já havia me contado uma história de Anatoly, do começo dos anos 2010. No auge da era Putin, muitos esforços (e dinheiro) estavam migrando do interesse espacial para interesses on-line. A nova fronteira e as novas batalhas não estavam mais lá em cima, mas eram travadas nos bolsos de cada ser humano, nos celulares, nas redes sociais. O programa espacial teve que se virar para se manter vivo e, num momento crítico, quando se falou em um corte letal, Anatoly pediu uma audiência com Putin.

Os dois se encontraram num domingo à tarde, num sítio perto do mar Cáspio. Dizia a lenda que o encontro durara apenas trinta minutos, mas que, no dia seguinte, o orçamento do programa espacial havia crescido em 40%. Quando perguntado o que ele havia feito, Anatoly disse que propusera uma queda de braço. Literalmente. Apostara com o presidente um aumento no orçamento *versus* o corte definitivo do programa. Putin tinha rido, mas aceitado.

A disputa começou e nenhum braço conseguia mover o outro. Enquanto Putin ficava vermelho, Anatoly murmurava palavras baixinho. Putin ficou curioso e, entre dentes, perguntou o que Anatoly falava. O astronauta foi subindo a voz, cada vez mais alto, até estar gritando seu mantra em alto e bom som:

— Yuri, Gherman, Viktor, o segundo Yuri, Aleksandr, Valentina, Pyotr e Oleg. Yuri, Gherman, Viktor, o segundo Yuri, Aleksandr, Valentina, Pyotr e Oleg. Yuri, Gherman, Viktor, o segundo Yuri, Aleksandr, Valentina, Pyotr e Oleg…

Ele estava invocando a força dos primeiros russos a irem ao espaço para derrotar o presidente. E, aparentemente, conseguiu, fosse pelo poder sobrenatural de sua invocação ou porque Putin achou aquilo tão maravilhoso que baixou a guarda por um instante.

Boris, quando me contou essa história, deixou escapar, pelo jeito de falar, que tinha alguma rusga com Toly. Eu pressionei para entender melhor, mas a única coisa que ele falou foi que existiam pessoas muito simpáticas com os que tinham poder, mas que podiam ser bem diferentes com os que estavam abaixo delas.

Mas, voltando à chegada na TEEI, estávamos sãos e salvos, e eu pude absorver um pouco do ambiente da estação. Depois de ver tantos projetos, plantas, fotos e descrições, podia dizer que a sensação do lugar era mais claustrofóbica do que eu tinha imaginado. Embora não chegasse perto da claustrofobia de um armário de banheiro.

Estávamos no nódulo central da estação, que era chamado informalmente de Núcleo. Visto de fora, era como se fosse o núcleo de um átomo mesmo, com três corredores saindo dele. Era o maior cômodo da estação, em formato hexagonal e com suas três saídas em paredes alternadas. As outras três paredes eram tomadas por armários embutidos e, numa delas, ficava o módulo principal do computador central da nave.

As paredes, além dos armários e estantes com infinitos compartimentos, que beiravam o mágico, tinham dezenas de cabos e equipamentos pendurados e presos abertamente. Portas de armário e parafusos eram peso desnecessário, e não canso de dizer: peso custava muito caro em viagens espaciais. Aquela aparente bagunça podia despertar o desespero dos compulsivos por arrumação, mas no meio daquele caos havia uma ordem bem rigorosa. Os equipamentos sempre ficavam exatamente onde deviam. Era o cúmulo da desculpa que adolescentes davam para seus pais (minha irmã dava, pelo menos), alegando que seus quartos não estavam bagunçados pois eles sabiam exatamente onde encontrar qualquer coisa, fosse naquele bolo de roupa ao pé do armário ou junto daquelas comidas estragadas misturadas com lixo, embaixo da escrivaninha.

De qualquer forma, a estética era mais poluída e mais bagunçada do que as pessoas pensavam. E, se você imagina que não tem poeira no espaço, está muito equivocado: 70% da poeira é constituída de pele humana e, na estação, temos pele humana de sobra, que eventualmente tem que ser aspirada.

Um detalhe fundamental: eu estava pisando no "chão", com uma força me puxando para baixo! Um dos experimentos mais importantes era um teste de gravidade artificial dentro da estação, coisa fundamental para viagens de duração bem mais longa. A TEEI fora desenhada especialmente para aquele experimento, com milhares de modificações, se comparada com a Segunda Estação Internacional. A forma de geração da força era a constante rotação da nave, mas, como a rotação gastava uma boa quantia de energia, a TEEI tinha gravidade artificial por cerca de três horas por vez, uma ou duas vezes por dia. O piso e o teto eram feitos de placas brancas e prateadas e, após algumas horas, tudo viraria parede, piso e teto ao mesmo tempo.

— Funciona bem, não funciona? — comentou Anatoly.

— Parece a Terra — respondeu Monica.

— Você acha mesmo? Se você concordar, gostaria de fazer um questionário mais específico, depois — disse Hsu, a chinesa, principal responsável pelo mecanismo.

Achei ela um pouco tensa. Lucio parecia tenso também, no canto. Florentin, quieto durante toda a interação... O clima não era dos melhores.

— Esse vai e vem de gravidade me deixa constantemente enjoada. Pior até que barco — disse Jane, a astronauta sul-africana.

Alguns riram. Olhei bem para Florentin e vi o momento em que sua expressão foi de um olhar vazio para um riso um tanto forçado. Ou foi imaginação minha. Pensei em perguntar pela sexta pessoa, o canadense Michael Dodge, mas logo Anatoly emendou:

— Tour?

Anatoly nos conduziu enquanto Florentin comunicava à base o sucesso do acoplamento, e que estávamos todos bem.

Saímos do núcleo pelo primeiro dos três corredores, o da direita. Apesar de tudo ser apertadinho, o corredor era bem longo, com cerca de cinquenta metros. O cheiro era uma coisa que eu não tinha parado para imaginar antes de senti-lo; era o cheiro de bastante gente bem pertinho, de aglomeraçãozinha, muvuquinha. Falando assim, parece que era ruim, mas não necessariamente. Era só uma sensação mesmo de nós, um punhado de primatas, apertados no espaço.

O som do sistema de ventilação era constante, parecia o som de um avião. Logo os ouvidos se acostumavam e ele se tornava imperceptível, mas também posso dizer que o ruído aumentava a angústia.

O corredor que pegamos nos levou à região do quarto. Os astronautas dormiam em uma espécie de maca com cintos para mantê-los atados, pensando nos momentos de gravidade zero. Essas macas eram empilhadas, pensando nos momentos da gravidade artificial ligada. O comprimento não devia ser muito maior que um metro e meio. Boris teria que dobrar bastante os joelhos para caber. Ficar sentado em sua maca também era impossível, pois você bateria a cabeça na maca de cima no meio do movimento.

Junto a uma das camas estava um pôster da seleção francesa campeã do mundo em 1998. Florentin viu que eu reparei e seu rosto se iluminou de verdade pela primeira vez.

— Me desculpa, te traz más lembranças, não é? — falou, porque a França foi campeã destruindo o Brasil na final. — Eu lembro muito bem, tinha quatro anos. A França ganhou o escanteio e eu estava tão nervoso que fechei os olhos. Foi o primeiro gol do Zidane! Aí resolvi ficar com os olhos fechados até o final, porque estava dando certo! Fiquei só escutando, imaginando. Enquanto minha família comentava o jogo ao meu redor, escutei o segundo gol do Zidane e depois, perto do finalzinho da partida, o terceiro, do Petit. Foi mágico.

— Tudo isso enquanto eu chorava largada no chão — falei, brincando.

Para ser sincera, não me lembrava muito de ter sofrido a derrota. Ele riu e me deu um tapinha nas costas bem mecânico. Robótico.

Num dos cantos do quarto, Lucio estava mostrando a pequena enfermaria com vários kits de primeiros-socorros, com a diferença de que eram os kits de primeiros-socorros mais caros e mais avançados tecnologicamente já feitos pela humanidade.

Meu olhar foi para a parede, para um desenho rudimentar impresso. Era a "arte da semana", uma contribuição das crianças da Terra para a moral dos astronautas. Uma ilha, uma palmeira, duas ou três pessoas, e o curioso era um marzão vermelho cor de sangue que não me inspirava muita moral, mas talvez fosse a marca particular da artista, Maggie D., de quatro anos, ou resultado do sumiço do giz de cera azul.

Depois de uma divisória, encontramos uma pequena academia com uma bicicleta ergonômica, pesos, equipamento de remada. Os astronautas que passavam meses lá tinham que fazer constantes exercícios para evitar a atrofia de músculos.

Além da academia, a cabine do banheiro. Não preciso entrar em detalhes, mas o que era muito importante era saber posicionar os tubos de sucção para usar o banheiro na ausência de gravidade. Não era luxuoso, mas você se acostumava. Diziam que morar na Estação Espacial era como acampar. Se você gostava de acampar, ia se dar bem no espaço. E eu gostava de acampar!

No momento, estávamos girando, visto que tínhamos gravidade, então pela janela parecia que era o universo que girava lentamente. Além das estrelas giratórias, dava para ver as placas de energia solar que alimentavam a estação, e elas não giravam, ficavam sempre apontadas para o Sol, para maximizar o recebimento de energia. Com sorte, dava para ver algum satélite meteorológico ou pedaço de lixo espacial passando também.

Eu estava esperando encontrar Dodge, o astronauta ausente, numa das camas, dormindo para conseguir pegar um turno da "noite". Ou talvez ele estivesse doente? Mas não, todas as camas estavam vazias.

Depois de ver o quarto, voltamos pelo longo corredor ao nódulo central, o Núcleo. Seguindo agora pelo corredor do meio, depois de mais cinquenta metros, finalmente encontramos o laboratório. Vazio, aquele devia ser o maior ambiente, mas parecia que quatro laboratórios tinham sido enfiados em um e apenas pessoas magérrimas podiam trabalhar lá sem se cortarem nas pontas afiadas do descompressor, da autoclave esterilizadora, dos microscópios, dos interferômetros, da impressora 3D e do decantador. Na Primeira Estação Espacial, os laboratórios eram separados por nações. Ali, ficava tudo junto por conveniência de cabeamento de energia, otimização de espaço e como símbolo da união que era o projeto da TEEI: todas as nações tinham acesso a todos os resultados (e os investidores particulares também). Esse era também um dos motivos pelos quais Florentin era o capitão: o europeu estava lá para fazer o meio de campo entre Estados Unidos, Rússia e China.

Só nós três entramos enquanto os outros tripulantes ficaram no corredor para não lotar ainda mais o local. Lá eram feitas pesquisas de absolutamente todos os tipos, como de materiais raros que entravam em combustão em temperaturas baixíssimas, de sistemas de purificação de água, de cristalização de proteínas com mil e uma aplicações futuras, sem falar no monitoramento preciso de ondas eletromagnéticas e partículas cósmicas vindas de toda a galáxia.

Monica, Boris e eu havíamos recebido uma breve descrição de algumas das pesquisas principais, talvez das dez mais importantes, mas, ao todo, eram mais de duzentas e vinte, variando desde pequenos experimentos e confirmações de experimentos passados a possíveis revoluções em diversos campos teóricos. A especialização era tanta que era difícil um astronauta saber dos experimentos que o outro estava monitorando. Era o laboratório mais importante do universo… pelo menos da parte do universo que conhecíamos. E, lembrando que toda aquela empreitada era uma parceria público-privada, muito provavelmente estaria ali a semente de negócios que colocariam muito dinheiro no bolso de muita gente. Ou melhor, muito dinheiro no bolso de pouca gente.

Desnecessário dizer que Michael Dodge não estava lá, a menos que estivesse escondido dentro de uma das máquinas. A maior era um ovão de alumínio que eu não sabia para que servia, mas achava que a probabilidade de ele estar lá dentro era baixa.

Jane se aproximou um pouco mais e apontou alguns experimentos. De todos da nave, ela tinha o maior perfil de cientista e o menor de exploradora. Como eu, estava no espaço pela primeira vez, apesar de que eu estava lá havia meia hora e ela, meio ano. Formada em universidades reconhecidas do primeiro mundo, muito publicada em assuntos a respeito dos quais ninguém mais naquela estação conseguiria dissertar por um minuto sequer, Jane era especialista nas ciências teóricas e, no mundo acadêmico de onde tinha vindo, se destacara por querer sair das salas e se afastar das velhas lousas empoeiradas de giz. Uma combinação contraditória entre imaginar o cada vez mais inimaginável fundamento quântico da realidade objetiva *versus* estar disposta a se arriscar fisicamente, indo para muito longe, para conduzir seus experimentos preciosos. Experimentos que iam cuspir uma série de números abstratos que seriam examinados cuidadosamente em décadas futuras, possibilitando uma ligeira alteração de um modelo abstrato de compreensão do universo.

Não sei se o tom em que você leu essa frase tinha um pouco de ironia ou desprezo, mas, se tinha, era só seu, porque eu achava isso realmente fantástico. Eu respeitava e tinha bem clara na minha cabeça a importância científica da estação e da missão como um todo.

Jane falava de um dos experimentos mais tecnológicos, o MAP, um miniacelerador de partículas em formato de pirâmide com um aro comprido ao redor, quando um sinal sonoro soou.

— Se preparem — falou Anatoly, carinhosamente, se esquecendo de informar para o quê devíamos nos preparar.

Nós três nos entreolhamos sem entender, até que um ruído de maquinário pesado ressoou e aos poucos sentimos nossos pés descolando do chão. A rotação da TEEI estava diminuindo e, gradualmente, ficamos livres da gravidade artificial. Com a inércia da rotação, a transição era bem suave, feita assim para preservar os equipamentos caríssimos da estação de qualquer chacoalhão violento. Ah, e preservar as pessoas também, em segundo lugar.

Jane terminou sua explicação sobre o equipamento, se desculpando por falar demais, e nos conduziu de volta. O deslocamento agora era mais à base de impulsos e de usar os braços para evitar colisões: nos puxávamos com os braços, como se estivéssemos debaixo d'água. Já tinha treinado, mas na vida real era diferente. Observei Monica e Boris e tentei imitar seus movimentos, como se eles fossem guias turísticos que eu seguia numa trilha.

O caminho do terceiro corredor, saindo do núcleo da labiríntica TEEI, levava ao nódulo da Estação de Energia. Lá, ficavam os controles manuais dos painéis solares que alimentavam as enormes baterias e os motores. Em outro canto, o controle do complexo sistema da gravidade artificial. Nos armários, cabos reservas, lâmpadas e ferramentas. Uma das caixas que tínhamos levado foi diretamente para lá, com chaves de precisão. Muitas vezes, quando o astronauta estava fora da estação fazendo um reparo ou instalando um conjunto de lentes, o encaixe perfeito de uma chave num parafuso podia significar quatro horas a menos de trabalho, quatro horas a mais de dados coletados; podia reduzir o risco de um acidente drasticamente. Mais do que em qualquer outro lugar onde o ser humano já chegou, a TEEI era uma nave que valorizava o perfeccionismo, caso ele estivesse dentro do orçamento.

O que mais me encantou foi a "cúpula", uma protuberância para fora da estação, um pequeno cubo com paredes de vidro, dando uma sensação de que se estava fora e possibilitando ver muita coisa do nosso planeta. Era o mais próximo que eu imaginava chegar da sensação de estar flutuando solta no espaço, porque eu não havia treinado para fazer uma caminhada espacial, nenhuma atividade extraveicular.

A Terra estava extremamente coberta de nuvens e me senti ridícula por ter dificuldade de reconhecer qual parte do planeta estava vendo. Eu, que quando era criança decorava e desenhava o mapa-múndi exaustivamente e até tentara produzir o meu próprio globo (dera totalmente errado quando empiricamente descobri o problema geométrico de transformar uma cartolina 2D em uma esfera 3D, resultando num cilindro amarrotado).

Pensei se minha irmã gostaria daquela visão nublada da Terra. Por uns anos, ela pintou muitos quadros só com tintas cinza. Eu achava que eram nuvens, mas nunca perguntei, com medo de que não fossem e a pergunta a ofendesse. Desde criança, ela respondia que cinza era sua cor favorita, acho que para ser diferentona. A minha era vermelho, mas isso mudou drasticamente depois de 2024.

Toly se aproximou e rapidamente reconheceu o sudeste da Ásia.

— Aquela pontinha ali é a Tailândia. Ou Myanmar.

— Você já decorou o padrão das nuvens?

— Sim, é tudo cíclico, né? As correntes de ar.

Era gostoso estar falando com o Toly de novo, mas também estranho. Era ao mesmo tempo retornar para um tempo em que eu era mais inocente e aproveitar as coisas boas que vinham disso, mas aí as memórias do que aconteceu voltavam e voltavam, querendo vingança. Era me lembrar do tempo em que alguém, ele, acreditava muito em mim, e também lembrar que nossa última conversa tinha sido no final de 2024. De alguma forma, ele tinha ficado sabendo do que aconteceu e me ligou para checar como eu estava. Nem me lembro de ter conseguido responder ou conversar muita coisa. Ele foi delicado a ponto de não tocar no assunto diretamente. Nunca mais nos falamos depois disso.

O clima era de final do tour. Já tínhamos visto tudo. Era só isso.

Uma certa claustrofobia me bateu naquele momento. E, quando o corpo se sente mal, a mente aproveita para se manifestar impulsivamente.

— E onde está o sexto tripulante? — perguntei. Ninguém respondeu. — Michael Dodge. Onde ele está?

O silêncio deles não era um bom sinal.

Monica e Boris certamente já tinham se dado conta da falta dele e também estavam curiosos. Florentin manteve seu olhar baixo. Os outros se entreolharam e, com seus movimentos de cabeça, indicaram que seria Anatoly o escolhido para dar uma resposta.

— Estamos passando por um problema com o Michael.

— Que tipo de problema? — perguntou Monica.

— Ele sumiu.

15.

Nós três nos olhamos quase que rindo. A seriedade dos outros cinco membros da TEEI mostrou que não era uma piada.

— Impossível alguém sumir aqui — falou Monica.

— Ele deve ter saído quando estava sozinho — disse Hsu.

— Saído para onde? — perguntou Monica, e a resposta era óbvia. Só se podia "sair" para o espaço.

— O armário estava cheio — comentei. — As seis roupas de vocês estavam lá.

— Nós sabemos — disse Hsu. — Se ele saiu, foi sem a roupa.

Eu, Boris e Monica olhamos para aqueles cinco em choque completo. Eles estavam obviamente acabados, com olheiras, posturas tortas e encolhidas, mesmo na gravidade zero. Era a degradação natural de passar meses na estação ou fruto do trauma causado pelo sumiço do companheiro?

Eu continuei encarando os cinco. Era completamente absurda a ideia de alguém sair sem o equipamento. O que consegui perguntar foi:

— Quando foi isso?

— Eu sei que vocês devem ter muitas perguntas — falou Anatoly, se aproximando de nós com os braços abertos, tentando apaziguar, mas eu insisti:

— Quando?

— Há vinte e dois dias... Três semanas.

Era isso. Coincidia com o estranhamento que a diretora Ferris sentira. Ainda bem que tinham mandado uma pessoa tão preparada como eu, pois foi necessária a gigantesca habilidade de contar o número de tripulantes para descobrir que havia, sim, algo de muito errado acontecendo.

A revolta que eu sentia no nível racional era de como era possível eles terem ocultado da base um acontecimento daquela magnitude. Mas emocionalmente eu também me sentia indignada por eles terem nos recebido, feito um tour pela nave, todo o tempo sabendo que o Michael tinha desaparecido, e só estarem falando sobre ele agora. E só porque eu perguntei.

— Vamos avisar à base. Agora — falei.

— Não! — A voz de Florentin saiu um pouco aguda, provavelmente porque foi uma declaração impulsiva. Durante toda nossa conversa, ele se manteve mais afastado e profundamente incomodado. Definitivamente não estava se comportando como o capitão.

Era como se estivéssemos num lugar cheio de pólvora, pronto para explodir. Não tem nada mais tenso para um sistema nervoso do que a presença de outros sistemas nervosos imprevisíveis.

— Eu não estou acreditando... — falou Monica.

— Calma, Monica, você tem que entender o nosso lado, também — respondeu Anatoly.

Ele sabia que, pelo menos por ela, seria ouvido.

Florentin flutuou sutilmente na nossa direção, tomando o centro da Estação de Energia. Olhando profundamente nos nossos olhos, disse:

— A hipótese principal é que o Michael perdeu o controle de alguma forma. O controle psicológico. Deve ter saído da estação e o vácuo do espaço deve ter sugado seu corpo e congelado ele imediatamente. Ou, dependendo das condições, a pressão interna do corpo rompeu seus tecidos. Algo que não se deseja a ninguém.

O resto da tripulação da TEEI parecia abatida e com o coração apertado escutando aquilo. Expressão corporal de derrota. Jane, especialmente, secava lágrimas dos olhos.

— Essa é a hipótese — continuou Florentin. — Agora, o que nós temos feito todos esses dias é investigar para termos alguma certeza. É a reputação do nosso amigo que está em jogo também.

Florentin conseguiu construir todo esse discurso sem nunca usar a palavra "eu", se afastando completamente da história. Apenas "nós", que coletivizava a situação, mas obviamente a reputação que estava em jogo mesmo era a dele. Aquele tipo de linguagem parecia calculada. Será que era essa a questão? A missão da qual ele era capitão estava dando completamente errado e, em vez de pedir ajuda, ele estava querendo dar todas as respostas de uma vez. Minimizar o fracasso de sua liderança. O tipo de idiotice de um gerente de baixo nível de uma multinacional qualquer, mas que não deveria ser um fator ali.

— Vocês esperam que a gente não fale nada para a base? — perguntei.

— Eu sei que esse é o instinto inicial, mas a visão lá de baixo é muito diferente. Eles não conheciam o Michael como a gente e podem destruir a reputação dele ou cancelar toda a missão. Pôr tudo a perder sem se importar com o que de fato aconteceu aqui.

— Mas nem vocês sabem o que de fato aconteceu aqui — argumentei.

— Exato. Por isso queremos descobrir primeiro e depois contar. Também queremos a ajuda de vocês para entender, levantar provas concretas.

— É o que o Michael ia querer da gente — balbuciou Jane, emocionada. — Ele sempre queria mandar os dados mais precisos, as conclusões mais claras. Não confiava na capacidade da base de abstrair ou de ter paciência. Desde o começo, ficou claro que o dinheiro é o que fala mais alto para eles. Nós somos peões a serem manipulados e ninguém lá se importa com a ciência, com a verdade.

— A missão de vocês três está prevista para durar pela próxima semana, não é? — disse Anatoly. — Está posto o tempo que temos para descobrir o que aconteceu. Nós sabemos que não podemos pedir para vocês manterem um segredo desses para sempre — acrescentou, dando um desvio de olhar para Florentin. Talvez o francês quisesse mesmo que nós mantivéssemos o segredo.

Minhas especulações sobre a configuração das relações daquele quinteto: Florentin dava as ordens. Toly não gostava, mas as amenizava e reforçava. Hsu parecia estar concordando com Florentin, cumprindo com a hierarquia. Jane estava com o olhar perdido, no mundo da lua. E Lucio, no canto, com os braços cruzados e emburrado com o próprio capitão ou com a nossa presença. E como será que Michael se encaixava na dinâmica?

— Ele tinha motivo? — perguntei.

— Motivo para quê?

— Para se suicidar desse jeito.

— Não, de forma alguma — respondeu Anatoly.

Monica ainda parecia não acreditar na situação. Já Boris estava bem fechado, mais irritado por ter que lidar com aquele problema do que curioso para entender o que acontecera.

— O comportamento dele estava normal?

— Ninguém é normal nessa estação — falou Lucio. — Mas sim, o de sempre.

— Ele não deu nenhum sinal de depressão? De instabilidade? Ou alguma notícia que ele recebeu da Terra? Alguma briga entre vocês? — perguntei.

— Nada disso.

— Então por que ele teria saído assim da nave?

— Um surto — respondeu Florentin.

— Todos nós somos vistoriados de cima a baixo, mais vezes que a própria nave. É difícil passar algo assim — falou Monica, e logo olhou para mim, querendo meu apoio técnico.

Só que a primeira reação que eu tive a partir daquele olhar foi lembrar que ela sabia dos meus segredos, do meu passado, que fora parcialmente vistoriado... Eu travei.

— É impossível prever um surto. Pode ter sido o primeiro dele — falou Hsu.

— Michael tinha quarenta e cinco anos. É tarde para ter um surto, eu acho — insistiu Monica.

De novo, Monica olhou para mim, pedindo alguma confirmação, mas eu também não sabia o quanto os tripulantes da TEEI tinham conhecimento das minhas credenciais em psicologia/psiquiatria, nem o quanto era bom que soubessem.

— Estatisticamente, é raro ter um primeiro surto aos quarenta e cinco, sem histórico familiar. É uma ciência bem pouco exata, mas também é raro ter um surto psicótico em geral... menos de um por cento. Para acontecer bem com um astronauta...

— Uma hora vai acontecer. Mais de setecentas pessoas já estiveram em órbita — disse Hsu.

— Sim, mas o tempo que ficamos no espaço é ridiculamente pequeno.

— Ainda assim, é possível.

— Muita coisa é possível.

— Pode ser que algum experimento tenha afetado o Michael — contribuiu Boris. — Algum químico que afetou o cérebro dele, não sei.

Ninguém sabia confirmar, já que cada tripulante focava só um conjunto de experimentos, mas era uma teoria interessante.

— Se bem que a gente nem sabe se ele saiu de fato — completou Boris.

— Você acha que ele está escondido há semanas neste lugar de duzentos e cinquenta metros quadrados? — retrucou Florentin.

— Olha, a situação é tão... absurda, que eu não descartaria nada — falou o russo.

— A abertura da escotilha de saída não fica registrada no computador? — perguntei.

— Não — respondeu Florentin. — Mas eu quero mostrar uma coisa pra vocês no computador central no Núcleo. Vamos para lá? Por favor?

Ele poderia ter dado a ordem como capitão, mas não estava dando essa carteirada à francesa, estava agindo como um verdadeiro cientista.

— Acho importante vocês verem as coisas com cuidado, com um olhar novo, para nos ajudarem a entender o que aconteceu.

— Vamos lá — falou Jane, quase sorrindo amigavelmente, tentando dar um pouco de leveza à situação.

Junto com os outros, fui deslizando pelo ar, puxando as paredes. Florentin só estava ganhando tempo. Não havia motivo para a enrolação. A menos que lá no Núcleo houvesse um jeito fácil de nos matar e nós três fôssemos ser as próximas vítimas.

Lá, Florentin e Hsu se aproximaram do computador para nos mostrar algumas coisas. Não sei se por instinto ou por acaso, Monica e Boris ficaram perto da escotilha para o nosso módulo.

Eu estava observando Florentin de perto, bem de perto. Ao vivo, as pessoas pareciam muito mais completas e muito mais opacas do que em vídeo, nos dados e nas fichas.

— O acesso aos logs da escotilha de saída está habilitado desde o início da missão, mas nenhuma saída está registrada. Nem as que fizemos várias vezes para tentar arrumar a lente do telescópio.

— Como assim?

— Um defeitinho, como existem centenas por toda a estação. Os sensores de manutenção da escotilha também não estão funcionando.

— E as câmeras? — perguntei.

A estação possuía várias câmeras de segurança externas. Nenhuma câmera interna, mas provavelmente isso ia mudar nas próximas missões, depois que a base descobrisse o que acontecera na TEEI. O último cantinho sem vigilância da humanidade estava acabando de perder o direito à privacidade...

— Depois eu quero que vocês analisem as imagens com mais atenção, mas nenhuma das câmeras fica o tempo todo apontada para a escotilha. Não vimos nada — respondeu Florentin.

Enquanto isso, Hsu abria várias janelas com imagens das câmeras externas na noite em que Michael desapareceu. Nem sempre as câmeras ficavam apontadas para a saída e havia muita interferência eletromagnética. De cinco em cinco minutos, a imagem apagava e só voltava depois de dez segundos.

— A outra ideia que me vem à mente para confirmar se o Michael... saiu da nave... é ver o consumo de oxigênio das últimas semanas — propus.

Florentin fez um gesto com a cabeça e Hsu abriu a interface do sistema de ar-condicionado, checando e isolando o consumo de oxigênio das últimas semanas a partir da data do sumiço de Michael. Não era possível acompanhar o consumo em tempo real e era um cálculo complexo, porque a estação recapturava oxigênio a partir de várias reações do próprio gás carbônico respirado, de urina e outras fontes, mas Hsu conseguiu analisar o registro de quanto dos galões de oxigênio de segurança tinha sido requisitado.

— Hum... — disse Hsu, se surpreendendo com o resultado. — É mais consumo do que para cinco pessoas, mas menos consumo do que para seis.

— Uma explicação simples para isso seria se, quando o Michael saiu, não despressurizou a câmara — falou Florentin. — Junto com ele, saiu o ar de toda a câmara de descompressão, e perdemos todo aquele oxigênio.

Monica e Boris ponderaram a colocação e assentiram; fazia sentido, ou pelo menos era um fator a ser levado em conta. Já eu estava chocada ainda. Aquilo que estava acontecendo simplesmente não acontecia. Um astronauta sumir. Era a definição de emergência.

— Eu sei que estamos colocando vocês numa situação difícil — falou Anatoly. — Nós não somos treinados a ter muita autonomia… mas somos nós que estamos aqui. Nós… oito, agora. Correndo riscos. E às vezes é importante resolvermos as coisas sozinhos.

O que ele falou não fazia muito sentido, mas ele tinha um jeito de se conectar, conciliador nato. Conectou-se comigo, sem dúvida. Astronautas eram selecionados pela base para serem obedientes, mas nenhum ser humano era totalmente obediente.

Anatoly continuou:

— Vocês vieram cumprir a missão de vocês. Entregar os materiais novos de pesquisa. De manutenção. Consertar a lente. E nós não queremos atrapalhar isso. Mas também pedimos que respeitem as decisões que tomamos com relação à nossa missão.

Florentin estava me encarando com um olhar que me deu pena, um olhar de coitado. Achei que ele poderia estar com raiva ou impaciente, mas ele parecia indefeso e frustrado por nós não conseguirmos entender algo que era tão simples para ele.

— Podemos ter um tempo a sós? — pediu Monica.

Enquanto nós três nos afastávamos pelo corredor, eu olhei para os cinco que ficavam no Núcleo. Tanto podia ser que eles estivessem prestes a rachar internamente quanto podia ser que tivessem criado um laço muito forte perante um trauma daqueles — o sumiço, potencial suicídio, de um colega. Uma imensa lealdade podia ter nascido entre eles, talvez até elegendo a base como inimigo comum.

De qualquer forma, o problema era grande, porque a relação entre os tripulantes e a base deveria ser de confiança total, mais até do que entre um paciente e sua psicóloga.

16.

Eu, Monica e Boris fomos para o quarto. O corredor entre nós e os outros tinha cinquenta metros, era impossível que nos escutassem, mas ainda assim nos aproximamos e sussurramos, para garantir.

— Que porra é essa? — começou Monica. — Que porra… É só não mandar nenhum astronauta americano que dá merda.

Olhamos para Monica, sem saber se tinha falado com ironia ou com verdadeira superioridade patriótica.

— Bom, com certeza a preocupação da diretora está justificada — comentei.

— Eu não acredito que isso está acontecendo de fato — continuou Monica.

— Vocês conheciam o Michael? — perguntei.

— Eu conhecia. Pouco, mas não faz sentido nenhum — respondeu ela.

— Vocês sabem o que eu estou pensando, não sabem? — falou Boris, com um sorriso sinistro. — Foram eles que mataram o Michael. Por isso não querem falar com a central. Por isso tem menos oxigênio: morto não respira.

Eu também havia pensado nisso. Expresso do Oriente. Todos culpados. Mas também não dava para acreditar.

— Eles são que nem a gente. Boas pessoas. Não tem por que desconfiar deles — defendeu Monica.

Para ela, o companheirismo entre os astronautas era muito forte, mas Boris não pareceu convencido.

— Por que o Florentin não contaria para a base?

— Por paralisia? Negação? — arrisquei.

— Ou para acobertar um crime.

— Eu confio no Anatoly — disse Monica.

— Exato. Eu também — falei.

— Recomendo não confiar — disse Boris. — Eles estão escondendo coisas da gente. Dá para sentir que somos nós contra eles.

— O instinto de tornar tudo um grande "nós contra eles" é muito forte, mas essas coisas podem ser quebradas. Vamos ter que trabalhar com eles também. Pelo menos superficialmente, enquanto vocês consertam o telescópio e eu conduzo as entrevistas, coleto os dados.

— Eu tenho outra sugestão: vamos sair o mais rápido possível daqui, que tal?

Fiquei surpresa com Boris, logo ele, que eu achei que estivesse morrendo de vontade de uma aventura. Monica não respondeu, a princípio; estava pensando, ainda tentando assimilar o que estava acontecendo. Eu não gostei da ideia, mas infelizmente comecei com o argumento mais frágil:

— Não dá pra voltar no módulo danificado.

— Vamos voltar num dos módulos da TEEI.

— Mas... e o telescópio?

— Já entregamos os equipamentos novos. Eles consertam.

— E a minha parte da missão? — perguntei.

— Essa já está feita também. Descobrimos que estão todos loucos. Mataram um deles — respondeu Boris, meio brincando, meio falando sério.

— Florentin não vai querer que a gente vá agora. Eles querem ajuda pra descobrir o que aconteceu.

— É o que eles dizem, mas não vão impedir a gente de ir embora.

— Eles são cinco e nós somos três.

— Ainda apostaria na gente. Algumas das ferramentas que a gente trouxe dariam boas armas.

Ali estava o Boris que eu conhecia, empolgado para lutar (mesmo que fosse lutar para poder bater em retirada). Já eu não estava gostando da ideia de ir embora porque queria resolver o mistério. Parte de mim queria cumprir a tarefa, agradar os superiores... Mas a maior parte era por mim mesma, para resolver minha obsessão pelo Florentin, que só crescera com os arrepios que senti ao vê-lo ao vivo. Era uma pena, porque teria sido um ótimo momento para simplesmente concordar com Boris e fazer pressão em Monica para voltarmos imediatamente.

— Nós ficamos — declarou Monica. — Não vamos bater de frente com o Florentin. Ele, tecnicamente, é o nosso capitão enquanto estivermos na estação.

— Mas não podemos fazer exatamente o que eles querem. — Boris já estava argumentando e subindo o tom de voz, mas segurei o braço dele com um olhar de "deixa comigo".

— Por um lado, eu concordo que não podemos bater de frente. Vamos ficar e ajudar. Mas não vejo problema em tentar avisar à base de alguma forma... não oficial. Sem passar por eles.

— O rádio do nosso módulo? — perguntou Monica.

— Vai ser arriscado voltar para lá pelo estrago na porta de acoplagem. Os outros canais são controlados por eles. Mas talvez um rádio improvisado... — falou Boris, gostando da ideia.

— Você sabe como fazer isso? Sem eles perceberem? — perguntou Monica.

— Trouxemos bastante equipamento. Dá para eu tentar, pelo menos. Enfim. Se vocês querem ficar, vamos ficar. Só falo para não ficarmos muito longe uns dos outros e dormirmos com um olho aberto — respondeu Boris.

Chegamos a um acordo. Ficamos os três um pouco pensativos.

— Vocês acham mesmo que foi um puta azar? — Eu estava pensando em voz alta. — Um surto específico do Michael, que acabou gerando uma reação em cadeia para os outros... É difícil lidar com o horror. Com um suicídio. Eles ficaram chocados no início, mas depois o tempo foi passando e, quanto mais passava, mais arrependimento, e mais difícil ficou comunicar à base sem ter mais detalhes, não é? Como será que eles processaram a ideia de estarem envolvidos num fiasco desses? Isso, misturado com o luto de ter perdido um colega? Vocês conseguem imaginar? Reagir em negação e não querer relatar o que aconteceu parece assim tão estranho mesmo?

Tem gente que pensa em questionamentos e tem gente que pensa em afirmações. Gente que pensa em questionamentos deve ser mais aberta para a dúvida, para a expansão das possibilidades. Ou só mais insegura?

De qualquer forma, Monica e Boris, que pensavam em afirmações bem lógicas e categóricas, não responderam.

E, quando o tempo da minha pergunta já havia passado, notei Monica observando um armário, buscando uma gaveta que pertencia a Michael. Numa caixa estavam vários objetos pessoais. Ela mexeu em algumas coisas com algum sentimento, pegou um pequeno fantoche de papel machê roxo, coisa de criança, talvez um dinossauro?

— É de uma das filhas dele? — perguntei.

Monica soltou o fantoche e não respondeu, como se não fosse nada, mas achei que ela estava pensando no assunto, porque, independentemente da nossa sensação de surpresa, de medo ou de acuamento, o fato era que o Michael não existia mais e as filhas dele lá na Terra (ele tinha quatro!) estavam órfãs de pai.

— Vamos ver se a gente acha alguma coisa — falou Monica, nos chamando para mais perto da gaveta.

Eu me aproximei, apesar de não ter muita esperança. O fantoche de papel estava acompanhado de um cortador de unha, alguns pen-drives, três lápis com a ponta de trás mastigada ansiosamente e cadernos e papéis avulsos com muitas anotações e desenhos.

Me lembrou de uma velha história de que nos anos 1960 e 1970 a NASA teria investido milhões de dólares para criar uma caneta esferográfica capaz de escrever num ambiente sem gravidade (já que a esferográfica contava com a gravidade para a tinta rolar pela pequena esfera de latão que ficava na ponta da caneta). Enquanto isso, os russos tinham uma solução mais elegante e muito mais barata: usavam lápis. Na verdade, a história não era assim tão real, já que astronautas da NASA também usavam lápis e o objeto tinha alguns pontos contra: pedaços quebrados de grafite podiam se espalhar, danificando equipamentos; lápis eram inflamáveis e sempre que possível era uma boa ideia evitar inflamáveis em uma estação espacial. Ainda assim, lápis era o método favorito de Michael.

O caderno estava cheio de anotações dos muitos experimentos que ele conduzia. Números, números, números, tudo diagramado e organizado por experimento com clareza e lucidez de engenheiro, mas significativamente incompreensível para leigos. Já folheando o caderno de trás para a frente, encontramos as páginas recreativas, onde Michael tentara um desenho do perfil de Jane, sem muito sucesso; escrevera pedacinhos de piadas e mensagens que, imagino, mandaria para a Terra; esboços de uma receita de torta amanteigada, com todo o procedimento detalhadamente descrito para sua filha mais velha reproduzir a iguaria; fizera um desenho minucioso de um gráfico do conjunto de Mandelbrot.

Você deve já ter visto essa imagem: uma bolota em forma de coração com outra bolota na ponta e, saindo delas, outras bolotas menores, e assim infinitamente, porque o conjunto é um fractal. Aliás, foi Benoît Mandelbrot, o matemático franco-polonês, que cunhou o termo "fractal". O conjunto é uma representação gráfica dos números complexos, separando-os em dois grupos. Tem a ver com repetir e repetir a mesma função matemática e verificar se o resultado vai crescendo, explodindo para o infinito, ou se fica contido dentro dessas áreas que eu chamei carinhosamente de bolotas. Não sabia se tinha a ver com algum experimento, mas duvidava, pois era uma construção teórica de matemática pura dos números complexos.

O desenho estava bem cuidadoso, feito com carinho, dava para se perder por uns segundos olhando as formas detalhadas dos fractais. Dei uma piscada e voltei à realidade. Quanto tempo tinha ficado olhando a imagem? Boris estava investigando algo bem mais interessante: o computador de Michael. Um milhão de arquivos, todos referentes a coisas de trabalho, aparentemente.

— Vamos fazer uma cópia e descer com ela lá para a base. Eles vão investigar melhor depois — falou Monica.

Boris concordou, pegou um dos pen-drives da gaveta e começou a fazer a transferência de dados. Monica se virou para mim.

— Vem comigo. Vamos avisar que concordamos com a proposta deles e que vamos ficar para realizar nossa missão.

Antes de ir com ela, ainda com o caderno na mão, notei na costura que algumas páginas haviam sido arrancadas.

17.

Uma das reclamações mais comuns nas avaliações psicológicas de todos os astronautas era o tédio. A repetição das rotinas e a ausência de qualquer novidade, ainda mais naquele ambiente fechado e limitado, levava a uma diminuição do nível de dopamina no cérebro, crescente irritação, dormência nos desejos. Chatice pura e esmagadora. Obviamente, não era o que estava acontecendo naquela estação. O que eles todos não dariam por uma chatice completa, se soubessem que o Michael estava ali, vivo, e a missão, correndo nos conformes?

Monica e eu nos acertamos com Florentin. As questões deles seriam deles, as nossas, nossas. Ela falou que não contaríamos nada à base de imediato, enquanto Boris provavelmente já estava planejando um bom método para improvisar um rádio AM clandestino.

Expliquei para Florentin que eu era responsável por coletar avaliações individuais com cada membro da TEEI. Ele não se opôs, e frisou que queria nossa ajuda para entender o que acontecera.

Pouco depois, ajudei Monica e Boris a levar várias caixas e equipamentos novos para o laboratório. Jane e Lucio estavam recebendo-os e organizando-os.

— Posso te chamar de Becky? — perguntou Jane enquanto puxava as caixas flutuando no ar.

— Eu acho estranho... Se é para usar apelido, no Brasil, muito tempo atrás, me chamavam de Rê.

— Rê — falou, com sotaque, um "R" de "Red".

— Rebeca é bom também.

Entregamos a caixa para Monica e Lucio, que estavam sob o batente da entrada do laboratório, que, aliás, era um batente todo especial para cortar incêndio. Dependendo do experimento em curso, aquele era o lugar mais inflamável da estação.

— É uma pena que vocês tenham vindo para cá nesse momento de turbulência — continuou Jane.

Não gostei tanto da palavra, porque turbulência costumava passar, mas a situação do desaparecimento do Michael me parecia bem definitiva.

— Mas, qualquer coisa que você precisar, pode me pedir. Nós duas somos as únicas representantes do Sul, eu sou sua parceira de hemisfério — falou Jane.

— Sim, valeu. Pode deixar.

De canto de olho, vi Boris embolsar três resistores.

Jane se virou para o laboratório.

— Espera, deixa eu te ajudar, Mon.

Pelo visto, Monica já tinha um apelido também.

Eu me afastei, estranhando como alguém podia estar tão solar, tão simpática e aberta, dadas as circunstâncias. Se alguém conseguia ser assim genuinamente ou se era o caso de uma dissimulação exagerada, e até malfeita. Mas parecia ser genuíno, sim; o trauma e o desconforto de perder um companheiro de missão devia ser gigante; mas, depois que as horas passavam, o cérebro não tinha o que fazer a não ser retornar ao seu comportamento padrão de antes da tragédia. Pelo menos foi disso que eu me convenci.

Encontrei Boris flutuando em um dos longos corredores.

— Mão leve, hein?

Ele não entendeu a expressão, que eu nem sabia se existia em inglês. Ele parecia alerta o tempo todo, ombros tensos e para cima, se sentindo ameaçado naquela estação. Deu uma vontade de animá-lo.

— No que você está pensando? — falei, me aproximando. — Já se perguntou como é transar sem gravidade?

— Já — falou, se divertindo um pouco.

— Você acha que já rolou? Aqui? — perguntei, olhando ao redor.

— Certamente — respondeu ele, me olhando como se eu fosse ingênua. Mas sua expressão logo voltou para a preocupação.

— O que acontece no espaço fica no espaço… — falei, rindo, mas ele ainda estava com um pé atrás com minha aproximação. Assim como achei que Jane estava no mundo da lua, Boris devia ter achado o mesmo de mim.

Algum tempo depois, chegou a hora de irmos dormir. Os tripulantes da TEEI seguiam o mesmo ciclo circadiano, no horário de Greenwich, com as luzes da estação acompanhando o ciclo em intensidade e temperatura de cor.

Juntos, nós oito nos preparamos para deitar, nos afivelando nas camas, pois a gravidade artificial estava ligada novamente.

Florentin ofereceu a mão para me ajudar a subir na minha cama. Agradeci, mas neguei e escalei as outras macas sozinha. Meu pé escorregou e rapidamente me apoiei na mão dele para chegar à minha maca. Nosso contato foi pequeno, senti a mão dele bem fria e um pouco grudenta, suada. Podia ter sido tudo projeção do que eu estava pensando dele naquele momento, mas não foi nada encorajador.

Deitada, soltei os músculos, percebi o quanto estava cansada. Demorei mais de um minuto para sentir os ombros relaxando de verdade. Estava com as costas tensas há anos. Mais tensas ainda pela emoção da decolagem. Mais tensas ainda pela acoplagem do módulo ter dado errado e quase termos ficado sem ar. Mais tensas ainda por ter descoberto que o Michael...

Hora de pensar em outra coisa, pelo menos para me recuperar. Comecei uma busca por alguma memória boa... alguma memória confortável... Não que eu não tivesse alguma, mas nessas horas a mente pula de uma coisa para outra, sem nunca chegar na imagem da cachoeira poderosa caindo serenamente, com você aninhada no peito da pessoa que ama, vendo aquelas toneladas de água caindo, com a sensação de que o mundo será para sempre estável...

Não, nessas horas, vem o oposto à cabeça. O som de um grito. E de outro. E a respiração tensa travando. O cheiro de mofo. A escuridão. Então eu abri os olhos e estava muito longe daquele lugar. No tempo, quase uma década depois. No espaço... eu estava no espaço. O mais longe possível daquele lugar.

Rápida mudança de pensamento, urgente.

Eu, criança, quantos anos eu devia ter? Cerca de quatro, talvez, decorando os planetas do sistema solar com minha tia.

Eram nove (Plutão ainda era considerado um planeta), mas faltava um… Mercúrio, Vênus, Terra, Marte, Saturno, Júpiter, Urano e Plutão. Qual faltava? Minha tia falou que faltava o planeta do deus dos mares, mas eu não entendia nada de mitologia greco-romana. Essa memória era boa. Comecei a puxar uma seguida da outra. O sono costumava invadir nesse momento de transição…

Mas não invadiu. A sensação era de que a mente estava exausta, o corpo estava exausto, mas cadê o sono? Na TEEI, os astronautas usavam uma venda para que as luzinhas não incomodassem. Pelas circunstâncias, eu não queria dormir com a venda. Passei longas horas virando de um lado para o outro, e olha que a maca/cama nem era ampla o suficiente para isso.

Desci para ir ao banheiro. Na volta, não pude deixar de espiar Florentin dormindo: em posição fetal, com as mãos abertas, palma com palma, apoiadas embaixo de sua bochecha. O rosto relaxado, no quinto sono. Graças à venda, não dava para ver se ele estava em R.E.M. Parecia uma criança.

Talvez vê-lo assim tenha me tranquilizado de alguma forma, porque consegui dormir, pelo menos por algumas horas.

Eu costumava acordar com a mente bagunçada, apertar o botão de soneca e ficar um tempo dormindo e acordando, lentamente. Chegava atrasada na escola. Uma das poucas críticas que faziam a mim, mas não à minha irmã.

Quando acordei, todos já tinham se levantado e saído do quarto, exceto Lucio, que estava mexendo nas gavetas da "farmácia", no canto.

— Mil desculpas — falou ele em espanhol, sorrindo. — Desculpas — repetiu, tentando imitar um sotaque brasileiro.

— Imagina.

Lucio era espanhol e estava na TEEI numa posição complicada. Uma astronauta inglesa estava escalada para a missão, mas tensões entre a União Europeia e a Inglaterra fizeram com que o escalassem de última hora.

— Só preciso pegar uma coisa aqui. — Ele tirou de lá uma pinça. — Te acordei de vez, né?

— Não, já era para eu estar acordada mesmo. O trabalho me chama.

— Isso que dá morar onde trabalha. — Ele balançou a cabeça sarcasticamente. — Eu vivo falando: é hora de criarmos um sindicato!

— Já passou da hora.

Lucio foi embora. Chequei um relógio: ainda faltavam quinze minutos para o horário que havia combinado para minha primeira atividade do dia. Faria a avaliação psicológica de Hsu. Ela seria a primeira e, no decorrer dos dias, entrevistaria todos, Florentin por último.

Bufei e encarei o "teto" do compartimento onde eu estava, a parte de baixo da cama de cima. Vi uma pequena marca reluzente — era uma marca de gordura no metal. O estranho era que tinha o formato de um coração.

Peguei uma lanterna e a apontei para a superfície, fazendo reluzir tudo o que não estava engordurado, e, para minha surpresa, não era só um coração... Era um coração com uma bolota na ponta e outras bolotas menores saindo dele. Era o desenho do Conjunto de Mandelbrot, feito com a ponta de um dedo marcando repetidamente o metal. Num arrepio me veio a sensação nítida de estar deitada na cama que era de Michael, cama que ninguém devia usar há semanas. Era possível que uma marca de gordura resistisse assim por tanto tempo? Talvez, principalmente porque o quarto deveria ser limpo com um aspirador em pó, mas não com algum produto de limpeza que removeria a marca…

Então eu estava deitada na cama de Michael. A sensação não era boa; uma aflição, como se estivesse no caixão de outra pessoa. Mas, posta qualquer sensação sinistra de lado, era hora de pensar como ele. Olhei ao redor, virei de lado. Mexi na fronha, abri o fino travesseiro… Não havia nada lá.

Do lado de cada cama havia uma bandeja, uma pequena mesa de cabeceira com formatos específicos e velcros para prender objetos. Conferi uma velha garrafa metálica de água… Vazia. Dentro de um compartimento fechado, quase como uma gavetinha para se guardar um diário ou algo assim, encontrei o início de mais um daqueles fantoches que imaginei que Michael fazia para suas filhas. Porém, além de inacabado, aquele fantoche não era feito de papel roxo, mas do papel creme do caderno. Um papel cheio de escritos. Tomei a liberdade de desfazer algumas dobras para ler o que estava escrito:

"O objeto mais interessante do mundo é um cone cuja base tem o tamanho de uma moeda de dois dólares canadenses. Dentro desse cone tem um buraco negro, bem pequeno, mas com uma massa bem bem bem grande. Ele não fica sugando as coisas ao redor porque o cone é revestido de uma camada de antimatéria, e assim o buraco negro está condenado a ter aquele tamanho para sempre. A graça começa com o fato de que o peso desse cone é tão grande que é difícil até de calcular. Tão grande que se uma menina como você

tenta segurar na mão... não vai conseguir. Mesmo forte como você. Mesmo um robô, fortíssimo, também não consegue. É muito importante que ele fique em contato só com essa bandeja duríssima de fibra de carbono, porque, da última vez que alguém o derrubou, ele tinha tanta massa que o centro da Terra puxou ele de um jeito que ele perfurou o chão e foi descendo, descendo, descendo, quilômetros para baixo. Mas, e acho que isso é uma coisa que você não sabe, quanto mais para dentro da Terra você vai, menor fica a gravidade, porque só o que exerce força sobre você é a esfera com o raio equivalente à sua distância do centro. Deu para entender? Acho que não, mas talvez dê para entender assim: é como se a Terra fosse uma cebola, que eu sei que você odeia, mas só pensa nela para entender essa analogia, e, quando você está na metade da distância entre a superfície e o centro, é como se as camadas da cebola que estão acima de você não fizessem mais efeito gravitacional, só as camadas que estão abaixo. Então, se você está na metade do raio da Terra, a massa da parte do planeta que te puxa para baixo é só a raiz cúbica da massa total. E, no centro do planeta, não há gravidade nenhuma. Voltando ao cone com o buraco negro aprisionado, que é o que interessa, um cientista atrapalhado tropeçou na bandeja de fibra de carbono e o cone caiu, rasgando o solo e muitas camadas sedimentares, até que uma hora parou de cair quando as rochas ainda eram firmes e a gravidade não era mais tanta para puxá-lo. Encontraram esse furo bem fino, da largura da moeda, descendo quilômetros lá para baixo, desceram um cabo de aço fortíssimo, prenderam no conezinho e, lançando um foguete para o espaço, conseguiram puxar esse cone para a superfície. E aí, quando ele estava saindo, *a gravidade ia puxando cada vez mais, e, bem quando ele chegou na superfície, a força do foguete queimando lá em cima era igual à da gravidade! Por três minutos, o foguete, o planeta e o pequeno cone ficaram paradinhos. Foi aí que"*

Assim terminava a página de uma carta para uma de suas quatro filhas, a mais velha, provavelmente, de oito anos, segundo minha memória. Virei a folha para ver se havia continuação no verso, mas o que tinha era:

21:32:14 – alteração na rotação 43,9767 – 15.326,66 – não confie na base – 15.623.266,66 – 1532:21:32:15 ascensão – 43.947,52 horário de chegada 48.976,73 não conte a eles – saída – 48.986,93, 21:32:13 – concentração

Escrito às pressas, em inglês, com letra pouco legível, tombada para a direita. Além dos números, chamaram muito mais atenção os "não confie na base", "não conte a eles". As linhas eram bem menos organizadas do que as outras anotações de Michael no seu caderno. Bem mais aflitas.

Estava tão focada no papel que levei um susto quando percebi que Boris tinha entrado no quarto.

— Tudo bem?

— Já está na hora de eu fazer a análise da Hsu.

— Quer que eu vá junto? Ainda tenho umas horas até ter que ir lá fora dar uma olhada no telescópio.

— Não, eles vão falar mais sendo avaliados por uma pessoa só. Olha isso aqui.

Entreguei a folha de papel para ele. Depois de analisar, surpreso, ele falou:

— Essa coisa da base, de não confiar na base…

— É uma prova de que ele estava paranoico. Mas exatamente por isso… Não foi muito difícil de achar essa folha, sabe?

— Hum…

— Pode ter sido plantada para ser uma prova de que ele estava ficando louco mesmo. Ou para a gente comprar a ideia e não acreditar na base. Não sei.

— A paranoia é contagiosa, né? Se ele estava louco, já passou pra você.

18.

Hsu me encarava num silêncio sereno, esperando eu começar. Estávamos no nódulo mais distante, na Estação de Energia. Originalmente, eu queria fazer a avaliação num lugar completamente isolado: um dos módulos da estação que seria em algum momento usado para retornarmos à Terra. Porém, conforme minha intuição previra, Florentin me negou o pedido, imaginava que com medo de que eu fugisse de lá precipitadamente, fosse convencendo Hsu a ir comigo, fosse sozinha.

Então estávamos ali, a chinesa e eu, "flutu-sentadas" em equipamentos pesados. Era a hora de resolver o caso das mangas compridas do dr. Laerte, de vasculhar a mente da chinesa. Torci para que ela estivesse perto do motor de rotação emanando um calorzinho confortável e amistoso, para ajudá-la a se soltar. O local era totalmente inadequado e muitas vezes isso era bom para deixar a conversa mais informal. Conferi se meu gravador estava funcionando.

— Eles pedem que eu grave tudo, mas eu queria muito que você...

— Eu entendo. Vou responder com sinceridade — disse Hsu.

— No geral, como você está se sentindo aqui na TEEI?

— Dentro do esperado.

— O que isso significa?

— Que as previsões médicas estão corretas. A pouca gravidade causa certa moleza muscular. As quatro horas de gravidade não resolvem isso completamente. A visão também fica cansada se não olhamos pela janela por tempo suficiente. Os olhos só relaxam com distância focal, e aqui é uma lata de sardinha mesmo. O funcionamento do sistema digestório está numa rotina bem diferente da rotina da Terra. Minha menstruação entrou num ciclo assustadoramente regular, vinte e oito dias cravados. A proximidade com a Lua, talvez — falou, rindo.

— E além da sensação do corpo... como você está sentindo sua mente?

— É uma rotina extenuante. O confinamento também tem seus efeitos. Por sorte, estava muito bem alertada e preparada pelos que vieram antes de nós.

— Qual tem sido a parte mais difícil?

— Bom... Acho que já discutimos esse assunto — disse ela seriamente, se referindo ao desaparecimento de Michael, mas sem citá-lo e deixar isso gravado.

Deixei um silêncio, esperando que ela falasse mais, o que não aconteceu. Resolvi não entrar de cabeça no tema.

— Você tem sonhado?

— Como?

— Quando você dorme, você tem sonhado aqui na TEEI?

— Ah, quase nunca.

Me surpreendi.

— Essa pergunta tá mesmo aí? — perguntou, apontando o meu tablet.

— Está. Sonhos fazem parte do funcionamento saudável do cérebro.

— É, então o meu não funciona muito bem. Quase nunca sonho, nem em casa, nem na Terra e nem aqui. Até fico pensando… Será que é uma parte da experiência humana que eu estou perdendo, sabe?

— E como foi?

— Como foi o quê?

— O sonho que você teve aqui. — Ela me olhou, estranhando. — Você comentou que quase nunca sonhou, então pelo menos uma vez aconteceu.

— É um sonho que eu tenho pelo menos uma vez no ano. Quando eu sonho, costuma ser isso. Estou na casa da minha avó, na província de Sichuan. É uma casa a que eu fui algumas vezes só, quando criança, mas era marcante. A fundação da casa era acessível por fora, mas bem escura. Minhas primas sempre entravam para brincar lá. Contavam que tinha espíritos lá dentro. As mais velhas disputavam para ver quanto tempo aguentavam ficar lá sem serem mortas pelos espíritos, mas eu tinha medo e não ia. Até um dia em que, além das mais velhas, até minha priminha de quatro anos ia entrar. Eu, com seis, não podia ficar de fora. Não podia ter medo do escuro. Respirei fundo e entrei. Não era tão ruim quanto parecia. Frestas de luz ainda passavam e me davam uma segurança de que estava tudo bem. Mas elas continuaram caminhando, contando histórias, contando para nós a lista de coisas que podiam enfurecer os espíritos. Achar que eles eram inventados era uma falta de respeito que os deixaria furiosos, mas tentar falar com eles também era perigosíssimo. Aí, chegamos na entrada de um fosso profundo. Elas desceram e ajudaram a gente a descer também. Não sei por que a casa da minha avó tinha sido construída em cima de um fosso… A escuridão era completa. Zero luz. Um poço feito de macabro. Eu desci também, porque não podia ser a única a retornar naquela hora. O lugar tinha uma umidade desagradável. Tinha um peso no ar. Até ali, eu estava repetindo na minha cabeça que espíritos não existiam, o que o meu pai, um cientista, tinha me ensinado. E eu estava muito determinada a viver uma vida guiada pelos princípios científicos, mas aquele lugar funcionava como uma experiência mística, como uma suspensão da realidade. Naquele silêncio, a presença de espíritos podia ser sentida. Um arrepio agudo na nuca, sabe?

Ela seguiu contando e, diferentemente de alguns outros chineses, principalmente homens, que eu já havia conhecido, Hsu era muito expressiva e muito teatral em sua narrativa. Estava me envolvendo a ponto de que senti uma pontada de medo na barriga.

— Foi no meio daquele terror que eu entrei em alerta. Qualquer ruído, mínimo que fosse, eu estava escutando atentamente. Cada respiração, das duas mais velhas e da mais novinha, que, assim como eu, devia estar morrendo de medo. Pelo menos eu torcia para não ser a única com medo. "É tudo mentira de vocês, não tem nada aqui!", eu falei sem acreditar, com a voz tremendo. As mais velhas só me mandaram ficar quieta. Eu violei uma das regras, desrespeitei os espíritos. Segundos se passaram. "Vamos embora", implorei, mas as outras não se mexeram, e eu não sabia como sair sozinha daquela escuridão, qual era o caminho que dava para subir do fosso. E, pensando agora, mesmo que soubesse, minhas pernas não iam se mexer. Foi nesse momento…

— O quê?

TIN! Ela bateu uma chave de metal na máquina onde estava sentada e eu quase dei um salto para trás. Hsu ignorou meu susto e continuou contando:

— Um sino tocou, a um metro de mim. Eu gritei de medo. A minha prima mais nova começou a chorar na hora, berrando. Eu devo ter corrido em círculos, me atirei nas paredes de terra do fosso para fugir de qualquer maneira, antes que o espírito me matasse. Devo ter demorado mais de um minuto em terror absoluto até eu perceber que as mais velhas estavam rindo. Misturado no som do choro da mais nova… Elas estavam rindo. Às vezes é engraçado, né, como rir e chorar são sons parecidos. Demora pra distinguir, não é?

— É verdade.

— Eu lá, com meu coração batendo como se fossem as últimas batidas antes da morte, minha prima mais nova berrando o máximo que a garganta dela permitia… E as mais velhas rindo da gente. Nessa hora, deu para respirar. Logo o raciocínio se montou. Elas que tocaram o sino, lógico. Elas não tinham levado o sino na mão, mas ele podia ter sido deixado lá desde a última vez que elas tinham ido ali. A explicação mais simples de um mistério é a que exclui agentes de fora.

Balancei a cabeça, concordando. Dava para aplicar aquela máxima à situação do desaparecimento do Michael também?

— Esse rito deve ter sido vivido pelas minhas primas também. Elas provavelmente já tinham estado no meu lugar e agora a vingança era em cima de nós. E na minha cabeça vieram todos os olhares que elas trocaram no caminho até o fosso, olhares com certa malícia. Um sadismo divertido, infantil. Todo aquele tempo, era isso que aqueles olhares significavam.

— Isso tudo é o que aconteceu, não é o sonho, certo?

— Exato. Essa é a história como eu lembro, que aconteceu de verdade. Desculpa, eu estou falando há um tempão. É que não costumo contar essa história...

— Imagina! Estou adorando.

— Mas só estou contando porque o sonho era nesse mesmo lugar. Eu e mais umas pessoas estávamos descendo para o fosso. Não eram bem minhas primas. Eram umas pessoas da faculdade, acho. Essa coisa de sonho que o rosto é de um, mas, na sua consciência do sonho, é outra pessoa, sabe?

— Pra quem quase nunca sonha, até que você descreveu tudo muito bem.

— Obrigada. Enfim, descemos lá até o fosso e esperamos em silêncio.

— Vocês tinham algum objetivo? Algo a ver com os espíritos?

— Não. Eu sentia que tínhamos que esperar, mas não sabia exatamente pelo quê. Era uma lacuna. Aí soava o sino.

— E você levava um susto com ele?

— Não, eu já sabia que ia acontecer. O que eu não sabia era que o fosso ia começar a encher de água. Nenhuma das outras pessoas ficou preocupada, nem mesmo surpresa. Eu comecei a ficar assustada quando a água ultrapassou a cintura e eu não sabia mais quando ia parar.

— Você sabe nadar? Se dá bem com água?

— Na vida real, sim. No sonho, menos.

— E aí?

— Só isso. A água subia a ponto de eu não mais encostar o pé no chão. E o fosso parecia muito alto, impossível sair. E o cansaço invadia meu corpo, eu não aguentava mais ficar nadando e lutando para ficar na superfície. Era só boiar, né? Mas isso é só na vida real que a gente pensa. No sonho, eu estava morrendo de medo de me afogar e morrer, e exausta, e o terror me invadindo... E acordei.

Pelo que havia estudado de sua ficha, Hsu encarava os medos de frente e repetidas vezes desafiara autoridades, peitara o governo e chegara aonde ninguém achava que ela chegaria. Tinha entrado na universidade com quinze anos e aura de prodígio, mas, na China, mesmo se você fosse um prodígio, era só um prodígio entre milhares de prodígios. Com dezessete, ela denunciou um professor por assédio. Ele ainda era membro do partido, suficientemente alto na hierarquia e fundamental no desenvolvimento espacial, mas, ao contrário do que se esperava no meio superconservador, Hsu conseguiu derrubá-lo. Simplesmente tinha se tornado uma pessoa mais importante que ele, tamanha era a promessa da jovem. Aos vinte e quatro, ela já tinha feito parte do time que desenhara uma forma de lançar satélites chineses pela metade do preço dos satélites estadunidenses; e, aos vinte e sete, realizou o sonho de ir ao espaço pela primeira vez fazendo uma transição de departamentos que também era inédita.

O sonho que ela relatou me parecia revelar um desejo inconsciente de contato com o desconhecido. A fantasia de sentir medo de novo.

— Sonhar com água é bem comum. Dizem que tem muito a ver com mudanças na vida, o fluxo das coisas… — falei.

— Você acredita em interpretação de sonho?

— Na verdade, não. Só falei que é isso o que dizem.

— Justo. É uma interpretação bonita, mas muito ocidental. Pra gente, a água tem outros significados.

— Quais?

— Muitos. Pode ser a morte da matéria, o quinto estágio do Wu Xing, os cinco elementos, mas também pode ser energia parada, em conservação. Acho que, pra mim, é um símbolo de um ciclo que mantém tudo parado. Não tanto de mudança.

— E da história? Da vida real. O que você tirou dela?

— Bom, pra mim, a interpretação da história é que, por mais que o corpo esteja dizendo uma coisa, a verdade ainda é uma explicação simples da realidade objetiva. A ciência sempre ganha. Hoje, eu estou aqui, num espaço bem mais escuro que aquele fosso. E já as minhas primas mais velhas…

— Onde elas estão hoje em dia?

— Não sei. Casaram com homens chatos. Têm filhos chatos. Ranhentos.

— E só mais uma coisa sobre esse assunto: quando você teve esse sonho?

— Não lembro com certeza.

— Antes ou depois do Michael desaparecer?

— Não sei.

— Pode se esforçar pra lembrar? Pode ser importante.

— Acho que foi antes.

Mas fiquei com a sensação de que ela tinha mentido. E que mentira não era seu forte.

— Mas foi perto do dia em que ele sumiu?

— Não escrevi sobre isso em nenhum diário. Não comentei com ninguém. Então não dá para saber, não sabia que seria importante. E, você pode imaginar, todos os dias aqui começam a se embaralhar.

— É, mas, quando um integrante da tripulação desaparece, tudo fica bem memorável.

— Tudo que é relacionado a isso fica extremamente memorável. E, para compensar, tudo que é irrelevante vai se perdendo — falou, se sentindo um pouco cutucada.

— Hsu, você pode descrever em mais detalhes sua hipótese sobre o que aconteceu com o Mich…

Um alarme começou a soar. Ouvimos gritos vindos de longe. Hsu saltou para o corredor. Era o alarme de incêndio.

19.

Todos voaram para o laboratório. Hsu tomou impulso numa das máquinas pesadas e disparou para o corredor, passando bem perto de mim. Ela escolheu o caminho pelo anel externo, que era mais curto do que o que passava pelo Núcleo. Um alarme gritava constantemente. Cheguei e vi Anatoly puxando um extintor de incêndio de uma bancada e atirando-o com toda força para Florentin, na entrada do laboratório.

Florentin pegou o extintor que veio como um foguete e, dando um chute forte na parede de trás, como um nadador fazendo uma virada olímpica, se mandou rapidamente para dentro.

— Não tem extintor lá dentro? — perguntei.

— O de lá já gastou — respondeu Anatoly, enquanto já se deslocava para o foco do fogo também.

Fui com ele. Quando cheguei perto, a fumaça era intensa. O cheiro, indescritível e horrível. Florentin e Hsu estavam mirando o centro do laboratório, de onde saíam constantes labaredas e fumaça, até que de repente uma explosão e uma pequena bola incandescente de energia se formaram no centro do ambiente. Era um gás que estava pegando fogo, mas, sem a gravidade, o gás não subia no formato de fogueira a que estávamos acostumados... A energia se mantinha unida numa esfera a temperaturas cada vez maiores. No centro, algum material combustível devia estar sendo consumido, e devia ser algo muito poderoso, mantendo o calor da bola de fogo quase em estado de plasma.

O olho demorava a se adaptar a tanta luz, mas logo vi, no canto do laboratório, Jane e Monica caídas, possivelmente feridas, sendo atendidas por Boris e Lucio.

Florentin e Hsu estavam gastando todos os extintores, lutando furiosamente contra a combustão.

— Sai, sai — falou Anatoly, chegando com um novo extintor.

Os três juntos conseguiram controlar melhor as chamas.

— Quer que eu faça alguma coisa?

— Se afasta! Cuidado! — gritou Anatoly.

Me afastei. Finalmente, a bola de fogo desapareceu. A fumaça densa impedia a gente de ver a um metro de distância e simplesmente não era possível abrir a janela para arejar o local.

Boris e Lucio puxaram Jane e Monica lá de dentro. Florentin, Hsu e Toly saíram em seguida e logo correram para fechar definitivamente a porta do laboratório. Antes da porta se fechar por completo, no meio da fumaça, consegui ver a carcaça torrada do MAP: sua pirâmide de metal agora deformada e o aro ao redor, pela metade. Fora ele, o microacelerador de partículas, a origem do incêndio.

A porta se fechou, mas todos já tinham respirado uma boa quantia dos gases tóxicos da combustão. Tossiam, uma tosse áspera. Um incêndio era um problema em qualquer lugar, mas especialmente numa estação onde o ar era um dos bens mais preciosos.

O alarme parou e o silêncio deu um certo alívio. Florentin, Anatoly e Hsu ficaram no Núcleo, discutindo e executando a estratégia mais adequada para filtrar o ar contaminado e não perdê-lo por completo. Eu, Boris e Lucio levamos Jane e Monica para a enfermaria da estação, que nada mais era que o pequeno canto do quarto.

— Você tá bem? — perguntei para Monica enquanto a conduzia flutuando pelo corredor.

Ela, usando a mão esquerda para segurar a mão direita machucada, sofrendo muita dor, respondeu:

— A Jane está pior.

Ela estava na minha frente, sendo levada pelos outros dois. Do meu ângulo, nem sabia se estava consciente.

— Vai ficar tudo bem — afirmei no automático, para receber de Monica um olhar de "eu não sou sua sobrinha de quatro anos".

Chegamos ao quarto. Lucio já estava separando o kit de primeiros socorros. Boris apoiou Jane em uma maca e começou a examiná-la rapidamente, erguendo suas pálpebras e sentindo sua respiração. Pelo comportamento de Boris, ficou claro que ela não corria risco de morrer, mas, quando Jane virou o rosto, me assombrei ao ver que parte dele estava queimado. Algum tipo de explosão devia ter acontecido bem perto dela.

Lucio se aproximou com um equipamento moderno de medição de sinais vitais e o conectou ao braço de Jane, medindo pressão, batimentos, oxigenação do sangue, entre outros parâmetros de emergência. Jane balbuciava sem parar alguma coisa.

— O que que ela tá falando?

— "Que merda... Que merda..." É isso que ela tá falando — respondeu o russo para Lucio.

Monica soltou um leve grunhido e me lembrei de que eu mesma deveria estar cuidando de uma paciente. Me virei para ela, que finalmente revelou sua mão direita, significativamente atingida. Algumas queimaduras de terceiro grau espalhadas por toda a mão e o pulso. O dedinho estava tão magro; parte dele devia ter derretido.

— É uma merda mesmo — falou Monica, parecendo enjoada de ver a própria mão assim.

De fato, ela quase vomitou, levando abruptamente a mão esquerda à boca. Eu dei um rápido pulo na caixa de medicamentos e puxei um spray que fora criado especificamente para lidar com queimaduras.

— Dói? — perguntou Monica, se referindo ao spray.

Eu não sabia, mas julguei que melhor do que ela sofrer antecipando qualquer dor era surpreendê-la. Olhei bem no olho dela e comecei a falar:

— Olha, Monica, depende muito de... — E espirrei com tudo, sem baixar os olhos.

Ela se contorceu inteira e soltou um grito grave, bem gutural. Um grito que me assusta só de lembrar.

— Desculpa, mas quanto mais rápido, melhor para a recuperação dos tecidos.

— Continua, então.

Espirrei novamente. Com delicadeza, girei a mão dela para aplicar o spray por todos os lados.

— Pronto, pronto.

Comecei a enfaixar Monica com talas de um material específico, caríssimo, bactericida e também capaz de ativar células de reconstrução. Luxos de uma viagem espacial. Com a mão esquerda, Monica me ajudou a enrolar a atadura rapidamente. Após tudo coberto, calcei a mão dela com uma luva.

— Você está sentindo dor em mais algum lugar? — perguntei.

Monica fez que não.

— Por enquanto, pelo menos.

Obviamente, ela estava muito focada na dor da mão.

— Algo na cabeça? Na visão?

— Ainda enxergo a bola de fogo impressa na minha retina, mas daqui a pouco vai passar.

As retinas de todos nós ainda deviam estar manchadas com aquela forma. Torci para que passasse mesmo.

Jane soltou um gemido mais alto e começou a puxar o ar mais agressivamente. Boris e Lucio zanzavam ao redor dela, frenéticos. As queimaduras no rosto não deviam ser sérias, mas, a cada respiração, o som ficava mais rouco, rasgado. O problema maior era o quanto Jane tinha respirado dos metais e de sabe-se lá mais o quê que foi liberado na explosão. Qual era o conteúdo de um miniacelerador de partículas? O medo era algum elemento radioativo que tivesse se espalhado pela estação inteira, contaminando todos nós. Não era à toa que os outros três estavam lá no Núcleo, tentando resolver o problema, em vez de estarem ajudando ali.

Boris reposicionou a cabeça de Jane e preparou em sua mão o equipamento para entubá-la. Era uma condição extrema, que eu nunca havia visto nem imaginado acontecer no espaço.

Lucio não parecia nem capaz nem tranquilo o suficiente para auxiliar no procedimento. O tubo tinha que ser inserido na garganta no ângulo exato, tanto para funcionar a passagem de ar quanto para não danificar permanentemente as cordas vocais e as paredes da laringe. Eu também não estava nem um pouco animada para auxiliar, mas consegui dar alguns passos, me aproximando. Por sorte, Jane segurou a mão de Boris e fez um "não" com a cabeça. Ela não queria nem achava necessário. Boris pareceu respirar aliviado. Talvez estivesse se precipitando mesmo.

Jane tentou falar, mas nenhum som saiu.

— Nem tenta — disse Monica — Só respira.

Monica segurou uma das mãos de Jane, usando sua mão intacta. Jane buscou outra mão com o outro braço e encontrou a de Lucio. Calmamente, ela começou a respirar mais fundo, menos afobada. Apertando as mãos com força, sentindo fisicamente o poder da conexão humana, pondo em prática os estudos que diziam que esse tipo de toque era uma das melhores formas de controlar a resposta de estresse do corpo.

— Onde que vocês estavam com a cabeça? — falou Lucio.

Jane estava melhorando e conseguindo respirar mais, sua coloração voltando, e ele insistiu:

— Hein?! Como isso foi acontecer?

— Não sei... — murmurou Jane.

— Você, cala a boca — falou Monica para Lucio. — E você, fica tranquila, não precisa falar nada — acrescentou para Jane.

— Foi você, não foi? — Lucio se voltou para Monica. — No que vocês estavam mexendo? Que porra é essa que vocês trouxeram?

— Lucio, fica quieto — respondeu Monica.

— Vocês estão querendo sabotar a gente, é isso?

Boris pegou no braço de Lucio bem forte. Uma ameaça bem clara. Olhou no olho dele.

— Depois.

Foi só isso que o russo falou, e sua linguagem de agressividade foi compreendida.

— Vai ver se estão precisando da sua ajuda no Núcleo — falei.

Lucio nos deu as costas. Enquanto ia embora, Jane olhou para as costas dele flutuando pelo corredor. E, por mais que ele estivesse enchendo o saco, eu senti no olhar dela que não ficou completamente tranquila de ser deixada sozinha com nós três. Os três invasores.

20.

Jane ficou deitada em uma maca e pediu um calmante para dormir. Além disso, uma solução via oral e uma tópica, para acelerar a regeneração celular.

Ela era a mais acadêmica de todos, a que mais vivia no mundo das ideias. Li na sua ficha que, aos oito anos, ela teve uma meningite seríssima que a deixou de cama por quase um ano. Nesse período, ela se apaixonou pelas ciências puras. Ninguém da sua família tinha experiência acadêmica científica, mas Jane começou seus estudos pela internet (ela era mais jovem que eu, tinha acesso a muitos recursos on-line no meio dos anos 2000). Entrou na escola um ano atrasada e saiu dois anos adiantada, direto para um programa de pós-graduação em física.

Monica, Boris e os outros estavam analisando os danos e pensando nos próximos passos, lá no Núcleo. Com o acidente, eles ainda não tinham feito a caminhada espacial para vistoriar o telescópio e o cronograma do conserto já estava algumas horas atrasado.

No quarto, só eu observava Jane, que dormia com o rosto tenso, metade coberto por gaze. Sua mão direita estava agarrada a uma pulseira feita de pano branco, com alguns esparsos fios azuis, amarelos e verdes. Jane abriu os olhos.

— Oi, Jane. Eu vou avisar…

Mas ela me interrompeu:

— Espera. Fica aqui.

— Você está se sentindo bem?

Ela fez que sim com a cabeça, ainda com os olhos semiabertos, um pouco grogue por causa da medicação, talvez.

— Alguma dor? Está respirando bem?

— Tudo certo. Só o susto — falou, baixinho.

Sorri, aliviada.

— Pode descansar mais, não vou ficar fazendo perguntas — falei, e meu olhar instintivamente caiu para a mão dela, segurando a pulseira.

Jane notou.

— É um amuleto. Pra proteger de coisas ruins.

— Bom, funcionou. Você podia ter saído muito pior de um acidente desses.

Ela fez que não com a cabeça e, abrindo a mão, me mostrou que o amuleto estava rompido.

— Já faz umas semanas que está assim...

— Algumas semanas? Antes ou depois do Michael ter sumido? — Não resisti e perguntei.

— Arrebentou no dia. E olha no que deu… — Ela segurou o amuleto com carinho.

Era estranho um astronauta ser supersticioso, mas o curioso mesmo é que nós seres humanos sejamos supersticiosos, porque os outros primatas não são. O experimento que provava isso se dava da seguinte forma: chimpanzés eram ensinados o mecanismo para abrir uma caixa, mas os cientistas acrescentavam movimentos desnecessários no meio da demonstração, como uma dança ou algo assim, que não tinha nada a ver com abrir a caixa. Os chimpanzés copiavam tudo, mas, aos poucos, iam deixando de lado os movimentos desnecessários. Já crianças humanas não abandonavam movimento nenhum, e inclusive criavam narrativas para justificá-los. Isso é o que chamamos de superstição.

— Foi minha tia que me deu. Quando ela se aposentou, deu um para cada pessoa da família. Ela era pescadora. Isso aqui ficou junto comigo por mais de dez anos e... É engraçado que, no ano passado, teve um grande reencontro da família e eu perguntei pros primos, pros tios... onde estavam os amuletos deles. A maioria nem lembrava que isso existia, acho que eu fui a única. Enfim, também fui a única que já saiu da estratosfera terrestre. Mas agora...

— O que você e a Monica estavam fazendo com o MAP? Ele explodiu quando ligou?

Ela fez que não com a cabeça. Eu estava me sentindo mal de me aproveitar dela naquele estado semiacordado para fazer algumas perguntinhas importantes, mas... No fundo, não era pelo bem dela? Quanto mais rápido eu descobrisse o que estava acontecendo, não seria melhor para todo mundo?

— Ele explodiu quando eu rodei um experimento. Igual ao do Michael — murmurou Jane.

— Qual experimento?

O rosto dela contraiu, com dificuldade de lembrar.

— Pode falar pelo número, caso seja mais fácil.

— Não tinha número.

Estranho, pensei, mas também podia ser que ela, grogue, estivesse falando qualquer coisa e depois, completamente lúcida, soubesse explicar melhor. Escutei alguns barulhos vindo do corredor; tinha pouco tempo a sós naquela situação, talvez tempo para uma última pergunta.

— Jane, o Michael estava tendo problemas com alguém aqui na estação?

Nenhuma resposta.

— Ele brigou com vocês? Ou com alguém?

— Com o Florentin.

— Eles brigaram por quê?

— Eles berravam em francês, não dava pra entender tudo.

— Mas o motivo da briga?

Jane me olhou bem compenetrada e... é difícil descrever aquele momento apropriadamente, mas ela, no auge da seriedade, falou:

— Porque o Florentin ficou azul.

— Azul? De tristeza? — perguntei, já que estávamos falando em inglês e isso abria margem para essa interpretação.

— Não. Azul, no corpo todo — respondeu e, em seguida, riu.

Ok, percebi que falava com alguém que estava delirando.

Logo Boris chegou e me chamou com a mão. Fim da minha avaliação improvisada.

Eu me apertei no corredor com Boris e Monica para uma reunião sussurrada.

— Você já conseguiu falar pra ela do papel? — perguntei.

Boris fez que sim com a cabeça.

— E o que você acha?

Monica deu de ombros.

— Corrobora com o surto, mas sei lá. Eu entendo que vocês estão focados nas palavras, mas às vezes as pessoas escrevem automaticamente qualquer coisa. Pode ter uma interpretação bem mais específica e inocente, não sei. Os números eu não tenho ideia do que sejam também.

— Quero analisar a escrita com mais calma, depois. Comparar a letra com outras anotações... Se bem que, hoje em dia, não dá pra ter muito banco de dados de caligrafia — expliquei, esticando a mão, pedindo o papel.

Ela me deu e o guardei no bolso.

— E o rádio? — perguntei.

Boris havia avançado bastante. Ele roubara a antena e parte do rádio digital da roupa espacial de Michael (ninguém deveria mexer nela nos próximos dias). A questão agora era modificá-lo com os resistores e outras peças, aumentando o alcance do rádio para longa distância. Eu era a única não engenheira e não entendi completamente, mas parecia que estava perto.

— Você sabe por que o MAP explodiu? — perguntou Boris para Monica.

— Nós conectamos o equipamento com a corrente de energia. Ele consome muito, direto dos painéis solares. Parecia que estava tudo bem, mas, durante o primeiro experimento, que era um choque para produzir alguns quarks C, deve ter dado um pico de energia que causou a explosão.

— Era mais você ou ela que estava fazendo as coisas?

— Nós duas juntas. Não sei. Ela que quis começar por esse experimento. — Instintivamente, Monica olhou para a própria mão, agora protegida com a luva — Eu estava com a mão perto. A Jane estava programando o equipamento, com o rosto mais próximo.

— As coisas que queimaram do MAP eram radioativas? — prosseguiu Boris.

— Não. Acho que não. Não tinha nenhum símbolo, pelo menos.

— Isso não significa nada.

— A estação não tem aqueles papéis que ficam coloridos rapidamente em contato com radiação? — perguntou Monica.

— O pior é que tem, mas adivinha onde estão... — respondeu Boris.

Os papéis estavam no laboratório. E não valiam o risco de abrir a porta para descobrir se havia contaminação no ar ou não, pelo menos por enquanto. Aproveitei o breve silêncio para perguntar:

— O que vocês acham que tá acontecendo?

Obviamente, eu estava falando sobre a situação toda. A sensação era de que, se eu não estivesse com todo aquele cansaço mental, se estivesse analisando as coisas tranquilamente na minha casa, vendo tudo de longe, conseguiria entender tudo muito melhor. Boris e Monica se entreolharam.

— O que você acha? — devolveu ela. — Você está aqui só por isso. Já avaliou uma delas.

— Eu... Bom, acho que essa é a pior missão espacial já feita.

Abri um sorriso amarelo e ficou por isso mesmo, já que eu não tinha nenhuma teoria formada ainda. Boris e Monica tinham que ir, logo sairiam da estação para a vistoria do telescópio.

Quando nós três chegamos ao Núcleo, Florentin já estava falando com a base, relatando o acidente, contando que o laboratório estava selado.

Eu estava presenciando os bastidores de uma daquelas comunicações que tinha passado tantas horas estudando, com Florentin sentado diante da câmera na tela do computador. Era estranho vê-lo assim, daquele ângulo lateral, e pela sua postura se via que ele estava com o corpo inteiro tenso, os pés plantados no chão, milimetricamente alinhados.

— Cuidados médicos foram necessários para as duas astronautas, mas elas estão bem.

Anatoly e Hsu também assistiam à conversa, do outro lado do ambiente. Não pareciam tão tensos como Florentin.

— Passaremos os números exatos e fotos dos equipamentos para análise de vocês.

Ele ficou em silêncio. Eu queria muito escutar a voz de alguém da base falando, mas não veio som nenhum. Por um momento, virei o rosto para meus companheiros. Seria possível que ele estivesse encenando aquela conversa? Que não houvesse ninguém do outro lado? Mas Florentin girou a cabeça e percebi que ele estava com um fone no ouvido do outro lado. Só ele escutava as respostas da base. E as perguntas também.

— Sim — respondeu Florentin, e deu uma breve olhada na nossa direção. — Eles estão se aclimatando bem. Tirando esse inconveniente, a missão deles está caminhando.

Ele me olhou e sorriu, mas não conseguiu sustentar essa expressão por muito tempo e logo desviou o olhar para o chão.

Horas depois, junto com Hsu, Toly e Florentin, acompanhei pela tela do computador as imagens de Monica e Boris lá fora, inspecionando o enorme telescópio. O formato era bem diferente de um telescópio na Terra. Tratava-se de uma caixona, cúbica, com um dos lados coberto por um grid de trinta e seis lentes supersensíveis à radiação eletromagnética. Aquele trambolho era capaz de observar com muita precisão a explosão de um magnetar localizado a mais de 13 mil anos-luz de distância. Seu espectrômetro podia inferir a composição química de um planeta a duas galáxias de distância. Enxergava muito o bichinho.

Monica e Boris agiam com paciência e cuidado, sempre presos à estação por pelo menos dois cabos de segurança. A caminhada foi um sucesso, mas eles não puderam deduzir por que os consertos anteriores não tinham funcionado. De qualquer forma, instalando novas peças era possível que tudo se resolvesse.

Quando eles voltaram, Anatoly e Hsu foram ajudá-los a tirar o capacete e as roupas pesadas. Fiquei sozinha com o capitão.

— Florentin... — chamei, querendo perguntar diretamente que loucura era aquela que estava acontecendo, mas não consegui completar a pergunta.

Ele me olhou, e eu estava tão perto que consegui ver aquele mesmo movimento de pescoço, o espasmo do esternocleidomastóideo se preparando para falar, e a contração dos orbiculares da boca selando os lábios completamente. Não sei se durou só um segundo, mas em seguida ele me encarou de um jeito tão vazio que arrepiou minhas costas. Pela primeira vez, pensei que ele não ia me deixar sair daquela nave viva.

Florentin se levantou e foi embora.

21.

No dia seguinte, era o dia da avaliação de Lucio. Eu cheguei já me sentindo mal porque novamente tive uma noite conturbada. Acordei me lembrando bem de um sonho. O começo não era muito novidade para mim: a sensação de que um dos meus molares estava soltando. Eu checava no espelho, sem dor, mas com bastante aflição, lamentando o trabalho que seria recolocá-lo ali. Por fim, o movimento da minha língua soltava o dente, fazendo um clique horrível. Quando eu era criança, diziam que sonhar com dente significava morte de parente. Não tinha muitos parentes vivos para morrer; esse presságio não me assustava mais. O sonho continuava: cuspia o dente na minha mão. Era imperativo que eu ficasse com ele, para colocá-lo de volta, mas o dente estava escorregadio como um peixe, escapou das minhas mãos, caiu no chão e, para meu espanto, abriu um buraco e seguiu caindo cada vez mais para o interior da Terra, infinitamente. Era influência da história que Michael havia escrito para suas filhas.

Na Estação de Energia, encontrei Lucio brincando com um cubo mágico colorido. Para combinar com o estigma, ele não estava conseguindo montá-lo.

— É seu?

— Não, da Jane. Você sabe montar?

— Já soube, quando adolescente.

Ele fez um giro empolgado e conseguiu completar o lado todo laranja, mas logo em seguida percebeu que o lado verde, que ele já havia feito, se desmanchara. Demonstrou frustração, mas logo se lembrou de que eu estava no ambiente e, sorrindo, "rodopiou" o cubo no ar, se valendo da ausência de gravidade. O cubo ficou girando por um bom tempo num espetáculo colorido, com as cores se fundindo.

— Mais bonito isso que ele montadinho — falou.

— Verdade! — concordei, tentando ganhar sua simpatia.

— Você está gravando?

— Estou, tudo bem? — Ele não respondeu e eu já emendei a primeira pergunta: — Como tem sido a viagem?

— Dou duas estrelas. A comida é meio sem gosto. Serviço de quarto não existe. Banho com lencinho umedecido não é tão bom quanto chuveiro. E o pior: a região é meio erma...

— E os companheiros de albergue?

Ele sorriu.

— São os mais capazes do mundo.

— Gente boa para viajar junto?

— Os mais competentes, sem dúvida. Não são meus amigos de Zaragoza, mas eu também não estou aqui pra me divertir.

— Você também se considera um dos mais competentes?

— Sem dúvida. Estou aqui na missão. É porque mereço.

Como imaginava, ele falou isso com voz excessivamente grossa, com muita pose.

— Eu estava vendo as listas de atividades e de pesquisas... Me pareceu que você tem menos responsabilidades que os outros.

Estava alfinetando-o mais; se eu mantivesse uma cordialidade, ele provavelmente manteria o controle e não falaria nada que eu já não pudesse prever.

— Não, não sei. Pode ser coincidência. Ou pelo fato de eu ser novato. Você também é, não é? — Ele estava no segundo passo do mecanismo de defesa, que era me diminuir, inclusive com o olhar. — Do seu trio, você é a única que não sai para consertar o telescópio, não é?

Mal sabia ele que eu tinha a maior responsabilidade, ou pelo menos era o que eu sentia. De qualquer jeito, resolvi que o melhor era concordar com a cabeça.

— Pois então, tudo muito natural — concluiu Lucio.

— E você acha que eles te respeitam tanto quanto a qualquer outro? Só pergunto pelo fato de você ter caído um pouco de paraquedas nessa missão.

— Sim, sim, caí de paraquedas no meio do espaço.

Em grupo, ele oferecia o silêncio e cedia totalmente o espaço para os outros conversarem, mas a dois ele mostrava mais quem era de verdade. Fiquei em silêncio e ele mesmo foi completando:

— Todo mundo sabe que era para a Margaret ter vindo, mas política faz parte. Faz parte, não, é o todo. Você deve saber como eu me sinto, porque eu fiquei sabendo que você tentou várias vezes entrar nesse tipo de missão e só conseguiu agora. "Caída de paraquedas" também. Mas não é por isso que nós merecemos menos. A verdade é que tem mais gente capaz no mundo do que vaga no espaço. Por enquanto, pelo menos.

Digo por enquanto porque eu acho que daqui a pouquinho o espaço vai estar muito mais habitado. As grandes navegações explodiram de repente também. O número de espanhóis navegando pelo mundo disparou exponencialmente de algumas centenas para centenas de milhares. Vai ter todo tipo de gente vindo pra cá.

— Fugitivos da lei. Vai ter trânsito para a Lua. Vai ter batida de um foguete no outro.

— Vai ser exatamente isso — disse, rindo, mas um riso um pouco nervoso: curto, espasmódico, desagradável.

— E o começo do caos é essa missão aqui, não é?

O sorriso de Lucio se desfez imediatamente.

— Porque... o que aconteceu com o Michael Dodge... seja lá o que tenha acontecido... é um absurdo.

Deixei um silêncio para ele completar, mas Lucio não o completou. O silêncio começou a ficar desconfortável, mas a questão era o quanto ele o suportaria...

Aparentemente, muito tempo. Os segundos foram passando. E passando. Àquela altura, o desconforto já tinha atingido seu ápice, e, com nenhum dos participantes da disputa disposto a ceder, o constrangimento foi baixando. Agora, o jogo estava explícito e ele me encarou dessa maneira. Lucio pegou o cubo para mexer nele sem prestar atenção, rapidamente girando as fileiras, dedos agitados. Ação frenética para compensar impotência.

— Eu sei que nós sempre temos que cuidar da hierarquia e que não é comum fazer esse tipo de pergunta, mas... teve alguma decisão aqui na TEEI que você acha que foi uma decisão equivocada?

— Não.

— Seja como resposta ao incidente do desaparecimento de um dos tripulantes ou… até mesmo como causa do incidente.

O olhar de Lucio rapidamente passou pelo corredor, talvez com medo de que alguém estivesse escutando e ele falasse algo comprometedor.

— Não vejo nada que poderia ter sido feito diferente, até mesmo porque nada foi feito. O desaparecimento pegou todo mundo de surpresa.

— Até mesmo essa inatividade pode ser um problema.

— Não tinha nada pra fazer. Realmente… não tenho nada a acrescentar sobre isso.

— Mas você concorda que a situação é realmente absurda?

— A situação é chocante. Para nós mais do que para qualquer um.

Dava para ver quão tenso ele estava, e eu deveria estar também.

— Vai, Lucio. Fala sério. Você acha que eu sou idiota? Que não consigo ver que você está escondendo alguma coisa de mim?

Ele apenas me encarou.

— Vai continuar me olhando como se você fosse burro e não entendesse o que eu estou falando?

Talvez eu tenha sido muito agressiva, mas estava me culpando por ter sido boazinha demais com Hsu e acabei compensando. Naquele ritmo, logo que eu acabasse a avaliação, todos os outros tripulantes saberiam o que aconteceu e se sentariam para falar comigo com muito mais hostilidade. Só que uma vez que a vaca foi para o brejo…

— Lucio. Pensa bem. Isso que eu estou te dando é uma oportunidade. O que você acha que vai acontecer com vocês quando voltarem para a Terra? Isso aqui é uma merda de um tamanho gigantesco. Uma nação inteira vai estar esperando esse indivíduo retornar, com faixas de “Michael, nós te amamos” no aeroporto. Estão todos esperando pelo discurso que ele vai fazer a favor da ciência. Estão esperando para fazer um tour infernal pelos programas matinais de Montreal a Vancouver. Estão esperando que ele dê uma palestra para um bando de criancinhas numa creche qualquer no interior do Canadá. Mas ele não vai voltar. E tudo, na verdade, vai por água abaixo! Todos os programas espaciais vão tomar um grande golpe, a opinião popular vai virar contra nós repentinamente. Esse aumento de viagens espaciais que você estava dizendo... não sei, pode ser o oposto. Cada vez mais as pessoas estão com pavio curto, só precisando de um evento qualquer para explodir em fúria, e raiva e indignação. A TEEI e o programa espacial vão sofrer com isso, não tem como escapar.

— Humpf. Você se preocupa com o programa, mas é de uma pessoa que estamos falando — falou, irônico, mas obviamente mexido.

— Exatamente. É do Michael que estou falando. E eu nem o conheci como você conheceu. Para mim, ele é só um cara de uma ficha que eu estudei. E me lembro da ficha dele. Michael tem quatro filhas, não é? Quatro meninas? Ele falava sobre elas? Tinha foto delas? Porra, vocês não se sentem responsáveis? Ele era o companheiro de vocês! Aqui no espaço a vida de um fica na mão de todos, não é isso que ensinam pra gente?

Lucio estava piscando mais do que o normal. Não queria que seus olhos ficassem nem um pouco marejados. Eu achei que ele estava prestes a se abrir, mas, quando ele abriu a boca, o tom que veio foi de ameaça:

— Assim como a vida de vocês está na nossa mão. E a minha na sua.

Ele estava apertando o cubo com as duas mãos. Não falei nada. Só concordei. Foi ele que continuou:

— Você falou que isso é uma oportunidade.

— Falei. Exato. De falar o que você pensa, de se defender. Você não estava no topo da cadeia de decisões. A sua responsabilidade aqui é ser sincero. Explicar melhor o que aconteceu, do seu ponto de vista. É a oportunidade de ser avaliado pelo que você acredita e pela sua moral, em vez de ter que ser avaliado pelas escolhas dos outros. Que, inclusive, nem te valorizam como deveriam.

Eu estava gastando todas as minhas balas de uma vez. No fundo do olhar dele, estava aquele mesmo brilho de competição que eu tinha visto durante o longo silêncio.

— Não vejo nada que poderia ter sido feito diferente. O comportamento de todos aqui foi exemplar.

— O Michael estava se dando bem com todos?

— Sim, muito bem.

— Nenhum desentendimento? Com o Florentin?

— Não que eu saiba.

— A Jane falou que às vezes eles discutiam.

— Só coisa normal, de trabalho.

— Sobre o que de trabalho?

— Acidentes, coisas bestas que acontecem.

— Qual foi a última dessas coisas?

— O Michael estava sobrecarregando o microacelerador de partículas, fazendo mais experimentos do que o combinado.

Como se ele já não estivesse atolado em milhares. Aí, num momento, uma cápsula do MAP estourou, espalhando pó de cobalto para todo lado. Lógico que o Florentin ia reclamar, mas tudo isso está dentro do normal e do esperado, eu tenho que enfatizar isso para você.

Cobalto é um elemento que, dependendo da oxidação, é azul. Era disso que Jane estava falando: Florentin devia ter ficado literalmente manchado de azul, se tivesse estado perto da cápsula que explodiu.

— Então o MAP que a gente trouxe é o segundo que explode nesse mês.

— O que aconteceu ontem foi muito mais sério. Uma explosão de verdade, risco de incêndio, risco de muita contaminação no ar.

— Eu não me lembro da contaminação por cobalto que o Florentin sofreu estar em nenhum relatório para a base.

— Por que "contaminação"? Cobalto em pequenas doses não é prejudicial.

— É... Até se usa para fazer prótese — falei, por experiência própria, pois tinha cobalto no pino do meu tornozelo.

— Então não tem nada de mais nessa história. Mais tarde, no mesmo dia, depois de higienizar o laboratório e eles mesmos, os dois já estavam bem, rindo um com o outro durante o jantar. Jogaram a tradicional partida de xadrez durante a sobremesa, que sempre jogavam...

— Quem ganhou?

— Florentin sempre ganhava, eu acho, mas o Michael não perdia a esperança.

Lucio olhou um pouco para o vazio. Imaginei que estava puxando as memórias daqueles jantares animados. De repente, ele voltou ao presente.

— Acabou, certo? Muito obrigado — falou, enquanto já flutuava para fora da sala.

Fim da avaliação, vida que seguia.

A cada vez que a gravidade voltava, a sensação do peso das roupas no corpo era estranha, até o peso da própria cabeça era estranho, de tão rápido que nos acostumávamos com sua ausência.

À tarde, Boris e Monica começaram a instalação das novas lentes no telescópio. O trabalho era longo e tedioso: abrir cento e dezessete parafusos soldados no metal. Mais da metade não deu certo e eles voltaram frustrados.

Boris, em especial, estava constantemente tenso. A aventura não estava sendo como ele sonhara. Só queria ser um herói contra um inimigo declarado, fosse ele um monstro ou uma abertura no casco da nave, mas nada estava claro e delimitado, nem quanto ao sumiço do Michael nem quanto aos problemas do telescópio. Era o desejo do maniqueísmo num mundo muito mais complexo.

Eu o vi guardando as ferramentas e me aproximei.

— Boris, não quero que você me convide para o casamento do seu irmão. — Ele estranhou que eu tivesse voltado àquele assunto. — Porque eu já decidi que vou. Quero ver como é um casamento dos Botvinnik.

Ele sorriu, realmente surpreso.

— Você vai ver. Se acha que aqui em cima está uma loucura, é porque ainda não conheceu ninguém da minha família.

A "cozinha" era um canto do Núcleo. As refeições vinham seladas a vácuo e desidratadas. Não eram tão diferentes das refeições da Terra, exceto que se privilegiava vegetais bem nutritivos e alimentos pouco perecíveis. O ferro era uma preocupação especial pela Anemia Espacial: perdiam-se muito mais glóbulos vermelhos no espaço do que na Terra.

Lá na cozinha, forma-se uma espécie de fila para hidratar as refeições e esquentá-las nos dois micro-ondas da estação. Lucio havia sido o primeiro e já estava mastigando compulsivamente sua pasta de grão de bico e nozes, talvez arrependido de falar demais na sua entrevista comigo.

Hsu havia levado comida para Jane no quarto. Monica, Boris e Toly já estavam comendo, conversando, dando algumas risadas. Muitas histórias de missões passadas, aquele clima de "conta para eles aquela da ISS em 2008…". Dava para sentir a camaradagem, éramos todos irmãos de profissão. Depois de poucos dias eu já via cuidados entre nós e eles, como "esquentei para você, mas não fervi porque sei que queima sua língua". Dava também para sentir um pouco de culpa por investigá-los assim, mas eu tinha a responsabilidade com o ausente, Michael. E não sentia a mesma camaradagem vindo de Florentin, comendo silenciosamente, encostado na parede, usando uma faca para fatiar sua abobrinha (faca de plástico, ainda bem, para não dar gatilho nenhum).

A minha refeição — sopa de cebola, vagem, ervilha e feijão branco — estava esquentando no micro-ondas. Olhei e só faltavam quatro segundos. Me lembrei da minha irmã, que, ansiosa, sempre interrompia o micro-ondas quando faltavam poucos segundos para terminar e já pegava sua comida, deixando o visor sempre pausado em algum número.

Se o número estivesse parado no um ou no três, ela devia estar bem. Se eu encontrava o micro-ondas parado no sete ou no nove, ela devia estar mais ansiosa. Se estivesse acima do dez, era caso de preocupação extrema. Eu quis tirar minha comida antes, mas me forcei a esperar chegar ao zero, escutei o apito e tirei minha sopa de lá.

22.

Uma formiguinha caminhava heroicamente pela parede. Era o tipo de coisa que não devia acontecer. Depois da refeição, todos se dispersaram, e muitos foram passar um tempo com Jane, que estava melhorando dos seus ferimentos. Monica, Boris e eu nos encontramos perto do laboratório, agora selado, mas a formiguinha estava ali fora, atordoada. Ela devia ter saído por uma rachadura em seu terrário (um dos experimentos da TEEI) quando o MAP explodiu. Tive um impulso de esmagá-la, porque definitivamente não se queria insetos se enfiando em algum cantinho eletroeletrônico de uma estação espacial, mas também tive dó. Deixei ela lá.

Boris tinha uma notícia boa e uma notícia ruim com relação ao rádio improvisado. Estava pronto! Boris enviara uma mensagem à base na frequência correta, relatando o sumiço de Michael. Ele achava que tinha chegado, mas... agora era a hora da notícia ruim: o rádio não estava recebendo nenhuma resposta nem confirmação do envio. Talvez por algum erro na montagem, o aparelho era capaz de enviar, mas não de receber. Talvez a base nem tivesse recebido a mensagem, interrompendo a comunicação inesperada, ou talvez os tripulantes da TEEI tivessem previsto algo assim e dado um jeito de bloquear o sinal. Estávamos no escuro, com diferentes explicações com diferentes probabilidades.

Monica e Boris queriam saber se eu tinha descoberto alguma coisa nas avaliações. Comentei o que sabia da explosão da cápsula de cobalto do antigo MAP. Depois, aproveitamos para pegar a cópia do HD do computador de Michael e analisá-la num computador nosso, munido de vários softwares para investigação. A ideia era buscar não só nos arquivos e documentos, mas num log da ordem de caracteres digitados. Ou seja, descobrir o que Michael podia ter digitado e em seguida apagado. Conseguimos um documento gigantesco com histórico de meses de teclas digitadas. Uma busca de localização por "Florentin" encontrou rapidamente um e-mail muito interessante, redigido no dia anterior ao desaparecimento do canadense e deletado quinze minutos depois de sua escrita. Era um pedido para a base de que Florentin fosse demovido e Anatoly fosse instaurado como capitão. Apesar de ser um pedido isolado, Michael escreveu que acreditava que os outros tripulantes aprovariam a decisão, mesmo que ainda não tivesse exposto a ideia a ninguém, mas que Florentin não exibia um comportamento adequado de capitão. Era arisco, agressivo, intransigente e por isso não tinha legitimidade, causando sérios empecilhos às inúmeras pesquisas e ao bem-estar da estação.

Michael nem chegou a enviar a mensagem, então poderia ser um simples desabafo... Ou o e-mail fora interceptado antes do envio? De qualquer forma, para chegar a escrever a mensagem, Michael devia estar muito chateado ou estressado.

— O motivo do crime — proclamou Boris.

Nem eu nem Monica dissemos mais nada, só imaginamos Florentin, no calor do momento, atirando Michael para fora da escotilha na câmara de descompressão. Tudo para proteger sua posição. Apesar da imaginação vívida, eu ainda não conseguia acreditar que algo assim tivesse acontecido.

Antes de dormir, escovando os dentes, observei de longe Florentin se olhando no espelho. Do nada, ele abria a boca bem aberta e logo fechava, voltando para sua expressão neutra, de entediado. Abria de novo num sorriso grotesco, fechava com lábios tristes, fazendo bico.

— Estranho, né? — falou, e olhou para mim pelo reflexo. Já sabia que eu estava ali. — Estou com uma dorzinha aqui no maxilar. Não sei se dei uma mordida errada em alguma coisa.

— Ah, sim… — respondi enquanto escovava os dentes, pensando se tinha a ver com os espasmos nos músculos do pescoço que eu havia notado.

— Você está feliz? De ter vindo no lugar do Simon?

Senti que tinha um julgamento na voz dele: sabia que eu tinha usurpado a vaga do alemão. Tive o tempo de limpar a pasta de dente da boca para pensar em como responder.

— Ele vai ser pai, você sabia?

— Que ótimo. Ele feliz lá embaixo e você vindo cumprir seu destino aqui em cima.

— Destino?

— O espaço é o destino de todo astronauta, não é? Ainda mais de quem já tentou sete vezes — falou. Ele, que fora mandado para uma missão na primeira tentativa de seleção.

Florentin foi embora do banheiro dando um "boa-noite" bem simpático e acolhedor. Era alguém que eu não conseguia ler. Uma caixa-preta. E, por outro lado, alguém que parecia estar me observando tanto quanto eu o observava. Florentin era meu rival no jogo.

Peguei no sono. Horas depois, acordei escutando Hsu murmurando coisas em chinês. Talvez repetindo o pesadelo no fosso escuro embaixo da casa da avó. Senti que já tinha dormido o suficiente e, agora com a cabeça cheia de coisas, jamais conseguiria pegar no sono de novo.

Eu me levantei e senti que algo estava muito errado. Era a gravidade, que já tinha sido interrompida. Aproveitando que estava sozinha, fui para o Núcleo. Parei diante da porta da câmara de descompressão que dava acesso à parte externa da TEEI, respirei fundo e apertei o botão para a porta se abrir. Ela deslizou rapidamente, com um leve engasgo perto do final. Nada conseguia ser completamente suave, só um set de Hollywood cuja porta era puxada por um contrarregra agachado, escondido da câmera.

Me certifiquei de que ninguém estava me vendo e entrei na câmara de descompressão. A porta se fechou atrás de mim. Eu estava fazendo aquilo para me imaginar na posição do Michael. Busquei algum sinal de briga na câmara e não encontrei nada quebrado, nenhum risco nas paredes, então imaginei se era verdade que ele teria se suicidado, se jogando para fora da estação. Não preciso falar que a sensação de repetir aqueles passos foi horrível. Muito tétrica para o meu gosto, e dessa vez não de Tetris.

Dentro da câmara, tudo era muito silencioso. Se tinha acontecido como Florentin supunha, o Michael nem apertara o botão para despressurizar, simplesmente acionara a abertura da escotilha e fora sugado para fora junto com o ar sem estar com nenhum traje de proteção. Bem como eu estava agora.

O comando para abrir a escotilha daquela maneira era simples: primeiro virar uma alavanca, que só devia ser virada quando todos dentro da câmera estivessem com as roupas para as caminhadas espaciais completamente postas e conferidas. Depois, apertar dois botões ao mesmo tempo. Se eu quisesse abrir a escotilha naquele momento, conseguiria, esticando os braços. Em menos de dois segundos já estaria lá fora. Senti a vertigem, a mesma coisa que dava para sentir quando se estava muito perto de um parapeito e bastava um passo para tudo acabar. Era um medo de cair e um medo maior ainda de reconhecer a vontade de pular.

Cruz credo, era hora de terminar meu experimento de me colocar no lugar do Michael. A única conclusão era que ele precisaria estar num estado mental muito alterado para fazer uma coisa assim. Brilhante, não é? Foi por sacadas geniais como essa que a diretora Ferris confiara em mim e me mandara para lá.

Apertei o botão para retornar ao Núcleo. Nada aconteceu. Apertei de novo. Estranho. Era o botão certo? Sim, era o certo. Tinha alguma trava de segurança que eu havia esquecido? Não, não tinha, era só apertar aquele botão mesmo. Àquela altura, já havia apertado umas oito vezes. Nada de a porta abrir. Que mico: se eu não conseguisse sair, alguém teria que abrir para mim, a incompetente. Astronauta também era capaz de passar muita vergonha...

A menos que alguém tivesse reprogramado as portas para me prender de propósito. Os segundos foram passando e uma leve claustrofobia, se instalando. Parecia que o ar tinha sido sugado também, porque estava difícil de respirar, mas era só meu nervosismo.

Se o Florentin ou qualquer um tivesse me prendido ali, bastava abrir a escotilha para eu morrer igual ao Michael, para eu cumprir meu destino de segunda vítima do filme de terror que estava bem longe do fim, bem longe de desmascarar os verdadeiros culpados. A segunda vítima costumava ser bem ridícula ou simplesmente esquecida.

O coração batia rápido. Pensei se deveria tentar apertar outros botões ou se era melhor evitar o absurdo de acabar me matando sem querer. Seria o prêmio Darwin da década, sem dúvida. Através de um hexágono de acrílico na porta, eu conseguia ver um pouco do Núcleo, mas não parecia ter ninguém lá. Dei um tapa com força naquele acrílico, torcendo para alguém escutar. E que raiva de mim mesma. O que eu tinha ido fazer ali?! Dei outros tapas, mas o acrílico era ultrarresistente, três camadas. Nenhum som devia estar passando. Era hora de gritar por ajuda. Abri a boca…

Mas não saiu nenhum som.

Talvez pelo nervosismo. Tinha gente que, quando tensa, não conseguia gritar, só contraía a mandíbula ao máximo e rangia os dentes. Eu nunca gritava em montanhas russas, por exemplo. E era verdade que tinha mantido silêncio completo por um bom tempo quando precisei fazer isso para sobreviver.

Mas naquela hora eu queria gritar. Queria pedir ajuda, mas a garganta estava travada. Desesperada, talvez alucinando — talvez alguma parte de mim não quisesse gritar. Senti uma coisa estranha no pescoço. Um pavor de estar influenciada por Florentin, pelo silêncio dele, pelos seus espasmos no esternocleidomastóideo.

Já estava duvidando da minha sanidade quando a porta se abriu. Anatoly estava do outro lado, com uma expressão de interrogação, e eu olhando para ele como se estivesse tudo bem, tudo ótimo, nenhum pavor, vergonha ou raiva de três segundos atrás.

— Hoje é minha vez? — perguntou.

A avaliação psicológica dele havia sido marcada para aquele dia.

— Sim, vamos. — Minha voz saiu sem dificuldade nenhuma.

Fomos juntos à Estação de Energia, minha terceira entrevista lá. O laboratório ainda estava interditado, o ar sendo filtrado. As luzes artificiais da TEEI já estavam mais intensas, representando o nascer do sol.

Anatoly e eu nos sentamos um de frente para o outro. Eu cruzei as pernas e ele cruzou também, me espelhando. Paranoica, pensei se estava tentando me agradar ao me imitar conscientemente, ou se era só uma coisa que acontecia mesmo: seres humanos inconscientemente imitavam sinais de postura dos outros. Enquanto eu pensava, quem começou querendo conduzir a avaliação foi ele.

— Eu entendo que nós colocamos vocês numa posição muito complexa e muito injusta também. Como você está se sentindo?

Eu fiquei ofendida. Quem ele pensava que era?

— Estou me sentindo muito ansiosa para fazer a sua avaliação, Toly. Eu fazendo as perguntas e você dando as respostas.

— Lógico, lógico!

— Desde quando você conhecia o Michael?

— Já havíamos frequentado os mesmos lugares várias vezes, mas, antes do treinamento para a TEEI, não diria que o conhecia muito.

— Qual era a sua impressão dele?

— Ah, nada específico. Um cara legal.

— Não é possível que você não bata o olho num astronauta e já não visualize mil coisas sobre ele, não imagine como seria estar numa missão como superior dele.

— Sim, mas você sabe que eu tento não fazer muitos julgamentos precipitados.

— Só que, psicologicamente, é impossível, né? Sua amígdala cerebral já resolveu o que acha da pessoa em menos de um quinto de segundo. O que é possível é estar aberto a mudar de ideia, reavaliar as pessoas constantemente…

— Sim, sim, exatamente… Deixar o córtex pré-frontal corrigir a reação inicial. Para mim, o Michael sempre foi um bom moço. Extremamente educado e também genuíno. Tem gente que tem a convenção social, mas não tem apreço verdadeiro pelo outro. O Michael tinha.

— E de críticas?

Toly se surpreendeu com a pergunta; os astronautas não costumavam ser incentivados a falar mal uns dos outros.

— Afinal, ninguém é perfeito — expliquei. — Se fosse, eles mandavam aqui pra cima, mas como ninguém é… Até os melhores vêm com uma porrada de problemas, né? Importante reconhecê-los.

— Se for para criticar… um bunda-mole. Sem força. Inteligente, mas sempre querendo ser reconhecido e fazer tudo meticulosamente direitinho.

— Tudo que querem num astronauta, então.

— Sem dúvidas.

— E no período de treinamento?

— Michael foi excelente. Solícito. Pontual.

— Ele parecia nervoso?

— Pelo contrário, sempre estava com um ótimo humor. Fazendo piadas que só ele fazia. Apesar de parecer um pouco bobo, o humor dele contagiava todo mundo.

— E no lançamento?

— Tudo certo. Foi ele que fez o nosso acoplamento.

— Ele falava sobre o quê?

— As filhas, acima de tudo. Como elas eram diferentes entre si. Como ele gostava de brincar com elas.

— Brincava de quê?

— Ele falava que elas eram muito diferentes. Com uma, ele adorava brincar de esconde-esconde, por horas. Com outra, cozinhava junto. Michael falava muito sobre doces; era viciado em açúcar. Era tradição de família, ele era filho de uma confeiteira. Fazia três bolos por semana em casa e teve que entrar numa preparação especial do microbioma para encontrar uma dieta menos açucarada por aqui. E ainda era magrelo, o maldito. Cada um com seu metabolismo.

— E nos primeiros dias…

— Nada de especial.

— Se eu bem me lembro, ele teve alguns problemas físicos — comentei.

— Ah, sim, acho que no final da primeira semana. Enjoos. Não sei como esqueci, na verdade. Quando alguém vomita num espaço apertado e sem gravidade é um baita evento.

— É normal ele ter demorado alguns dias pra passar mal? Não faz sentido ele passar mal imediatamente no começo e melhorar aos poucos?

— Nada é normal nessa situação. A tensão, a adrenalina no sangue, o contato com os micro-organismos ou até a falta deles. O corpo sai do prumo, às vezes de cara, às vezes demora um tempinho.

— E aí… Depois de meses…

— A animação do primeiro mês passa. Ultimamente, ninguém devia estar muito feliz de estar preso aqui, mas também ninguém estava reclamando muito. Já estive em missões muito mais desagradáveis, principalmente quando os membros estavam em pé de guerra. É ruim quando são duas equipes rivais, é ruim quando tem um cara insuportável enchendo o saco de todo mundo. O ar fica mais difícil de respirar.

— Não era o caso daqui?

— Não era. Obviamente, tinham pares mais próximos. E gente mais isolada.

— Lucio era o isolado?

— Sim, era nele mesmo que eu tinha pensado — falou e balançou a cabeça, impressionado, orgulhoso de mim. Mas aquilo era muito óbvio, eu não precisava dessa condescendência.

— Você era mais próximo de quem? Da Hsu? — arrisquei.

— Me divirto muito com ela, e ela se daria bem em qualquer lugar, até numa mina de carvão na Sibéria.

— Florentin e...

— Florentin tem um jeito de tratar todo mundo igual.

— Não é próximo de ninguém.

— É. É, do jeito dele. É o capitão também, então convém. Sem favoritismo!

— Quando você era capitão também seguia esse lema?

— Não conseguia. E me ferrava muito por isso. Por sorte, esse tempo acabou.

— Por sorte mesmo?

— Já estou velho demais. Meu melhor papel agora é o de veterano. É importante para um líder saber se analisar, sabe? Autoconhecimento é fundamental. Eu agora sou aquele ancião raquítico. O poço de sabedoria... que ninguém escuta — falou, sorrindo.

Fiquei curiosa para saber se ele estava sendo sincero mesmo. Michael, no e-mail redigido (mas não enviado), sugeria a instauração de Toly como capitão. Esse tipo de coisa não deveria surpreender Toly, essa ideia podia estar rondando sua cabeça.

— Voltando às duplas... Sobra Michael e Jane.

— Exato, muito próximos. Conversavam bastante. Eram os mais "fofinhos".

— Romance?

— Não. Assexuais, praticamente.

— E aconteceu algo digno de nota nesse meio-tempo? Algo que chame a atenção? E que não foi relatado à base?

— Nada.

— Jane comentou alguma coisa sobre as pesquisas do MAP. Você sabe de alguma delas?

— Não, não era minha especialidade. Física quântica não é o meu forte.

— Michael escreveu num dos relatórios que você se mostrou interessado em acompanhá-lo. Seria muito estranho você não lembrar.

— É que na verdade eu me voluntariei para ajudar o Michael em vários experimentos. Ele tinha o maior número. E ficar muito tempo aqui sem fazer nada é um pé no saco.

— Já leu todos os livros que trouxe?

— Na verdade, nas missões passadas, eu já li todos os livros que quero ler na vida. Estou esperando a humanidade escrever novos clássicos.

— Mas você não se lembra de nada relacionado a isso? A Jane falou que ele estava bem empolgado com essa pesquisa.

— Hum… Em se tratando de Michael, isso era uma redundância.

— "Era"…

Anatoly fez que sim com a cabeça, com pesar, já dando o canadense como passado mesmo.

— Como era auxiliar o Michael nessas missões?

— Fácil. Tranquilo. Tem gente que fica brava quando você não faz exatamente o que está na cabeça deles. Gente que não sabe aceitar ajuda, basicamente. Já o Michael aceitava até se você atrapalhasse.

— E, em todo esse tempo com ele, não aconteceu nada de específico, nada de estranho.

— De repente, ele sumiu. E só. É brutal por ser tão simples.

— Você acha mesmo que o Michael teve um surto totalmente repentino?

— Acho.

— Não foi o caso de o comportamento dele ir mudando aos poucos, de a reação de vocês não ter sido boa? De alguma forma, vocês cinco entraram em conflito com ele. Brigaram. Uma questão de rachadura na equipe. E eu consigo ver, é uma reação normal, vocês estão enfiados aqui dentro há tanto tempo. Por mais que tentem selecionar as pessoas mais... — Anatoly estava especialmente interessado no adjetivo que eu ia usar — ... flexíveis. Duras, mas também moles. Obedientes. Mas enfim, mesmo seis pessoas bem tranquilas, enfiadas num lugar como esse há tantos meses... Impossível não entrar em conflito.

— Isso é verdade, mas não vi acontecer nada que...

— Depois, um belo dia, vocês acordam e ele não está mais na nave. Vocês checam o computador e está lá: teve uma abertura na porta registrada. Mas todas as roupas estão lá. Ele deve ter se matado, de algum jeito. É um fracasso completo para a missão como um todo. É o primeiro suicídio no espaço, se você pensar. E ninguém quer ter seu nome associado a isso. Especialmente o capitão da estação. Florentin convence vocês da culpa. Todo mundo falou coisas para o Michael de que se arrepende um pouco, eu imagino. Aí vocês não contam nada para a base, por enquanto, e ficam esperando alguma desculpa, alguma coincidência, ou alguma ideia genial de como explicar o que está acontecendo. Só que, no meio dessa espera, a gente aparece para consertar o telescópio, e nós somos um problema para vocês...

— Foi muito mais confuso e triste do que o que você está pensando. Os sentimentos muito misturados. Toda a indignação e o choque que vocês três estão vivendo, nós já gastamos há semanas. E, daqui a uma semana, você vai nos entender muito melhor, Rebeca. Tudo que você falou poderia ter sido verdade, mas a realidade surpreende. E quase sempre surpreende por ser mais simples, mais banal.

— E se o Michael estivesse em conflito com outras pessoas e você não soubesse?

— Não…

Deu para ver que a pergunta feriu o orgulho dele. Como que o grande Anatoly não saberia exatamente o que estava acontecendo entre os tripulantes?

— É possível, Toly.

— Éramos só seis.

— E daí? Muitos segredos podem existir entre seis pessoas.

— Não a ponto de ser um conflito que acaba em suicídio. Ou em homicídio, se você acredita nessas especulações também.

— Eu só estou sentindo, só estou vendo que tem muita coisa fora do lugar aqui.

— E você nunca erra nessas coisas? — ele me perguntou.

A resposta seria "quase nunca", mas não quis falar porque me levaria a pensar na exceção, e não queria retornar para o momento onde eu errei, e errei feio. Então argumentei:

— Eu estou chegando de fora e posso fazer uma análise mais clara das coisas.

— Você não está de fora de coisa nenhuma. Você está aqui dentro, Rebeca. De todas as formas possíveis. Eu sei que você quer entender os outros… e manter distância. Eu te conheço.

Infelizmente, ele de fato me conhecia, e isso me deixava irritada.

— Ainda mais depois do que aconteceu com você. É bem complicado, deve ser uma dor inimaginável — falou, me deixando mais irritada ainda.

Eu não tinha certeza de que detalhes o Anatoly sabia sobre o que acontecera comigo, mas ele sabia muito mais do que eu queria.

— Quando a vida de alguém cruza com tanta violência... Impossível não deixar estrago, não é? — continuou Anatoly. Apenas o encarei, sem concordar nem discordar, e ele seguiu: — Mas agora estamos aqui e você pode achar que é só uma mosquinha na parede nos observando, mas não é. Primeiro porque nós não permitimos moscas na estação. Segundo porque somos muito pouca gente, é impossível não interferir... É como uma partícula que até mesmo um experimento para descobrir onde ela está já muda sua posição.

— E você diz que não gosta de física quântica.

— Você é uma de nós, você está no nosso barco, mas eu sinto que tem uma barreira entre você e a gente. E não era pra ter. No momento, somos da mesma equipe, somos todos tripulantes da TEEI.

— Nós não somos uma equipe se eu sinto que vocês, ou pelo menos o Florentin, continuam escondendo coisas de mim, tentando me enganar. Tem muito mais coisa nessa história que vocês não estão me contando.

— Você está distante porque é para isso que a diretora mandou você aqui, não é? Eles lá embaixo devem ter percebido que alguma coisa aconteceu... E, se mandaram você, foi para analisar um problema psicológico, não foi para resolver um problema técnico de diferenciar os 184 componentes de um foguete de propulsão SLS de quarta geração… Sem ofensas.

— Sim, eu vou escrever um relatório…

— Esquece um pouco esse relatório, esquece um pouco os caras lá de baixo. Porque, no fim das contas, você quer descobrir o que aconteceu com o Michael, e eu também! Mas, acima de tudo, você tem que se preocupar com o barco, porque você também está dentro desse barco, e não adianta nada descobrir tudo que aconteceu nos mínimos detalhes e acabar com o barco afundando.

— Isso é uma ameaça?

— Ou você preferiria morrer sabendo de tudo?

— Isso é uma ameaça, Toly?

— Eu não estou te ameaçando, mas nós estamos no espaço, qualquer coisinha é uma ameaça, e eu só quero ir dormir sabendo que todo mundo aqui está do mesmo lado.

— Você não pensa nas filhas dele?

— Claro que eu penso. Aliás… Você viu o desenho na parede, a "arte da semana"?

— O do mar vermelho?

Antes mesmo que Toly respondesse, eu já imaginei o que era. Lembrei a assinatura com letras de criança cada vez mais espremidas: Maggie D. "D" de Dodge. Ele continuou:

— Michael imprimiu e colocou lá uma semana antes…

— E ninguém teve coragem de tirar?

— Até chegou outra "arte da semana", mas a Jane não deixou o Florentin trocar. A gente tá pensando sempre nelas. Nele. Mas o que podemos fazer? Eu já estou sendo totalmente sincero com você, Rebeca.

Ele falou com bastante pesar e os olhos tinham um brilho a mais por estarem úmidos. Estava fazendo um baita esforço para me levar para o lado dele, e o pior era que estava dando certo. Toly era o tipo de presença que te dava segurança, ele acolhia muito os dele e, acima de tudo, você se sentia errada estando contra.

"Nós *versus* Eles" é uma coisa muito forte no cérebro de cada ser humano, mas existe uma enorme fluidez a respeito de em qual "Nós *versus* Eles" a mente está focada num determinado momento. Na Primeira Guerra Mundial, ficou famosa a Trégua de Natal, na qual os soldados alemães e franceses saíram de suas trincheiras e passaram o dia jogando futebol, trocando presentes, bebendo e rezando juntos. Tudo porque o "Nós" passou a significar os soldados e o "Eles", os oficiais de alta patente que empurravam os soldados pobres para o conflito sangrento. Pelo menos por um dia, foi possível olhar a guerra por outra perspectiva.

— Toly, vou te mostrar uma coisa, mas que fica entre nós, tudo bem?

— Claro.

Puxei do bolso o papel amassado, ainda com as dobras evidentes de sua vida anterior como fantoche. Ofereci-o ao russo, mas, antes que ele pegasse, recuei, avisando:

— Eu te mostrar isso não significa que eu estou excluindo a possibilidade de você ter qualquer culpa.

— Sim, por favor, não exclua nenhuma possibilidade.

Entreguei a folha amassada. Estava pedindo uma ajuda na análise e não estava acostumada a pedir ajuda assim, não fazia parte da minha personalidade. Toly examinou com cuidado os números e os escritos.

Sua linguagem corporal era de surpresa sincera. Os olhos levemente arregalados, a mandíbula solta, o corpo inclinado para o papel. Nada de tentar obstruir o rosto com as mãos. Se ele já tinha conhecimento daquelas anotações e estava fingindo, estava fingindo perfeitamente.

— O que você me diz?

— Não sei... É a letra do Michael, isso eu sei. Onde você achou?

— Você já tinha visto algo assim?

— Não, mas me deixa preocupado.

— Pois é. Para mim, fica claro que, se ele enlouqueceu, não foi tão de repente assim. Ou pelo menos não foi um surto único. Ele já estava fazendo esse tipo de anotação desconexa...

— Eu fico preocupado com a parte do "Não confie na base". Porque talvez seja por isso que o Florentin é tão contra esse contato.

— Por quê? Por que a base estaria contra vocês?

— Não sei, mas, se você for pensar, em pouco tempo tivemos dois acidentes seríssimos: problema na acoplagem do módulo de vocês e depois a explosão do MAP que vocês trouxeram.

— Você está dizendo que a base está tentando matar vocês?

— Nós todos: nós e vocês, todos juntos de uma vez.

— Por quê? Desperdiçar toda a grana que investiram nisso aqui, manchar o programa espacial? — perguntei.

Ele não respondeu, mas eu mesma pensei numa resposta: *para não ter que lidar com um astronauta que se matou aqui em cima*. Talvez isso explicasse; seria uma mancha menor. E não sabia se tinha pensado nisso sozinha ou tinha sido induzida por ele.

Anatoly continuava lendo e relendo o papel, frente e verso — o verso que continha a historinha do cone com o buraco negro dentro. Leu algum trecho simpático e abriu um cantinho de sorriso.

Eu estava com bastante adrenalina no sangue e notei minha respiração travada. Pensando bem, estava começando a sentir uma péssima claustrofobia. O melhor nesses casos, diziam, era olhar pela janela e respirar fundo. De onde eu estava, dava para ver a Cúpula e, através dela, uma vista era muito marcante: a Terra estava toda escura, obstruindo o Sol. Tanto que o reflexo do meu rosto era visível no vidro. Mas, com o movimento da estação, um ponto do Sol apareceu. O planeta estava deixando de eclipsar o astro e fui vendo a Terra ser iluminada bem aos poucos, primeiro só uma linha finíssima… cada vez mais grossa. Era tanta luz entrando que meu reflexo sumiu. Tudo que nós estávamos resolvendo na estação, todos os nossos problemas, não tinham comparação com aquela imagem. Era por isso que ir para o espaço era o meu sonho.

Na última semana, eu já tinha prestado atenção em mil coisas, mas talvez não no principal: eu estava realizando um objetivo de vida que não achava mais que fosse realizar. Minha vida tinha que se dividir entre antes e depois daquela imagem.

Melhor do que dividir entre antes e depois de uma tragédia…

— Não sei o que fazer com isso — falou Anatoly, me devolvendo o papel.

Suspirei, porque também não sabia. Bati o olho no papel, não tanto nas palavras, mas nos números dessa vez. Algo estava destoando.

— Lógico que tem a possibilidade de não ter sido o Michael que escreveu isso.

Anatoly considerou essa hipótese, mas reafirmou:

— Parece a letra dele, pelo menos...

— É... Na verdade, agora eu tenho certeza de que não foi ele que escreveu — falei.

— Por quê?

— Os números. Estão com pontos definindo o milhar e vírgulas definindo os decimais. O contrário do que um canadense de Vancouver faria. O Michael falava francês e inglês, lógico, mas todas as anotações do caderno dele estavam com os números anglófonos. Só que não aqui. Me chamou a atenção agora porque é assim que se escreve em línguas latinas, como o português.

— E o francês também.

— E o francês também — confirmei.

23.

Fui pedir para que Florentin me deixasse entrar no laboratório. Queria estar onde Michael passava a maior parte do tempo na estação, além de imaginar que lá dentro eu poderia fuçar as várias anotações, cadernos e coisas do tipo que estivessem pelo local. Mas Florentin alegou que ainda não tínhamos permissão da base para abrir a porta, pelo risco do ar lá dentro estar tóxico ou radioativo. Então para isso ele ainda confiava na base, pensei.

— E quando você vai ter um tempinho livre? — perguntei.

Levando em conta que Jane ainda estava se recuperando do acidente, só faltava fazer a avaliação dele.

— Eu ando bem atarefado. Quando for bom, te aviso — respondeu, e desviou a atenção, como se eu tivesse desaparecido instantaneamente.

Com algum tempo livre para gastar, cruzei pela estação em busca de novas pistas. Lucio estava com Jane, no quarto, cuidando dela, checando alguns sinais vitais. Ela tinha acordado melhor, mas ainda estava tomando remédios pesados e continuaria na cama por alguns dias.

Fui ao banheiro, e o verdadeiro heroísmo dos astronautas estava ali: manipular os tubos de sucção de excreções na ausência da gravidade. Triunfei.

Depois, encontrei Boris na Estação de Energia, na Cúpula, observando a via láctea: uma estrada luminosa cortando o espaço.

— Você está fazendo o quê? — ele me perguntou.

— Só dando uma volta, procurando alguma coisa para... sei lá.

Boris ficou em silêncio e me deu um olhar. Achei que estivesse atraído por mim, mas minha interpretação estava completamente errada. Meus poderes de análise estavam passando vergonha... Ele estava era agitado com uma descoberta.

— Tem uma questão séria na qual eu queria sua opinião... Vem que eu te mostro. Você já fez exercício hoje?

— Não — respondi, sem entender.

— Eu estava no aparelho de remo, para espairecer, e encontrei uma coisinha de nada.

Dando uma volta pelo anel mais externo da TEEI, fomos da Estação de Energia até o nódulo vizinho ao quarto, onde ficavam os aparelhos de exercício físico. Estávamos a uma esquina sem porta de Lucio e Jane, então tínhamos que manter o tom de voz baixíssimo, ou, melhor ainda, não falar quase nada.

Boris se aproximou do aparelho de remo. Apontou. A princípio, não vi nada. Ele me chamou para mais perto, bem onde as diferentes barras de metal faziam seus movimentos. Mexendo suavemente o remo, ele revelou um trecho das barras que estava levemente manchado.

— Sangue — falou, quase sem emitir som.

Tentei observar mais de perto. A mancha marrom-ferrugem estava num lugar interessante, porque, conforme ele mexia o remo, a mancha sumia completamente, era ocultada por outras barras metálicas do aparelho. Como que sangue tinha ido parar bem ali? Não fazia sentido… a menos que… na verdade, tivesse havido sangue em muitos outros lugares, mas tudo houvesse sido limpo, exceto ali, na dobra. Não houvera nenhum acidente cortante com muito sangue derramado reportado à base, se não lembraríamos. Se aquilo aconteceu mesmo, foi em segredo. Tentei comunicar isso para Boris com alguns gestos e algumas palavras sussurradas no ouvido dele, que assentiu.

Eu estava tentando pensar como um tripulante da TEEI pensaria e então me veio mais uma ideia: a mudança de gravidade. Se o derramamento de sangue acontecera sem gravidade, o líquido se espalhara por muitos lugares, mas, se a limpeza tivesse sido feita depois, com a gravidade funcionando… O remo estaria naturalmente numa posição de apoio e seria muito provável alguém se esquecer de limpar aquele trechinho oculto da barra de metal.

— Você coletou? Para saber de quem é?

Ele fez que não com a cabeça, e continuou:

— Não dá para descobrir aqui?

Era uma pergunta interessante. Talvez desse. A estante da "farmácia", ali do lado no quarto, tinha vários equipamentos que poderiam ser úteis. Um diagnóstico de detecção de tipo sanguíneo seria trivial. O tipo sanguíneo de Michael era B+, e eu me lembrava disso de sua ficha pelo simples motivo de ser o mesmo que o meu. O problema era que mais alguém dos seis também era B+ — Lucio, se não me enganava. Ainda assim, já valia a pena tentar.

Fui buscar os equipamentos no quarto e, naquele momento exato, Lucio estava flutuando todo contorcido, de cabeça para baixo, do meu ponto de vista, cortando as unhas do pé bem perto do ar-condicionado (assim os pedaços cortados de unha eram sugados e ficavam todos agrupados na gradinha que protegia a saída do ar). Uma imagem e tanto.

Quando fui questionada por Lucio por que estava fuçando várias caixas de equipamentos médicos, justifiquei que Boris tinha feito um corte superficial durante um exercício. Perguntei como Jane estava e ela, sem falar nada, me deu um aceno de "tudo bem".

Boris e eu pegamos uma amostra do sangue já muito seco com um cotonete e o inserimos na caixinha plástica bege que parecia uma lancheirinha de R$1,99, mas que era capaz de muita coisa. Pelo longo tempo que o sangue ficou lá secando, poucos dados apareceram no visorzinho eletrônico, mas o tipo sanguíneo era indubitavelmente B. Já havia 50% de chance de o sangue ser do Michael.

Boris estava adorando a situação, brilho no olhar, o frisson da aventura de astronauta que haviam lhe prometido quando criança. E nós dois estávamos nos provando uma boa dupla. Ele me olhou, como que dizendo: "E daí? Qual é o próximo passo?"

Seguindo a hipótese de tanto sangue assim ter se espalhado, a ponto de ter chegado aos mais ocultos cantinhos daquele aparelho de ginástica, valia a pena pensar em qual ferramenta seria capaz de causar tamanho sangramento. Pelo tipo de comida que os astronautas comiam, não havia necessidade de facas de metal na estação, mas sem dúvida havia pesadas ferramentas usadas para consertos, muitos em EVAs, atividades extraveiculares, que podiam ser bem perigosas.

Enquanto Boris dava a volta pela Estação de Energia para buscar as maletas com as pesadas ferramentas e armas em potencial, eu separei água oxigenada e uma substância química semelhante ao luminol. Funcionava da seguinte maneira: se a água oxigenada e o luminol eram borrifados e encontravam o ferro do sangue (que funcionava como catalisador), o resultado era a emissão de uma luz azul-fluorescente. Quimioluminescência. Era o método para descobrir se já tinha havido sangue num local, mesmo que tivesse sido bem higienizado. Eu não tinha propriamente luminol, mas sabia como produzir uma substância parecida (e muito mais barata) a partir de uma invenção do Instituto de Química da UFRJ, que usava a dissolução de luvas médicas para conseguir o ácido ftálico. Viva a ciência brasileira, a gente não é CSI, mas a gente se vira. Não tinha certeza de que ia funcionar, mas em breve íamos descobrir.

Boris voltou com as ferramentas quando a minha solução química estava acabando de ferver numa bandeja metálica com um isqueiro um pouco mais poderoso. Estávamos longe de qualquer precisão forense, mas teríamos alguma resposta. Aproximei o frasco do aparelho de remo e, desajeitadamente, na ausência de gravidade, comecei "passando" algumas gotas...

Cinco segundos e nada... Dez segundos e nada... Pensei que era provável que eu tivesse errado algum (ou todos) os passos da produção da substância.

Lá pelos quarenta segundos, quando já estávamos desistindo, bem de repente, o equipamento de remo começou a brilhar, azul. Fiquei feliz por ter dado certo a minha brincadeira! Triste pelo que significava: muito sangue fora derramado ali.

Comecei a passar algumas gotinhas nas pesadas ferramentas que Boris trouxera. Impaciente, ele pegou o frasco e jogou todo o líquido que tinha ali, ensopando (como que em câmera lenta, pela ausência da gravidade) as ferramentas.

Ficamos esperando, sabíamos que demoraria uns quarenta segundos.

— O que vocês estão fazendo? — Lucio se aproximou.

— Nada.

— Cadê o corte? É sério? — perguntou ele a Boris, que demorou um segundo para entender do que Lucio estava falando, do corte que eu tinha inventado.

— No final, não precisou de nada, a Rebeca se preocupou à toa — respondeu Boris, mostrando rapidamente a mão onde estava o suposto corte, sendo que não mostrou nada.

Lucio olhou ao redor da academia. A luminescência no aparelho de remo já havia terminado, mas o espanhol fixou o olhar nas ferramentas entre nós dois.

— Estamos checando se vale levar as antigas e deixar com vocês algumas mais novas que nós trouxemos — falei.

— Mas parece que estão todas boas — completou Boris, abrindo e fechando um alicate gigantesco capaz de cortar um cabo de aço de dois centímetros de diâmetro.

Eu estava desesperada para Lucio ir embora antes que o negócio brilhasse, se é que brilharia… Já tinha perdido a conta dos quarenta segundos que tínhamos.

— Vocês ouviram? Acho que foi a Jane — falei, me referindo a um gemido da sul-africana que só aconteceu dentro da minha cabeça.

Lucio nos deu as costas e foi para o quarto verificar.

Bem na hora, uma das ferramentas, uma assustadora broca de trinta centímetros feita de uma liga de metal maciça e ultrarresistente, começou a brilhar intensamente. A única entre todas as ferramentas. A arma do crime.

24.

Combinei com Boris que não contaríamos a ninguém. Se surgisse um momento oportuno, poderíamos contar para Monica, mas, se não surgisse, ela só saberia no módulo durante a volta. Não faltava muito para o fim da missão. A ideia era não antagonizar e deixar para a base tomar as decisões cabíveis quando nós já estivéssemos sãos e salvos em terra firme.

Depois do almoço, Boris e Monica iriam para a última EVA terminar o conserto do telescópio. Apesar das dificuldades, estavam perto do fim. Florentin e eu auxiliamos na colocação das roupas para a caminhada espacial e ficamos monitorando o procedimento. Só nós dois, porque Toly, Hsu, Lucio e Jane estavam ocupados com outras coisas.

Era estranha a sensação de estar sozinha no mesmo ambiente do provável assassino do Michael. Eu não havia tido praticamente nenhuma experiência clínica com assassinos.

— Como você está se sentindo? — perguntei a Florentin, para me distrair de imaginá-lo empunhando a broca ensanguentada.

— Vamos deixar a avaliação para depois. É importante manter a concentração neles — respondeu ele, indicando Monica e Boris lá fora.

Manter a concentração nos dois era bem tedioso. Não só eles estavam já bem posicionados e bem seguros, presos à nave, como estavam praticamente parados num canto do telescópio, trocando cuidadosamente as últimas oito lentes que faltavam. Depois de mais de cinco minutos sem um pio, eu perguntei:

— Você gosta de silêncio, não é?

— Hum?

— Independentemente de qualquer avaliação ou coisa assim, você me conta por que ficou tanto tempo sem falar quando entrou na faculdade?

Florentin pareceu surpreso de eu trazer o assunto à tona. Ele olhou para os controles do telescópio, olhou para as imagens da câmera externa: Monica e Boris paradinhos fazendo o conserto. Achei que de novo ia pedir concentração, mas não.

— Você já aprendeu alguma técnica de leitura dinâmica?

— Não.

— Eu estava me preparando para entrar na universidade. Muito material a ser estudado. Achei que seria bom me preparar para devorar todo o conteúdo. E um dos princípios possíveis para ler mais rápido é pular a etapa da pronúncia mental. Sabe do que eu estou falando? Quando você é criança, só consegue ler enquanto vocaliza ou subvocaliza a palavra. Na verdade, até de sílaba em sílaba. Esse método demora uma eternidade. Depois, crescidos, é comum conseguir ler sem mexer os lábios, mas ainda a palavra é enunciada e escutada dentro da cabeça.

— É como eu funciono.

— Pois é. Uma forma de ler mais rápido é se treinar a pular essa etapa. O olho e a compreensão podem ser décimos de segundo mais rápidos do que a enunciação mental da palavra. Você vai direto no conceito, não no som. E esses décimos de segundos multiplicados pelo número de palavras num livro resultam em bastante tempo, no final.

— Você consegue ler assim?

— Qualquer um que treinar consegue. E isso foi só o começo, porque depois de alguns dias eu comecei a sentir um pouco de preguiça de falar uma coisa ou outra. Era como se eu estivesse reprogramando minha cabeça. Não era o meu objetivo, mas, quando percebi, não achei nada ruim. Mais pensamento visual abstrato, o menos possível de francês. Foi nesse período que eu gerei as minhas ideias mais importantes de física teórica, coisas que eu passei uma década depois desenvolvendo e aprimorando. Fizeram minha carreira. Sem falar que atenuar as vozes interiores… pode ser muito saudável. Aí é sua especialidade, não é?

— E por que você voltou a falar depois de dois anos?

Ele deu de ombros, indicando que não sabia exatamente a resposta.

— Acho que minhas ideias tinham chegado numa barreira… Tudo que eu tinha para dar de dentro de mim já tinha dado. Eu precisava de contribuições de outras pessoas para avançar, e aí conversar é uma ferramenta muito importante.

Não sabia se acreditava ou não naquela história. Florentin contou tudo com seu tom monótono e distante. Antes que eu pudesse responder, nossos olhos foram atraídos para a imagem de Boris dando um murro frustrado na tampa metálica do telescópio. Logo o rádio com a voz de Monica soou no Núcleo:

— Estamos com problemas aqui. Desde ontem, quando nós regulamos uma parte das lentes, as do lado oposto desalinham.

Era como o cubo mágico que o Lucio tinha tentado montar; ajeitava um lado e acabava estragando o outro.

— Deve ser a transmissão de vibração pela placa de berílio — falou Boris pelo rádio.

— Vocês trouxeram um substituto dessa placa? — perguntou Florentin.

— É o substituto que estamos usando! Tem que ser esse — respondeu Monica.

— Mas em três dá para fazer. Temos que parafusar as lentes em sincronia. Com cuidado e em três, acho que dá… — falou Boris.

— Estou a caminho. — Florentin se levantou, pronto para auxiliar.

— Não! — A voz de Monica veio abrupta pelo rádio. — A Rebeca vem.

Fui pega de surpresa, e acho que não consegui esconder isso de Florentin.

— Eu posso ir. Já tentei consertar esse telescópio várias vezes — alegou o francês.

— Eu faço questão que seja a Rebeca. Esse conserto é o objetivo da missão de apoio — defendeu a norte-americana.

Eu continuei estática, porque, no fundo, estava igualmente empolgada e apavorada de ir lá fora. Monica deu sua tacada final:

— Sem ofensa, mas… eu não me meto na sua missão, você não se mete na nossa.

— Perfeito. Rebeca — falou Florentin, me ajudando a pegar o meu capacete para a caminhada espacial.

Me levantei, tentando parar de tremer. Minutos depois, estava saindo da escotilha, tendo à minha frente o penhasco infinito.

Toda a vastidão do universo e, daquela vez, sem moldura! Na verdade, com a moldura do meu capacete, que era significativa, mas era a menor moldura possível. Sem o capacete, seria mais bonito, mas já não estaria consciente para apreciar.

Pensei de novo no Michael saindo por aquela mesma escotilha, se jogando. Ou melhor, agora que Boris e eu tínhamos encontrado uma possível arma do crime, no corpo ensanguentado dele sendo jogado fora bem onde eu estava naquele momento.

Passado o frio que me subiu pela espinha, me concentrei na caminhada pelo casco da estação até o telescópio. A última vez que eu havia treinado para uma caminhada espacial fora antes de 2024, mas não era nada do outro mundo: o mais importante era fixar bem os dois cabos de segurança na superfície da estação. Com isso feito, não havia muito o que dar errado.

Enquanto Monica me ensinava qual tarefa eu teria que desempenhar, senti uma vulnerabilidade por estarmos nós três ali fora. Mas o que Florentin podia fazer contra nós lá de dentro? Monica e Boris suspeitavam que Florentin estivesse sabotando os avanços no conserto do telescópio, talvez para adiar o final da nossa missão. Queriam o francês o mais longe possível do gigantesco trambolho de berílio, cobre e uma liga de latão com traços de arsênico.

Parafusamos as trinta e seis lentes em duas horas. Parecia que estava tudo em ordem. Faltava testar se tudo continuaria alinhado mesmo com os movimentos do telescópio, que tinha capacidade de girar completamente em três eixos, o suficiente para apontar para qualquer lugar do universo e poder manter o foco, contrabalanceando os giros que a TEEI realizava para gerar gravidade.

Monica pediu um giro suave, começando pelo eixo do "mastro" do telescópio... Nada aconteceu. Ela pediu novamente e Florentin falou pelo rádio que estava dando os comandos, mas o telescópio não estava respondendo.

Monica e Boris estavam cansados e frustrados e eu já estava com o medo misturado naquele caldeirão de sentimentos.

— O que pode estar dando errado? — perguntou Florentin.

— Boris, você checa o motor na base do braço principal do telescópio. Eu vou abrir aqui para verificar os cabos elétricos. Rebeca, você fica na ponta, para garantir que nenhum desnível aconteça nas lentes.

Nós três assumimos nossas posições. Antes que eles descobrissem o que estava dando errado, senti um tranco...

O telescópio inteiro estava girando furiosamente, como se só agora tivesse recebido os pedidos e estivesse com pressa para cumpri-los. E, quando ele girava, nós girávamos junto.

Estávamos no espaço, não havia som da máquina, só os gritos dos outros pelo rádio. O puxão e a sensação de giro, de desorientação completa. O telescópio inteiro estava rodando muito rápido, enrolando meu cabo de segurança, que, naquele momento, senti estalar e se soltar da minha cintura, provavelmente emaranhado em algum dos braços do telescópio.

Eu estava vendo o show de luzes que era a luminosidade da Terra... a escuridão do espaço... a luminosidade da TEEI... a escuridão do espaço... a luminosidade do Sol... a escuridão do espaço...

Tudo cada vez mais rápido, mais borrado, o meu giro aumentando de intensidade.

Monica e Boris já tinham conseguido se afastar do telescópio e se agarrar à estação, mas eu estava mais longe. Girava pelo cabo que ainda me prendia pelo peito, até que ele rompeu também.

Fui lançada para o espaço com toda a força centrífuga.

Minha respiração hiperventilando, embaçando completamente o visor do meu capacete. O desespero foi tanto que mal consigo lembrar. Não conseguia ver, chorava, não sentia nenhuma resistência do ar, nem chão nem parede nem nada. Dizem que é um dos medos primordiais dos recém-nascidos: o de cair no nada quando se deixa de sentir as paredes do útero nos contendo.

Estava sozinha, flutuando, perdida no vazio e na escuridão.

Os sensores biométricos da minha roupa piscavam e avisavam que minha respiração, pressão e frequência de batimentos estavam muito altas. Era assim que tudo ia acabar, na angústia.

Até que senti um puxão no meu pé direito, que delicioso puxão. Que desespero bom dessa vez. Alguém tinha me agarrado e estava me levando de volta, usando um MMU (Manned Maneuvering Unit, Unidade de Manobra Tripulada), uma mochila propulsora que expulsava nitrogênio para um astronauta se guiar e "voar" pelo espaço.

Contorci meu corpo e agarrei muito forte o braço da pessoa. Demorou até eu me acalmar e o vidro desembaçar revelando a bandeira da França costurada na roupa do astronauta que estava me salvando.

25.

Entramos na câmara de descompressão Florentin, Monica, Boris e eu.

Percebi que ainda estava agarrada ao braço de Florentin e finalmente o soltei.

— Recompressão — falou ele, e apertou alguns botões no painel.

O ar da câmara foi reposto.

Ele retirou o capacete e respirou fundo, testando o ar, então olhou para mim, acho que esperando algum agradecimento. Tirei meu capacete, mas, em estado de choque, não consegui falar nada. Sentia uma gratidão imensa, lógico — Florentin salvara minha vida. Só que parte de mim ainda espumava de raiva por achar que, de alguma forma, era tudo culpa dele. Absolutamente tudo culpa dele.

Monica o cumprimentou e o agradeceu efusivamente por mim.

Boris se ajoelhou ao meu lado, aliviado, e checou se eu estava bem, depois me deu um abraço ao qual não consegui corresponder, minha respiração ainda acelerada.

Agora, o telescópio parecia completamente funcional. Os controles de giro estavam respondendo e, por enquanto, as trinta e seis lentes estavam perfeitamente posicionadas. Se tudo continuasse assim, retornaríamos à Terra com aquela parte da missão cumprida.

Jantamos todos apinhados no Núcleo, exceto por Jane, ainda acamada. Florentin comia tranquilo, um pouco alheio à conversa. O papo foi tortuosamente caminhando para os relacionamentos dos astronautas com seus irmãos e caiu em Anatoly contando da vez em que conheceu a irmã mais velha de Hsu, na base do lançamento.

— Duas vezes mais brava que a Hsu. Mais durona.

— Duas é pouco. Tudo que eu sou, ela é cinco vezes mais — falou Hsu, e foi dando uma guinada no clima da conversa, das histórias mais engraçadas para as mais emocionantes.

Primeiro que a relação entre irmãs não era tão comum na China, graças à política do filho único, implantada desde a década de 1970 e com auge nos anos 1980, quando Hsu nascera. Só que a política tinha exceções, e a família de Hsu, que morava numa província rural, teve direito a um segundo filho, já que a primogênita era mulher. A segunda, Hsu, também veio com composição cromossômica XX, para o lamento da família. Lamento passageiro, pois agora ela era motivo de muito orgulho. A mãe de Hsu morrera jovem, então ela se considerava criada de fato por essa irmã mais velha, Chen.

Toda a conversa sobre a relação com sua irmã estava me deixando emocionada. Não só pelo tom de voz carinhoso de Hsu, que certamente contaminava todo mundo, mas pelas saudades da minha irmã. E pelo arrependimento também. E pelo medo.

De repente, percebi Florentin ao meu lado, estendendo um guardanapo bem quando senti meu nariz se obstruindo totalmente, os músculos da minha bochecha contraídos e puxando meu rosto, como se minhas orelhas fossem ganchos esticando tudo para trás, meus olhos ardendo e a lágrima prestes a cair.

— Essa comida — comecei a falar, referindo-me ao prato de legumes com molho.

— Até que é bastante apimentada, não é? — falou Florentin, usando exatamente as palavras que eu ia usar, como se ele estivesse dentro da minha cabeça. Como se eu fosse completamente transparente. Nós dois sabíamos que o molho não era nem um pouco apimentado, era bem insosso, como nós astronautas deveríamos ser.

Como Florentin sabia o que eu estava sentindo? Eu estava praticamente de costas para ele. Só se ele soubesse da minha história, da minha ficha, do que acontecera oito anos atrás, e aí tivesse deduzido que o assunto estava me afetando.

Agradeci pelo guardanapo e em pouco tempo o Lucio já estava narrando a vez em que forçara o irmãozinho dele a comer massinha de modelar. A conversa seguiu seu curso. Os legumes não tinham pimenta, mas a refeição teve esse tempero forte: senti que tudo dentro da minha cabeça estava sendo observado pelo capitão da missão.

Uma hora depois, estávamos no quarto, finalizando os preparativos para irmos embora. Florentin foi o último a chegar. Estávamos todos lá (exceto Michael, logicamente).

— Qual módulo nós vamos usar para descer? — perguntou Monica. Florentin estava bem sisudo e demorou um tempo para responder.

— As instruções da base são que vocês devem ficar.

— O quê?

— As instruções da base são essas.

— Que instruções? — perguntou Monica.

— Acabei de receber essas ordens. Eu estava indagando o mesmo que você: qual módulo vocês usariam. Mas a diretora Ferris me disse que o retorno estava adiado até segunda ordem.

Boris não acreditou, nem Monica, e eu menos ainda. Uma rápida olhada pelos outros membros da tripulação também indicava um pouco de surpresa.

— Quais foram as palavras exatas da diretora? — perguntei.

Florentin olhou fundo nos meus olhos e, sem desvios, repetiu as mesmas palavras que usara antes.

— Nós vamos embora agora — falou Boris, continuando a fechar a maleta de equipamentos que estava fechando antes.

— Florentin, me coloca em comunicação com a diretora, que eu... — começou Monica.

— Não é necessário.

— É sério, Florentin. Deixa eu falar com ela — insistiu Monica.

— Vocês não podem questionar minha autoridade — falou, sem se exaltar.

— Assassino... — murmurou Boris.

— O que você falou? — perguntou o capitão.

— Você ouviu, seu assassino de merda.

Boris deu um passo na direção de Florentin. Toly e Monica se colocaram no meio.

— Calma, gente! — falou Monica.

— O Boris está certo — falei.

Eu tinha que entrar na onda do Boris de alguma forma. Nós tínhamos combinado que não confrontaríamos Florentin na estação, mas se ele fosse nos impedir de ir embora… era necessário agir.

Boris já estava pondo fogo na relação, não tinha por que manter as aparências. Sem falar que eu estava tão cansada com toda tensão e toda a falta de sono dos últimos dias que o pulo para me exaltar era microscópico. Com o córtex pré-frontal desgastado, não se tinha muito autocontrole.

— O Florentin perdeu a autoridade a partir do momento em que é o responsável por um crime aqui na estação. Só está tentando nos segurar aqui para ocultar o que ele fez — continuei.

— Crime?! Ele salvou sua vida! — argumentou Toly.

— Sendo que ele mesmo causou o problema, não é? — retrucou Boris. — Para nós ficarmos devendo um favor para ele. Só ele pode ter feito aquilo com o telescópio. E ele vestiu o MMU tão rápido, que coincidência, né?

— Do que que vocês estão falando? — perguntou Hsu.

— Que crime é esse? — perguntou Florentin, se dirigindo a mim.

— Não está claro?

— Se você vai fazer a acusação… Faça a acusação.

— Nós encontramos uma anotação toda paranoica do Michael, que corroborava perfeitamente com o que você falou, que ele simplesmente surtou… Mas não foi ele que escreveu a anotação. A letra é parecida, mas a pontuação dos números, os pontos e as vírgulas, casa com o jeito que você escreve, Florentin.

Florentin não pareceu abalado. Tem gente que é culpada, mas que relaxa ao ser acusada, porque manter uma mentira é muito desgastante.

— Vamos falar disso em particular, nós três — sugeriu Anatoly.

— Não — disse Monica. — Vamos falar disso agora, todos nós.

— Ele é o capitão de todo mundo, é importante vocês saberem — falei.

— Eu não escrevi nada tentando me passar por Michael. E ninguém aqui é um grafologista para afirmar isso — argumentou o francês.

— Exatamente, Florentin. Vamos buscar um indício mais forte. Vamos a uma especialista? A base consegue a melhor grafologista do planeta em menos de quinze minutos. Mas você não quer que isso aconteça, não quer contatar a base…

Florentin balançou a cabeça, como se não estivesse entendendo nada do que eu estava dizendo. Eu continuei:

— Você estava em conflito com o Michael. Vocês tiveram discussões, brigas. Você já não estava relatando todos os detalhes para a base faz tempo, como a possível contaminação por cobalto na explosão do primeiro MAP.

Eu esperava que ele olhasse para os outros, como que reclamando dos segredos que tinham deixado escapar… mas Florentin continuou focado só em mim.

— Não sei exatamente qual era a desavença entre vocês, mas o Michael chegou a redigir uma mensagem à base sugerindo que você fosse demovido. Nós sabemos que a mensagem nem chegou a ser enviada, talvez por influência sua, talvez porque ele resolveu te dar mais uma chance… Só que eu acho que essa chance acabou resultando em você atacando o Michael na área dos exercícios com uma broca de metal, onde encontramos evidência de sangue em abundância. Aí, acho que você jogou o corpo dele para fora da estação e fingiu que ele tinha feito isso sozinho. Você conversou com a base alterado, se sentindo culpado, querendo confessar, mas sem saber o que falar. Entrou em negação. Tomou a estúpida decisão de não comunicar a ninguém, mas a base percebeu algo e me mandou aqui para investigar. Ah, e eu não sei se a matemática bate, mas, para mim, a ausência do corpo do Michael, a falta dessa massa aqui na estação, é o que deve ter resultado no desvio da órbita.

Ele seguiu me encarando. Pelo menos, eu tinha falado a verdade da minha missão ali na estação, e isso foi um alívio. Por outro lado, na cara do Florentin ficava a sensação de que nada daquilo era importante, de que tinha algo muito maior acontecendo. E logo me passou pela cabeça que ele nunca mais fosse falar. Ou, no mínimo, por dois anos.

— Todos nós precisamos te ouvir, capitão. Para mim, essa é a explicação mais simples e que junta todas as peças. A explicação que não depende de nenhum fator externo. Mas estou aberta aos seus contra-argumentos. Pode se defender.

Ele ficou em silêncio.

— Você sabe que seu silêncio é uma admissão de culpa evidente.

Silêncio.

— Quando você ficou dois anos sem falar, quando era jovem, foi em uma situação como essa também? Fez alguma merda, foi encurralado, recorreu a isso?

— Florentin? — chamou Hsu. Ele voltou a cabeça para ela, mas manteve o silêncio.

— Gente, por favor, nós estamos enfrentando um problema atrás do outro — começou Jane, mas Monica a interrompeu.

— E é hora de resolver todos esses problemas. O que vocês acham do que a Rebeca falou?

Mas eles, veja só, também não quiseram falar nada em voz alta. Pareciam estar considerando a possibilidade do que eu tinha dito. Apenas Toly fazia um movimento negativo com a cabeça, descrente. Florentin assassinando Michael simplesmente não parecia entrar na mente dele.

Monica se virou de novo para o francês.

— Fala! — exigiu, flutuando e se aproximando dele.

Silêncio.

O próximo passo de Monica foi agarrar o colarinho de Florentin. Todos em volta se surpreenderam. Um astronauta agarrando o outro assim não era comum. Todos, menos Florentin, que ignorou completamente o gesto. A falta de gravidade ajudou a puxada, que colocou Florentin a um centímetro de seu rosto. Enquanto Lucio já se aproximava para separar a briga, vi de canto de olho Boris se aproximando, e não era para separar, era para fazer nosso lado vencer.

Éramos três contra cinco. Dos cinco, uma estava hospitalizada, mas… Só com queimaduras. Talvez ela lutasse também. Esse foi o tipo de absurdo que passou pela minha cabeça naquela hora. Foi ridículo porque eu nunca tinha entrado nem imaginado que entraria numa briga. Meu tipo era de se esconder. Tudo ficava programado no cérebro e disparava imediatamente: estou ou não estou pronta para brigar? Fazia ou não fazia alguma coisa? Estava todo mundo pensando igual?

Florentin nem estava olhando para Monica, estava encarando o vazio, com os olhos desfocados. Pensando agora, era assustador, mas no momento foi, na verdade, irritante. Quando seu parceiro de rito social não respondia, não dançava junto a dança codificada, o comportamento ficava cada vez mais imprevisível. Aquela podia ser a estratégia de Florentin: ele queria que Monica o agredisse, para dar razão para ele responder.

— Hein? Fala! — disse Monica, subindo a voz.

Eu estava delirando ou Boris estava até com uma barra de ferro na mão? De onde ele tirara aquela barra? Era de alguma das camas? Alguém mais estava vendo aquilo? Alguém ia fazer alguma coisa?

— Florentin — chamou Anatoly, mas o francês nem desviou o olhar para ele.

— Eu vou dar um soco na sua cara — falou Monica.

O que foi bom sinal, porque quem anunciava geralmente não fazia nada. E ainda abria um canal de conversa.

— Calma, Monica — eu falei, pronta para me responsabilizar e dar uma saída elegante para a situação. — Ele só está deixando bem claro que é culpado. Não tem admissão maior que essa. Então, a partir de agora, ele não é mais o capitão da estação. Você que é.

Monica olhou para mim, surpresa.

— Vocês concordam comigo, não concordam? — perguntei, me virando para Hsu, Lucio e Anatoly. — Quem não concorda que diga alguma coisa — disse, olhando bem diretamente para Florentin.

Como esperado, ele não respondeu. Seus olhos, por um microssegundo, focaram em mim e logo voltaram para o infinito, o vazio. Foi prova para mim de que ele estava ouvindo e entendendo o que estava acontecendo ao seu redor. Não estava tendo nenhum surto ou perda de consciência.

Assim como ele, ninguém ousou falar nada. Para os outros tripulantes, o comportamento dele também devia ser inexplicável.

— Pronto, resolvido, então. Por unanimidade, Monica é a nova capitã da estação.

— Só a base pode dar uma ordem como essa — falou Lucio.

— Sim, finalmente uma coisa que concordo! — falei. — Vamos entrar em contato com a base agora. A Monica inicia a comunicação, apresenta nossa decisão e nós vemos o que a diretora e o general lá de baixo respondem.

— Você vai me obedecer? — perguntou Monica a Florentin.

Daquela vez, ela já sabia que ele ficaria quieto, então simplesmente soltou seu colarinho e o largou na ausência de gravidade. Ele flutuou até gentilmente ser absorvido pela parede com as camas.

Monica olhou ao redor, saindo da fúria em que estava, então se portou como a líder nata que era.

— Perfeito. Vamos pôr ordem nessa merda — disse, da forma mais norte-americana possível. O mundo estava novamente nos eixos. — Eu vou abrir comunicação com a base, fazer um relatório detalhado do que sabemos, e receber instruções para as próximas horas. Não sei se só nós três vamos voltar ou se já voltamos com mais gente.

Ela estava pensando em voltar com Florentin "preso", o que, sinceramente, não me agradava… A ideia de entrar no módulo com ele daquele jeito, em completo silêncio e com aquele olhar vazio, me embrulhava o estômago.

— Vocês sabem qual é a tripulação mínima necessária para a TEEI? — perguntou a recém-instaurada capitã.

— Do básico, acho que três dão conta tranquilamente. Dois, se for apertar — disse Toly.

Monica então se virou para Lucio:

— Enquanto eu falo com a base, você continua aqui, cuidando da Jane. E dele também. — Monica apontou para Florentin. — Ele deve estar passando por uma crise de culpa.

Então Monica olhou para mim, esperando um diagnóstico que confirmasse, mas Florentin não era nada diagnosticável. Ele era o retorno da incerteza e do inexplicável na minha vida. Já que não respondi nada, ela continuou:

— Rebeca, você fica aqui, ajudando. — E, lendo na hora minha expressão de "Eu vou ficar aqui sozinha com esses três?!", ela já completou: — Boris também.

— Ok — respondeu Boris.

Ele já não estava com a barra de ferro na mão, será que eu tinha alucinado?

Monica esperou um segundo por alguma opinião dissidente… Não veio. Com um aceno positivo de cabeça, ela deu as costas e foi para o corredor, seguida de Anatoly e Hsu.

Respirei um pouco mais leve. De certa forma, a situação estava resolvida. A grande questão da diretora Ferris era se a estação estava ou não passando por uma situação de perigo para os interesses envolvidos. A resposta era: sim, estava. E agora, com a liderança trocada, tudo estava voltando para a órbita planejada.

Foi durante esse pensamento que a luz se apagou totalmente.

26.

Escuridão total. Havia uma janela no quarto, mas ela não estava virada para o Sol, e é difícil descrever quão escuro é um lugar assim. Na Terra, quase sempre se tem um resquício de luz entrando por uma fresta, vindo de um poste na rua, ou a luz da lua… Mesmo quando se fecha os olhos, sente-se a luminosidade atravessando as suas pálpebras fininhas. Lá, nada. E foi tão de repente que pareceu que o cérebro tinha dado uma pane. A luz não sumiu junto com um "Katchank!" exagerado, o barulho de uma chave geral caindo, como estamos acostumados. Não piscou. Sumiu sem anúncio. Só não achei que foi apenas comigo porque logo escutei as respirações e os ruídos leves de susto de todos ali no quarto.

— O quê?

— Que porra é essa…

— Gente…

— Apagou.

Muita gente falou ao mesmo tempo e não reconheci quem falou o quê. Só sabia que eu não havia emitido nenhum som, como tinha aprendido, muitos anos atrás.

E, se antes eu achava que o zumbido constante do ar-condicionado induzia a tensão, tinha me enganado. Quando todos pararam de falar e se fez um silêncio completo, foi muito mais sinistro.

Coincidência ou intencional? Anatoly, Hsu e Monica tinham ido para o Núcleo há muito pouco tempo. Na minha cabeça, era impossível algum deles ter corrido, chegado lá e desligado alguma espécie de controle no computador central. Se é que existia um controle assim. Afinal, por que alguém projetando aquela estação faria uma chave para desligar tudo de uma vez?

A escuridão era um dos medos primordiais, forçava a cabeça a insistir em perguntas que não tinham resposta. O importante era se lembrar de respirar.

— Tá tudo bem? — A voz de Monica veio do corredor, já liderando todos nós novamente.

— Tudo — respondeu Lucio.

— Vocês têm ideia do que pode ter sido isso? — perguntou Boris.

Depois de um silêncio desconfortável, no qual cada um esperou pela solução do outro:

— Onde estão as lanternas? — perguntou Monica.

— Tem uma em cada kit de roupa de exploração externa.

— Você vai até lá?

— Pode deixar — respondeu Hsu, com a voz já se distanciando pelo corredor.

Todo aquele tempo, na escuridão, o incômodo era estar no mesmo cômodo que Florentin. No escuro, era impossível analisar o agora mudo ex-capitão. Pelos ruídos, ele não se movera, mas uma sensação estranha pairava no ar. Ele não teria como fazer uma coisa daquelas, teria? Eu estava cada vez mais cansada de tentar entender o que estava acontecendo. Só que cada vez mais ansiosa para entender também.

— Todo mundo está bem? — repetiu Boris, acho que para preencher o espaço.

— Sim — respondeu Jane, que não havia falado até então.

— Florentin? E você?

O silêncio.

Quanto tempo demoraria para Hsu voltar com uma lanterna? Eu devia ir atrás de uma lanterna também? Como que não tinha nenhuma lanterna naquele quarto abarrotado de armários e equipamentos?

Minha visão periférica percebeu alguma coisa vindo da janela. A estação ficava em constante rotação, em breve a luz do Sol entraria e inundaria o quarto inteiro. Eu imaginei o momento e senti um arrepio na espinha ao pensar na luz entrando e revelando o lugar onde Florentin deveria estar e não estava. Pressenti a pontada de medo que aquilo causaria. Ele não estaria ali, ele era o responsável, ele estava contra nós, ele ia me matar ali naquele quarto.

Mas pelo contrário.

A luz entrou, primeiro aos poucos, depois com um raio de luz forte, surpreendendo totalmente nossas pupilas que estavam fazendo todo o esforço possível para enxergar no breu. Um clarão e, num milissegundo, as pupilas se fecharam completamente, mas ainda demoraria um tempo até que o olho retornasse quimicamente à configuração de luz habitual.

Quando eu olhei para o lugar onde Florentin deveria estar… ele estava lá. E me olhando diretamente.

Senti a pontada de medo mais uma vez, só que mais forte. Parte de mim, totalmente irracional, achava que ele era o culpado pela escuridão, que tinha programado a queda de luz, de alguma forma, remotamente. Florentin tinha ficado um tempão mexendo no computador do Núcleo e sabia que nós não receberíamos bem as ordens de não retornar. Essa era a certeza que crescia em mim. Mas ele não estava com um olhar ameaçador, nem surpreso, nem preocupado. Estava com um olhar de coitado, inspirando dó. Como se soubesse o fim inevitável que viria e não tivesse força nem esperança para lutar contra.

— Vamos aproveitar a luz para procurar outra lanterna — falou Lucio, mas eu já estava fazendo isso antes mesmo de ele começar a falar.

Monica apareceu na porta e cobriu os olhos com o braço diante do excesso de luminosidade.

— Alguma lanterna aqui?

— Por enquanto, não — respondi.

Lamentei que ela tivesse deixado Anatoly e Hsu sozinhos lá no Núcleo. Eles poderiam fazer mais coisas. Poderiam escapar sozinhos? Talvez fosse o que eu faria.

— Você tá com uma cara, Rebeca… — falou Monica.

Eu não queria voltar para o breu total, já tinha vivido minha cota de escuridão e claustrofobia.

— Vai voltar em breve — disse Jane. — Pode ser alguma interferência, alguma onda solar, ou algum satélite que está muito próximo.

— Por que você está falando assim? Isso nunca aconteceu! Não é uma bobagem qualquer! — disse Lucio com um perceptível medo na voz.

— Já aconteceu. Uma vez — retrucou Jane.

— Por dois segundos, nada a ver com isso.

— Do que vocês estão falando? — perguntei.

— Há três semanas, a estação teve um brevíssimo blecaute — explicou Lucio. — Durou menos de dois segundos, na verdade. Na semana 29.

Mais um evento não relatado…

— Acho que pode ter tido a ver com a explosão do acelerador — falou Jane.

— Explodiu dias atrás, por que a luz acabaria só hoje? — objetou Monica.

— O sistema de limpeza do ar pode ter sobrecarregado a estação, caso vocês tenham cometido algum erro de programação — falou Boris, olhando para Florentin, que fingiu que não era com ele.

Não bastasse a situação do mutismo e do escuro, aquele assunto só nos lembrava de que podíamos estar respirando um ar radioativo. E mais: e se a porta do laboratório tivesse se aberto com a ausência de energia? Podíamos estar respirando um ar muito radioativo.

Monica escutou um barulho e olhou para trás, para o corredor. Hsu e Anatoly estavam voltando.

— Conseguiram?

Hsu tinha uma lanterna de mão e Anatoly, o capacete com uma minilanterna acoplada. Nenhum dos dois objetos estava funcionando e, no rosto deles, uma impotência arrasadora.

Tudo que era eletrônico parecia estar danificado. A ideia de que alguém havia simplesmente desligado as luzes ou uma chave na manutenção não fazia mais sentido. Restava a teoria de que aquilo fosse uma reação atrasada à explosão do nosso equipamento, ou uma coincidência, um fator externo.

Para completar, a rotação da estação já estava tirando toda a luz do quarto e eu basicamente não sabia se sobreviveria até ver luz novamente. Dei uma última olhada para Florentin e ele continuava parado, continuava me encarando, e a sensação era de que ele tinha ficado me encarando o tempo todo, inclusive durante a escuridão.

Ou era só paranoia minha.

— Vamos aproveitar que já estamos todos aqui para pensar juntos. O que podemos fazer?

— É bem possível que o ar não esteja circulando e, se não consertarmos o problema, vamos acabar nos asfixiando aos poucos — falou Boris.

— Não tem o que fazer sem energia elétrica — respondeu Anatoly, frustrado. — Sem comunicação, sem computador funcionando para executar um programa de diagnóstico, sem conseguir soltar um módulo e abandonar a estação.

— Não existe um procedimento padrão para isso? Alguém se lembra de isso ter sido discutido na preparação? — perguntou Monica.

— Horas e horas e ninguém nunca cogitou essa situação — falou Boris.

— Ou cogitaram, mas concluíram que não tinha solução, então era melhor não encher nossa cabeça com esses medos — falei.

— É. Se não, vai que a gente não vinha, não é? — comentou Hsu, tentando manter algum bom humor.

Ela, que me contara uma história de medo do escuro, não parecia tão afetada. Ou talvez só estivesse tentando falar assim para se tranquilizar.

— A gente tem as roupas. Dá pra sair da estação usando a alavanca manual — falou Boris.

— E morrer lá fora, em vez de aqui dentro? — perguntou Lucio.

— Olha... eu prefiro morrer lá fora — respondeu Boris.

Monica tomou a palavra.

— Estamos sozinhos pra resolver isso. Só nós oito. É bastante inteligência concentrada aqui. Vamos começar entendendo a causa. Quais são as hipóteses?

— Uma ideia que surgiu é o efeito atrasado da explosão — falei.

— Eu acho isso — confirmou Jane.

— Mas por que o efeito seria atrasado? Dias atrasado? — perguntou Lucio.

— Nenhuma das nossas hipóteses vai ser óbvia, então é bom nós termos uma boa-vontade com cada uma delas — respondi.

— Outra hipótese: interferências eletromagnéticas. Isso explicaria — falou Anatoly.

— Exato — falou Boris, numa das raras vezes em que concordou com Anatoly. — Uma explosão solar pode mandar um canhão de ondas eletromagnéticas que pode afetar a estação.

— Ou alguma coisa enviada da Terra? Sabotagem? — sugeriu Hsu.

— Isso se a Terra estiver bem — falou Jane. — Eu não acho que seja isso, mas... muita coisa pode ter acontecido lá embaixo.

— Muita coisa o quê? — perguntou Lucio.

— Sei lá. Explosões atômicas. Inversão dos polos magnéticos. Qualquer catástrofe assim. A gente sentiria esse efeito e não teria como saber o que aconteceu.

As ideias eram desagradáveis, mas o clima, pelo menos dentro do meu coração, esquentou um pouco. Com todo mundo falando e pensando juntos, certa segurança foi surgindo, mesmo no escuro.

— Sim — retomei. — O que mais?

— Alguém aqui foi amaldiçoado por uma bruxa? Agora é a hora de contar pra gente — falou Lucio.

— Ou uma invasão de ETs. Não era isso que você queria, Boris? — falei para ele.

— Eu não descartaria nada assim — respondeu Anatoly, que tinha uma coleção de fotos e evidências de OVNIs em casa, mas que, como muita coisa do Anatoly, era meio de verdade e meio ironia.

Monica retomou a seriedade.

— Qualquer pane nos sistemas internos da estação...

— Não explica por que as nossas lanternas e os equipamentos a bateria estão mortos.

— Ímãs. O próprio sistema de gravidade faz uso de uns ímãs poderosos, não é? — disse Monica. Hsu confirmou e Monica continuou: — Eles podem afetar a nave como um todo?

— Não deveriam.

— Mas, dada nossa situação, não é tão absurdo. Quero dizer, dos absurdos que estamos discutindo... — eu falei.

— Isso pode explicar a demora. — Jane começou a especular. — A gente explodiu o negócio. Fechou a sala por causa do ar. Vai saber o que está acontecendo lá dentro. Coisas de pressão, de temperatura. Isso pode estar afetando os outros sistemas da nave. Depois de não sei quantos dias… Eu estou um pouco perdida no tempo, mas consigo imaginar o sistema da gravidade sendo danificado e os ímãs interferindo em tudo, não sei… Criando um campo magnético.

— Se for isso mesmo, o que a gente pode fazer pra testar essa teoria? — perguntei. — Alguma bússola?

— Ninguém traz uma bússola pro espaço — falou Lucio.

— Vamos começar indo lá ver o que está acontecendo — declarou a nova capitã.

Nós estávamos na mesma situação de merda de antes, mas era impressionante como nos sentíamos diferentes. Tudo graças a duas coisas fundamentais para cada ser humano: se sentir parte de um grupo e ter um plano. Não importava a situação, se isso estava cumprido, ninguém se sentia tão mal assim.

Fui com Anatoly, Hsu e Monica pelo corredor no sentido do Núcleo, com o objetivo de chegar à Estação de Energia.

Escutava Anatoly e Monica indo atrás de mim e me sentia muito conectada a eles. Dizem que, em desastres, o cérebro libera ocitocina aos montes. O hormônio aumenta a sensação de sociabilidade, faz com que a espécie trabalhe junto para sobreviver. Eu era prova disso. Só Florentin parecia ser o inimigo. E dele eu estava me afastando em velocidade cada vez maior, na ausência de gravidade, me impulsionando cada vez mais forte com os pés. Melhor ir para o escuro do que ficar no quarto perto dele, apesar de que aquela era exatamente a minha missão.

Fui vencendo o corredor em poucos segundos, virando para o Núcleo, quando…

— Ai! Puta merda! — gritei em português. Ninguém ali devia ter entendido, mas a linguagem universal de ferimento foi compreendida. — Ai, ai, ai… Caralho…

Depois do ódio, percebi que tinha batido a cabeça na ponta metálica de uma estante do Núcleo. Com a rotação da nave, eu não sabia exatamente onde estavam as centenas de objetos que povoavam as paredes da estação. Por que raios eu era a primeira da fila?

A luz que vinha de alguma janela distante, rebatida inúmeras vezes, chegava fraquíssima. Monica e Anatoly se aproximaram e mal consegui ver seus vultos com o meu olho esquerdo. O direito estava fechado, muito fechado, com toda a força do mundo. Numa pancada daquelas, a dor se espalhava pelo rosto inteiro, mas estava muito mais forte no olho direito. Quando eu tirei a mão do rosto, senti a viscosidade do sangue, e foi engraçado sentir o líquido, o cheiro de ferro, sem ver nada de vermelho por causa da escuridão. Tinha batido com tudo o osso orbital, não sabia se tinha chegado a quebrar. O problema era que o sangue não parava de sair. E o desespero de não conseguir abrir o olho, agora totalmente inchado, nem saber se minha visão ainda funcionava… Anatoly e Monica chamavam meu nome e me faziam perguntas. Não estava conseguindo processar. Depois de algumas respiradas, escutei a voz dela:

— Rebeca? Me fala o que aconteceu.

— Eu bati a porra do olho na merda da ponta de um gabinete de sei lá o quê. Puta merda… Puta merda…

Esperneei do nada, assustando os dois que estavam ao meu redor. É que senti a aflição repentina de um inseto subindo pela minha perna, por baixo da calça. Talvez fosse minha amiga formiga, que eu tinha deixado viver dias atrás. Talvez só minha imaginação.

— Vamos voltar para a enfermaria, vem — falou Anatoly enquanto segurava meu ombro direito.

Monica se posicionou à minha esquerda. Eu queria muitas coisas naquele momento: que a luz voltasse, tratamento médico, não ficar cega, ser cuidada, um chocolate quente… Mas não queria voltar para onde Florentin estava.

— As coisas eletrônicas nem estão funcionando — argumentei, resistindo a ser levada de volta para lá.

— A gente precisa fechar o ferimento. Você está sangrando.

A voz de Hsu apareceu:

— Tá tudo bem?

— Sim. Hsu, vai checar a Estação de Energia com o Toly. Eu volto com ela. — E, enquanto os ruídos dos dois se afastavam, Monica ainda gritou: — E tomem cuidado!

Retornamos. Fui colocada numa maca. A gente é tomada por um sentimento tão besta às vezes, senti a maior vergonha de ter me machucado sozinha, como uma idiota, dando mais trabalho. Ainda estava claro e eu vi Monica pegando o antisséptico e outros equipamentos para cuidar do meu machucado. Bem ela, com uma mão normal e outra enfaixada.

Boris estava ao redor, preocupado também, mas quem estava fazendo o trabalho mesmo eram Monica e Lucio.

— Acertou o olho ou o osso da órbita?

— O osso — falou Monica.

— Vocês acham que é sério? Se quebrou, pode inflamar demais, colocar muita pressão no globo ocular… — falei, e por um tempo ninguém respondeu nada, sendo que eu só queria que eles me contradissessem.

— Tá muito escuro para dizer, mas acho que não — respondeu Monica.

Às vezes, eu gostaria de não ser tão atenta ao jeito que as pessoas mentem com tão pouca habilidade.

— O corpo sempre se recupera — falou Boris, firme.

Quase passou batido o absurdo da informação, já que a verdade é que o corpo sempre padece e se decompõe. Essa é a lei inexorável.

Florentin estava olhando o vazio, ausente. Jane me encarava, preocupada, mas não falou nada. Fui colocada para me sentar na mesma maca que ela, que parecia bem melhor. Nós duas, uma ao lado da outra, irmãs do hemisfério sul, irmãs de ataduras e curativos cobrindo metade do rosto, curiosamente a mesma metade. De novo, uma sensação de conexão com ela. Haja ocitocina.

O Sol foi embora mais uma vez.

— Eles estão demorando — comentou Lucio.

— Vão demorar mesmo. Eles têm que esperar a estação rotacionar até a luz entrar pela cúpula e eles tentarem ver alguma coisa — falou Boris.

Um ruído bem grave ecoou no centro da estação. Um ruído bem horripilante. Entrei em estado de alerta, pronta para lutar contra o monstro das trevas que estava nascendo embaixo dos nossos pés.

Mas os outros não pareceram tão desesperados como eu.

— Por que agora? — perguntou Jane.

"Agora", como se ela soubesse o que ia acontecer.

— Não sei, mas finalmente um bom sinal — respondeu Lucio.

Se o rangido das trevas era um bom sinal, eu não estava entendendo nada. Só que logo entendi: meu corpo começou a sentir uma força puxando-o para baixo. Gravidade. A máquina chinesa estava voltando a funcionar.

— Se a gravidade está funcionando, nem tudo foi danificado — disse Lucio.

— Hsu! Foi você que ligou? — gritou Monica bem alto para o corredor.

— Não. — Foi a única resposta, bem ecoada e distante.

— Vamos verificar. — A voz de Anatoly, ecoada, quase impossível de entender.

Jane voltou ao assunto ali entre nós:

— Se o computador que controlava a gravidade estava mais protegido por uma camada de chumbo ou algum outro material… Alguma outra coisa do mecanismo, não sei… Ele pode ter ficado protegido de ondas eletromagnéticas.

— Tomara — falou Monica.

— Tomara por quê? Pra morrermos de pé? — devolveu Boris.

— Você vai falar que é melhor do que morrer flutuando, é isso? — perguntou Lucio.

— Vamos pra lá — falei.

Pelo menos, com a gravidade em operação, era mais fácil caminhar pela estação, mesmo no escuro.

— Por quê? — perguntou Monica.

— Porque eu não aguento mais ficar aqui.

Alguns podiam chamar de sexto sentido ou de intuição, mas eu não aguentava mais ficar no mesmo ambiente que o Florentin.

Com um olho machucado e o outro encarando a escuridão completa, saí caminhando lentamente pelo corredor, sentindo as paredes com as mãos. Boris vinha logo atrás de mim; reconheci pela respiração.

Pisando firme no chão, a distância do corredor parecia maior, mas também me dava mais confiança de seguir o caminho. Senti com a mão a quina entre o corredor e o Núcleo, bem onde eu tinha batido. Ouvi um barulho de uma leve trombada: Monica também estava vindo e havia trombado em Boris.

— Ai.

— Tá tudo bem?

— Tudo.

— Somos só nós três? — perguntei.

— Sim — respondeu Monica. — Como no começo.

Fui andando tangenciando a parede e coloquei a mão no que parecia ser a porta do nosso módulo.

— Dá vontade de voltar pro módulo e fugir de volta.

Eles sabiam que era impossível, mas acho que compactuavam com a vontade. Segui andando e encontrei o corredor que levava à Estação de Energia.

— Hsu e Anatoly, vocês estão aí?

— Não. — O som veio do corredor do laboratório. — Estamos checando os circuitos de energia no fim desse corredor aqui.

— A porta do laboratório parece que está fechada! — chegou a voz distante do Toly, finalmente com alguma boa notícia.

Para Monica e Anatoly, perguntei:

— Nós vamos até eles ou vamos ver a Estação de Energia?

— Estação de Energia — respondeu Monica.

— Quer ir na frente? — perguntei.

Já tinha me ferrado por ser a primeira da fila.

— Segue indo — ela respondeu. A minha capitã às vezes não era tão capitã.

Continuei caminhando. Já era possível ouvir os rumores da máquina de gravidade funcionando. Um ruído cíclico, bem grave. Antes, com a estação funcionando, era imperceptível. Agora, era quase tudo que escutávamos. A luz do Sol deveria estar entrando lá do outro lado, no quarto, porque daquele lado ali a escuridão estava completa.

Segui caminhando firme quando senti meu corpo dando de encontro com outra coisa que não era dura como os equipamentos técnicos, mas dura e macia ao mesmo tempo, como um ser humano. Obviamente havia trombado em alguém.

— Desculpa.

Ouvi a respiração, mas não veio resposta. Me afastei, um pouco assustada, mas, com a mão tensa, agarrei o ombro da pessoa, como que para sentir que ela era real, que eu não estava delirando. Eu estava toda contraída. Garganta fechada. Logo senti Boris e Monica parando atrás de mim, sentindo que eu tinha parado.

— Rebeca? Tá tudo bem? — perguntou Boris.

Eu não consegui falar nada, murmurar nada.

Era alguém mais alto que eu… Talvez Florentin?

A luz do Sol começou a aparecer pela janela e eu segurei ainda mais forte a roupa da pessoa, o mais forte que minha mão conseguia, mas o estranho era que a pessoa não estava tentando fugir. Só estava parada, respirando, estática. Mais luz entrou. Pouca, mas o suficiente.

Vi o rosto de Michael Dodge na minha frente.

27.

O olhar dele era vazio. Duas estrelas mortas. Pelas circunstâncias, extremamente aterrorizante. Mas não era o olhar mais aterrorizante que eu já tinha visto na vida...

Dia 12 de março era o aniversário da minha irmã mais nova. Larissa. Um nome que eu parei de pronunciar em 2024.

Eu não era próxima da minha irmã. A gente não tinha quase nada em comum. Quatro anos de diferença. Parecia que cada vez que os gostos dela amadureciam um pouco e chegavam nos meus, os meus mudavam.

Eu era a mais velha, a primogênita. Quase todos os astronautas são primogênitos (a maioria dos ganhadores do Prêmio Nobel também) e não creio que seja uma questão biológica. É uma questão de criação. Quem era astronauta era quem lidava com as responsabilidades, quem lidava com as pessoas, quem tinha ambição de ganhar o mundo. Quem era caçula não tinha necessidade de ganhar o mundo porque já tinha o mundo dentro de si. Era o que diziam, pelo menos. A Larissa praticamente só tinha o mundo dentro de si e não dava a mínima para o mundo de fora. Não dava a mínima para mim.

Até eu fazer vinte e quatro, a gente mal conversava. Eu gostava de exatas e ela, de pintar. Mas ela era péssima, com absoluta certeza pintou os piores quadros que eu já vi. Coitada dela, digo isso com carinho. Pode não parecer, mas eu amava muito a minha irmã. É difícil de organizar os sentimentos.

Eu fiz uma faculdade de física enquanto cursava psicologia no noturno. Quando falei para minha mãe que ia fazer psicologia, ela achou estranho e me perguntou o porquê. Respondi que era um assunto muito interessante, um dos grandes problemas científicos, a questão da consciência, da personalidade. E arrisquei um clichê de que seria bom para me conhecer também. Mas é mentira que as pessoas fazem faculdade de psicologia para curar a si mesmas. A verdade é que as pessoas estudam psicologia para ocupar a mente com o caso dos outros e não ter que olhar para dentro de si.

No café da manhã seguinte, minha mãe me falou, ou melhor, me informou — porque esse era o jeito que ela costumava falar com a gente — que minha escolha tinha a ver com a Larissa. Ela frequentava psicólogos e psiquiatras desde os sete anos. Já tinha sido diagnosticada com absolutamente tudo, mas o que ela tinha mesmo era uma depressão comum, como milhões, e, em breve, bilhões de pessoas. Raramente alternava um estado maníaco. Era um caso tedioso.

Larissa só emitiu um comentário sobre a minha decisão de cursar psicologia: era uma ideia besta. Ela odiava psicólogos em geral.

Quando ela fez vinte anos, começamos a conversar mais. Coincidiu com a época em que eu passava longos períodos fora de São Paulo, às vezes fora do Brasil. Na primeira despedida, no aeroporto, ela encheu o saco reclamando de trivialidades durante o caminho inteiro até Guarulhos, e nem quis me abraçar. Entrei no avião pensando que nunca mais ia falar com ela, cheia de raiva e de birra.

Só que, ao contrário do que eu pensei que fosse acontecer, nós nos aproximamos enquanto eu estava fora do país. Na vida inteira, falamos mais por telefone do que ao vivo, se eu for pensar. Tivemos conversas mais profundas, pelo menos. Larissa não gostava de contar nada da vida dela, mas o caminho das nossas conversas começava nas perguntas mais abrangentes, mais filosóficas.

Como eu estava estudando muito, ela brincava que podia me perguntar qualquer coisa e eu ia saber a resposta. E como, mesmo na dúvida, eu respondia com propriedade e segurança, a profecia dela se concretizava. Nós falávamos sobre o ser humano e sobre as noções de consciência; sobre pesquisas que diziam que nós não temos livre-arbítrio, só agimos automaticamente e a posteriori justificamos nossa decisão com uma narrativa; sobre o vazio da existência na cabeça de cada um, mas também o vazio da existência da matéria; sobre o nada que ocupa a maior parte de cada átomo; sobre nossa incompreensão da física quântica; sobre a invenção abstrata que é falar de velocidade e posição de uma partícula. Sobre como nossa intuição é falha.

Às vezes, a gente brincava de tentar explicar para um alienígena o que estava acontecendo no mundo, de tentar explicar para um alienígena por que milhões iam para França para ver a Monalisa e por que bilhões assistiam a vinte e dois humanos correndo atrás de uma bola num grande evento mundial. E, a cada conversa, ela só falava da própria vida como um enigma, com uma história que tangenciava ou com uma pergunta que fazia. Eu ficava atenta e, por meio de pequenas dicas e indícios, deduzia se ela estava ou não namorando, se estava irritada com as amigas, se tinha esperança de vender os quadros, se estava ativa ou se estava deixando a arte de lado.

Larissa não parecia se conectar muito com ninguém. Eu devia ter alguma inveja dela quando criança e escolhia ignorar sua vida, mas, a partir dos nossos vinte e poucos anos, já estava mais confiante e segura comigo mesma, a ponto de ter curiosidade de montar o quebra-cabeças da vida dela. De passar aquelas horas no telefone, que me dão saudade, mas também me dão medo.

Ela teve um surto em 2021, aos vinte e sete anos. Estava dirigindo o carro da minha mãe e simplesmente acelerou contra um muro. Um homem estava andando por ali e se jogou para fora do caminho no último segundo. Não sofreu nada. O carro bateu com tudo e a frente inteira se contorceu. Larissa bateu a cabeça no volante, teve outros cortes e arranhões. Nada sério. Estava de cinto de segurança.

Não foi um pensamento suicida, disse ela. Só tinha que atravessar o muro daquela forma. Como num sonho, em que não se sabe o que veio antes ou o que vem depois, só havia o objetivo, muito claro. Uma necessidade, na verdade, uma pulsão total, dominando todo o resto do cérebro, toda a memória, toda a ética, toda a empatia e todo o instinto de sobrevivência.

"Não era eu", ela falou mil vezes. E também: "Eu não queria me matar." Lógico que não acreditaram nela, e minha mãe convenceu Larissa a voltar a morar com ela, temendo outras tentativas de suicídio.

Se ela não queria se matar, o objetivo era outro. E se não fosse cruzar o muro? E se fosse matar o homem?

Eu fiquei preocupada. Por telefone, ficava tentando descobrir o que se passava na cabeça dela, fazia mil perguntas... Mas isso só afastou a Larissa, que reclamava que não queria ser analisada por mim. Talvez eu pudesse ter me debruçado mais no assunto, ter voltado para o Brasil para ficar uns meses com ela, mas meus treinamentos para astronauta estavam evoluindo, e eu achava que estava tão perto.

Passaram-se três anos, nos quais ela superou o acontecido. As marcas e cicatrizes do acidente já tinham ido embora. O medo de um suicídio também. Não foram anos necessariamente felizes, mas na média, e Larissa estava se sentindo mais positiva. Pelo menos, era o que eu sentia nas nossas ligações. Ao vivo, ela era carinhosa, simpática, mas não aguentava um evento familiar por mais de meia hora.

Ela odiava aniversários. Eu nunca gostei muito também, mas ela realmente não tolerava. Não acho que o problema era envelhecer, mas ser o centro das atenções. Reclamou e pediu para não ter festa desde os sete anos. Faltando uma semana para o aniversário dela, nós fomos jantar. Jamais tocaria no assunto, mas foi ela mesma quem falou: faria trinta anos, queria fazer uma pequena comemoração em sua casa. Meu queixo caiu na mesa.

O dia era um domingo. Fui para lá umas cinco da tarde. Os convidados eram poucos, mas já eram mais do que eu esperava: eu, nossa mãe, mais quatro amigas e um casal de vizinhos. Fui a primeira a chegar. Ela estava estranha, um pouco distante. Cheguei a perguntar se valia a pena cancelar... Larissa negou com a cabeça e continuou arrumando as coisas para o encontro, colocando algumas pastas em potinhos, amassando patês. As pessoas foram chegando. Minha mãe foi especialmente carinhosa com ela, estava radiante, comentando que sempre quis cobri-la de beijos nos aniversários e apertando firme sua mão, como gostava de fazer.

O papo era chato. As pessoas eram chatas. As amigas também circundavam o mundo das artes, sem conseguir se firmar. As pessoas mais interessantes eram os vizinhos, constrangidos, cujas profissões de contador e radiologista, por incrível que pareça, renderam relatos mais engraçados do que os das aspirantes a artistas.

Larissa e eu gostávamos de conversar sobre quem era e quem não era interessante. Eu não era, óbvio. Ela era, para mim, mas para si, não: ela sentia ou tédio ou ódio de si mesma, em alternância. Já as pessoas da festa não tinham apelo nenhum. Eu estava pensando em ir embora em breve e, pela personalidade da anfitriã, sabia que a festa não duraria muito mais.

Passei pela sala e minha mãe conversava animadamente com a radiologista, contando histórias de exames frustrados. Lá na área de serviço, Larissa e outras estavam fumando. Pensei em ir embora, mas não queria ser a primeira, então resolvi espiar o quarto dela. Larissa morava naquela casa há apenas três meses, desde que saíra da casa da minha mãe. Eu nunca tinha entrado no quarto dela. Fui discretamente. A porta estava destrancada; aliás, nem havia fechadura com chave, provavelmente uma exigência da minha mãe, ainda preocupada com alguma tentativa de suicídio.

O quarto estava relativamente arrumado, muito mais do que o canto dela no quarto que dividimos dos seis aos dezessete anos. Encontrei uma caixa de bolinhas de gude, centenas. Larissa era apaixonada por elas quando criança. Na bancada, os remédios, até que bem cheios: ou ela não estava tomando ou tinha acabado de comprar. Do lado, papéis com desenhos e padrões, ideias para quadros. Pessoas de costas. Hoje em dia, os artistas plásticos mal fazem quadros. O esforço dela era fútil.

Escutei um grito de longe, vindo da área de serviço. Chegou abafado. Quase que alguém dando uma gargalhada bêbada de um comentário ácido. Não parecia o grito de alguém que tinha acabado de tomar uma facada na barriga.

Veio um segundo grito, também baixo. Quase como uma amiga gritando para outra na rua. Não parecia o grito de alguém que entrara na área e encontrara uma amiga no chão, se contorcendo numa piscina vermelha, e outra amiga com o olhar perdido, com uma faca cheia de vermelho na mão.

E o terceiro grito foi igual ao segundo, a mesma voz, só que com um final abrupto. Como se a garganta tivesse sido atacada pela lâmina.

Àquela altura, três gritos, não havia dúvida de que algo estava acontecendo. Saí do quarto quase correndo. Já dava para ouvir o conteúdo dos gritos:

— Para! Para!

— Você tá louca!

— Não!

— O que tá acontecen…

— Pelo amor de Deus!

— Solta isso!

— Segura ela!

— Para!

Quando cheguei na sala, vi um corpo caindo no chão, vindo da cozinha. Era o corpo do contador, uma faca cravada bem em seu esterno.

Minha mãe já estava chorando, sem saber o que fazer. Corri para a porta de saída. Estava trancada e a chave não estava na maçaneta.

— Vem — chamei minha mãe.

Ela deu alguns passos comigo para o corredor, para se esconder cada vez mais dentro do apartamento, que tinha apenas um quarto, mas sem chave, como eu já havia percebido. Seguimos para o banheiro. Ela me mandou entrar e me esconder lá.

— E você?

Ela apertou minha mão e me empurrou para dentro.

— Vai dar tudo certo — me disse.

A sensação era de realidade paralela. De ausência de quem eu era. E de que o mundo era outro. O coração batia forte. O suor jorrava naquele calor. O banheiro era minúsculo. Tinha um buraco de chave na fechadura, mas nenhuma chave à vista. Não quis entrar no boxe, não só para não reencenar a cena de *Psicose*, mas pelo ridículo que seria eu "escondida" atrás de uma cortina transparente. O armário estava disponível e me chamando para dentro. Tinha alguns objetos, mas poucos. Me enfiei lá dentro, nem lembro como. Não estava pensando. Só estava com medo. Escutei minha mãe se escondendo no guarda-roupa, no quarto. O cheiro era de mofo, debaixo da pia. O medo era que o armário não aguentasse meu peso e despencasse. Eu estava sentada, abraçando os joelhos, posição fetal, com a testa apoiada na cuba da pia. Se eu fosse um centímetro mais alta, não teria cabido ali. Eu estava envolta por todos os lados por aquele armário de madeira velha.

O silêncio era intenso. A atenção era total. Dava para ouvir passos chegando pelo corredor. Minha mãe não esperou ela chegar, tive a sensação. Ela abriu a porta do guarda-roupa muito antes de ser descoberta.

— Larissa. — Eu ouvi a voz dela. — Pelo amor de Deus, o que tá acontecendo, Larissa?

Nenhuma resposta nos segundos mais tensos da minha vida até então. Minha mãe continuou:

— Larga isso. Vem para cá. — E, gritando como se fosse isso o necessário para tirá-la do transe em que se encontrava: — LARISSA!

Passos apressados.

Diferentemente do que a gente está acostumada nos filmes, uma facada não tem som. Nós imaginamos aquele som nítido e aflitivo de uma lâmina correndo por uma superfície. Um som cortante. Mas na realidade é um golpe silencioso.

Depois, um ruído de algo caindo no chão, seguido de uma barulheira de centenas de pedacinhos de vidro voando para todos os lados. Era a caixa de bolinhas de gude.

Eu estava ouvindo os gemidos lá fora. Tinha plena consciência de que eram os sons desesperados, os últimos sons emitidos pela garganta da minha mãe. A mesma garganta que tinha cantado para mim desde que eu era pequena, desde que eu estava na barriga dela, provavelmente. E ela cantava toda noite. Muitas vezes inventava qualquer letra, qualquer melodia.

Era sempre interessante, e eu adorava. Queria ter uma voz como aquela, uma afinação como aquela, uma capacidade criativa como aquela. E agora ela só emitia um som agoniante, vazio, desesperador, insistente e fadado a terminar.

Todo aquele tempo, eu sabia o que estava acontecendo, mas não mexi um músculo sequer. Era como se fosse um jogo e meu objetivo fosse ficar estática. Não é que eu pensei na hora: "Preciso sair daqui e salvar minha mãe." Isso veio nos meses e anos depois, quando a culpa fez a festa na minha cabeça, toda vez que eu apagava a luz para dormir. E depois, quando comecei a dormir de luz acesa, toda vez que eu fechava os olhos, a culpa era minha companheira. Naquele momento, isso ainda não tinha se consolidado em palavras, não estava no consciente, não tinha chegado no córtex pré-frontal. Mas já estava lá, como um aperto no coração. Uma sensação terrível. Um incômodo inimaginável.

Segundos se passaram. Minha mãe já estava morta no chão do quarto. Eu não sabia o que fazer nem tinha perspectiva de nada.

Um passo. Depois outro. Vindo na minha direção.

Quando achei que o coração não podia bater mais forte, ele bateu. Um tambor. Senti medo de ser uma batida tão forte que ela escutaria o barulho e descobriria onde eu estava. Ela, minha irmã. Ou não mais minha irmã. Difícil dizer. A assassina com a faca na mão.

Larissa deu um passo para dentro do banheiro, a rasteirinha fazendo um ruído diferente no piso de azulejo. O banheiro era mínimo. Não só imaginei ela escutando meu coração, mas até sentindo o cheiro do meu suor. Meu rosto ou estava coberto por lágrimas ou suor. Uma lucidez bateu e eu me esforcei para diminuir minha respiração. Aquilo, sim, era um perigo real, algo que ela realmente ouviria. Um... Dois... Três... Comecei a contar para tentar diminuir a intensidade das inspirações. Mentalmente, eu sabia que estava num estado de choque total, mas às vezes eu acho que, para o corpo, as coisas são mais simples. Quatro... Cinco... Seis... Enquanto eu tentava relaxar, imagens surgiram na minha mente, me preparando para sobreviver a qualquer custo: e se ela abrisse a porta repentinamente? E se eu fosse descoberta? Me veio a imagem de saltar agarrando as pernas dela. Imagem de mim lutando, apesar de estar tomando facadas nas pernas, no tronco. Derrubando minha irmãzinha no chão, arrancando a arma da mão dela. Meus músculos contraíram um pouco, já cansados da posição de contorcionista. E eu querendo que eles ficassem paradinhos para evitar qualquer ruído, evitar qualquer rangido de madeira. Sete... Oito... Nove... A respiração já mais tranquila... Dez.

Som da cerâmica do vaso. Eu soube imediatamente: ela estava sentada ali do lado. Estávamos a centímetros de distância.

Silêncio total. Ela não estava usando o vaso. Só estava lá, sentada.

E, me concentrando, consegui escutar sua respiração.

Era profunda. Inspirando... Expirando... Inspirando... Expirando...

Não parecia nervosa. Não parecia nem cansada. O que estava passando na cabeça dela? Eu não fazia a menor ideia e não tinha o menor sentido. Ela estava tendo um surto, eu imaginei. Ela não era mais ela. Mas ela não estava exaltada. Era uma respiração estranha, de alguém concentrada, mas não arrependida. Nem de alguém triunfante. O que ela estava fazendo ali? E, principalmente, ela sabia ou não sabia onde eu estava? Podia estar jogando um jogo comigo, esperando eu não aguentar mais e sair do armário. Brincando com sua presa. Ou podia estar no mundo da lua, ignorando totalmente minha existência. Nem sabendo quem eu era.

Quanto tempo eu ia aguentar? Ou quanto tempo ela ia aproveitar a brincadeira? E quanto tempo até o surto acabar? Se é que acabaria. Às vezes, eram passageiros. Às vezes, não.

Uma hora e cinquenta e sete minutos.

Foi esse o tempo que sustentamos aquela situação. A duração de um longa-metragem. Duas torturas, uma física e uma psicológica. Não havia osso que não doesse. Os meus músculos passaram por câimbras e espasmos. E, quando a dor da concentração do ácido lático vinha com tudo, era um alívio, porque desviava a atenção da minha mente. Pelo menos alguns minutos sem conseguir pensar direito e ponderar a situação: ela sabe ou não? Ela só está me esperando ou não? Ela vai me poupar ou não? Isso está acontecendo de verdade ou não? Como era possível aquilo estar acontecendo? Parecia a coisa mais surreal e inacreditável. A respiração dela continuava. Naquele ritmo. Forte e espaçada. A trilha sonora do pesadelo.

Passou todo aquele tempo, e vale dizer que a medida em minutos que nós temos não vale de nada. Para quem viveu, a experiência é eterna e, ao mesmo tempo, o que parece longuíssimo e interminável acaba simplesmente passando. O que rompeu a monotonia e, de certa forma, rompeu a bolha da situação foi uma sequência de sons abruptos: som de cerâmica.

Som de um corpo estatelando-se no chão de azulejos. Larissa havia caído. A respiração controlada e intensa cessou.

Esses sons vieram repentinamente. Até bati a cabeça na cuba. A dor na testa me mandou energias. O corpo que não aguentava mais ficar naquela posição. A conclusão do que havia restado na minha mente foi só uma ordem: "Sai."

Quando eu vi, já tinha aberto a porta e sido cuspida, por mim mesma, do pequeno armário. Caída no chão, os membros mal funcionando. Era como um nascimento daquele útero de madeira compensada. Eu, como um bebê indefeso, pupilas contraídas, dificuldade de lidar com qualquer luz. Dificuldade de entender os arredores. Vi Larissa, também deitada no chão, toda torta. Minha primeira impressão foi de que ela estava morta, mas uma segunda olhada com atenção mostrou sua caixa torácica subindo e descendo tranquilamente. Seus olhos fechados. Ela só estava inconsciente. Marcas de arranhões nos braços. Sangue na blusa. Mas tudo parecia das disputas e dos ataques de antes, o sangue seco. Nada que tivesse acontecido naquele momento. Não escutei ela tomando nenhum remédio, se drogando ou se envenenando de nenhuma forma. A sensação era de que a cabeça dela havia simplesmente desligado.

Nós duas, as irmãs, apertadas no chão frio do banheiro, desamparadas. A psicóloga e a paciente, a sã e a surtada. Mantive distância dela para não acordá-la. Não aguentaria uma luta, me renderia e encontraria a morte o mais rápido possível. Não parecia tão ruim quanto o esforço para ficar de pé. E, depois de estar de pé, comecei a dar alguns passos, a cambalear. Se eu soubesse o que veria, talvez tivesse ficado lá no banheiro.

Olhei para o chão do quarto. O gosto forte de sardela veio imediatamente à minha boca; estava quase vomitando. Há poucas horas, eu estava comendo um pãozinho com patê na festa da minha irmã e o mundo estava perfeito, apesar de não estar nenhuma maravilha. Agora, o mundo estava de ponta-cabeça e meu corpo queria expulsar a comida que eu havia comido.

Passei perto do corpo da minha mãe, mas sem coragem de me agachar, de me lambuzar no sangue. Sem coragem para fazer a cena.

Na sala, a imagem era horrível. Três mortos ali, espalhados. A luz acesa dava um ar banal, só superado pela luz branca e feia da cozinha, onde mais dois corpos se encontravam. Estáticos. Na área de serviço, os pés da primeira vítima lá no fundo. Como eu já sabia, nenhum sobrevivente. Como ela tinha feito aquilo? Era muito difícil matar alguém com uma faca. Continuei andando. De alguma forma, havia uma necessidade de caminhar pelo apartamento, de ver tudo. Dar um pouco de realidade ao surreal.

Voltando para o quarto, peguei meu celular, que estava na bolsa. Continuei caminhando para o banheiro, para ter certeza de que Larissa ainda estava lá, inconsciente. Estava. Digitei 190. Percebi que eu não falava há mais de duas horas e não sabia se ia sair alguma voz da minha garganta. Me afastei para minha voz não acordar minha irmã.

— Oi... O endereço é Arthur de Azevedo, 1880. Apartamento 72.

Uma mensagem bem prática e objetiva. Bem fácil de falar.

— O que está acontecendo? Você está bem?

— Eu estou bem. Teve uma... tragédia. Uma tragédia. Tem muita gente morta aqui.

Consegui ouvir o ruído da cadeira do atendente, ele endireitando o corpo, realmente surpreso.

— O que aconteceu? Morto como?

— Faca.

— Por quem? Moça, você está segura? Onde você está?

— Eu estou no apartamento. A... a pessoa com a faca... Ela está deitada no banheiro, dormindo... Inconsciente. Ela... Não era ela... Ela teve um surto. Minha mãe... Ela tá morta também... Eu acho que você manda polícia e um carro para pegar os corpos, não sei.

— Ok. Já estou mandando as viaturas praí. Fica tranquila.

Não gostei que ele tenha falado isso. Eu estava tranquila, já. De um jeito vazio, mas tranquila.

— Você ainda está no mesmo apartamento? — perguntou.

— Sim, falei que sim.

— Continua na linha, não desligue, ok? Qual é o seu nome?

— Rebeca.

— Tá bom, Rebeca, perfeito. Vamos fazer o seguinte...

Coitado dele. Estava mais nervoso que eu. Tom de voz e jeito de falar jovens. Imaginei que fosse a primeira vez que estava envolvido numa história daquelas.

— Você vai sair do apartamento imediatamente.

Fui até a porta, mas ainda estava trancada.

— A chave. Não sei onde está a chave.

— Você pode procurar um pouco? Vai ser melhor se você sair.

Olhei ao redor... Nenhuma chave visível. Dentro de um potinho, cheio de moedas e outras tralhas, procurei com cuidado. Havia uma chave lá e eu a peguei, empolgada. Era outra marca, de outro lugar, não era daquela porta.

— Acho que a chave pode estar com ela.

— Com ela?

— É. É minha irmã.

— A agressora é sua irmã?

A pergunta era muito estranha, e a vontade era dizer não, no automático. Mas, sim, a agressora era minha irmã.

— Rebeca, você está aí?

— Tô.

— Se você não consegue a chave, o mais seguro é ir para um quarto com chave e se trancar lá dentro. A viatura já vai chegar em seis minutos.

E a minha vontade de explicar para ele que não havia cômodo assim e que eu já tinha me escondido num armário por quase duas horas?

— Tá. Eu vou esperar. Quando eles chegarem, podem arrombar a porta.

— Tá tudo bem. Fica aqui na linha comigo. Cinco minutinhos só. Não vai acontecer nada.

De novo, fiquei irritada com o atendente. Eu já sabia que não ia acontecer nada, porque já tinha acontecido. O pior que eu podia imaginar já tinha acontecido e agora pouca coisa importava.

Levei um susto ao perceber, relembrar, na verdade, que eu estava na sala, cercada por três pessoas mortas. O contador entre elas, de olhos abertos, rosto virado para mim. O apartamento tinha uma varandinha minúscula. Lá, pelo menos, não tinha ninguém morto, só um vaso com uma planta murcha, cheia de bitucas de cigarro.

Respirei o ar lá de fora. Um pouquinho mais de vento. Mas quente. Ainda estava quente. Fechei a porta de vidro e fiquei olhando a rua, esperando os carros de polícia chegarem.

— Você ainda está na linha, Rebeca? Tudo bem?

— Tudo. Estou na varanda.

Vi as luzes piscando do giroscópio. Duas viaturas viraram a esquina numa velocidade maior do que o necessário. Os policiais desceram e rapidamente conversaram com o porteiro.

Só que um barulho mais próximo chamou mais minha atenção: passos na sala. Larissa estava caminhando lentamente. Através do vidro, o olhar dela cruzou com o meu. Era o olhar mais vazio e mais potente e assustador que eu já vi. Um olhar de ausência, pior que dos perversos. Pior que dos mortos.

Os policiais já deviam estar subindo o elevador.

E Larissa me viu ali. Não houve dúvida de que ela me reconheceu, pelo menos como outro ser humano. E sua expressão começou a contrair. A boca foi de ligeiramente aberta para lábios apertados. Os olhos, de desfocados para intensamente reluzentes. Estavam se enchendo de lágrimas.

Os policiais chegaram no hall dos apartamentos. Bateram na porta.

Larissa andou na minha direção. Às minhas costas, o parapeito e a queda de sete andares. Aquele parapeito era baixo, na minha opinião. Tinha achado isso desde mais cedo, no começo da festa. Não queria ficar colada nele. Larissa chegou à porta de vidro e olhei para as mãos dela, lembrando naquele momento: ela estava com a faca na mão?! Não, não estava.

Os policiais já estavam forçando a porta. Mais algumas pancadas e a tranca cederia.

Larissa pôs a mão no vidro. Espalmada. No rosto, muita fragilidade. Uma vontade minha era de fugir dali, apesar de não ter para onde ir. A outra vontade era de colocar a mão no vidro também, de buscar aquela conexão com minha irmãzinha. Mas, num movimento rápido, ela usou a mão para deslizar o vidro. Uma barreira a menos entre nós.

Mais uma pancada, mas os policiais não conseguiam abrir a porta.

Larissa me encarou bem no olho, e então era ela. Eu achei que era ela. Sabia o que tinha feito e tinha culpa e remorso e desesperança. Eu, apertada ali no cantinho da varanda, com medo de ser atacada.

Os policiais forçaram a porta.

Ela não encostou em mim. Só se jogou.

Foi muito rápido. Eu gritei. Os policiais vieram correndo. Larissa já havia caído lá embaixo. Eu não olhei. Fiquei de olhos fechados por uns bons dez minutos. Quando os abri, já estavam me levando numa ambulância. Por fora, eu estava praticamente intacta. Por dentro, muita coisa já tinha ido para o espaço.

Eu já tinha praticamente desistido de ir para o espaço, naquela época. Não achava que nada excepcional fosse acontecer comigo. Mas aconteceu, e não foi excepcionalmente bom.

Eu não estava disposta a ir ao enterro de ninguém. Tudo isso foi no começo do ano e, durante o resto dos meses de 2024, praticamente não falei com ninguém. Ou pelo menos não tive nenhuma conversa de verdade.

Se fosse pensar, talvez não tivesse conversado de verdade com ninguém desde então.

Minha orientadora da faculdade me indicou para uma terapeuta especializada em traumas violentos. Eu devia ser a única cliente dela que não tinha sofrido nada de violência física. A especialista tinha uma voz pacata e uns olhinhos perversos. Estava claro que tinha escolhido um bom ramo: conseguia acalmar os pacientes e se deleitava com as histórias macabras. Eu só falava o básico e ela me respondia o básico. Às vezes, é só isso mesmo que é importante.

De uma vez só, depois de uma única noite, toda a minha vida familiar acabou. Minha mãe era o último elo com os meus primos, meus tios. Pensar na minha mãe agora era escutar de novo as últimas palavras dela. Ridículas. Ela falou que ia dar tudo certo. Era ruim demais saber que a pessoa com o maior amor incondicional por mim, e também quem eu mais amava espontaneamente, não estava mais lá.

Pensar na minha irmã era trazer uma intensidade de raiva e ódio e culpa e dó que era muito complicada de sentir.

Por meses, fiquei obcecada por descobrir exatamente o que tinha acontecido: insistindo e fuçando nos exames de biópsia feitos em Larissa. Um pouco de álcool. Nenhuma outra substância que fosse capaz de disparar o surto. Talvez algo que minha mãe tivesse falado? Que algum outro convidado tivesse falado? Cheguei a marcar cafés e encontrar sem-querer-querendo algumas pessoas próximas a ela. Não achei nenhuma pista. Às vezes, a explicação mais simples e mais limitada era tudo que se podia ter. Ela teve um surto e ponto.

Mas imaginava os detalhes que eu podia ter visto. Os pequenos desvios. As conversas de telefone. Indícios que eu deveria ter notado. Qualquer coisa que estivesse um pouco fora do lugar...

A impotência que eu senti lá dentro do armário. A impossibilidade de saber de fato o que tinha acontecido. Obviamente, fiz a ligação com o acidente de carro. Um surto inicial. Um desejo agressivo. E talvez ela realmente não lembrasse o que aconteceu, assim como naquela noite. Talvez só se lembrasse de estar na área de serviço, conversando, e depois tenha acordado no chão do banheiro, desnorteada. Ido até o quarto, até a sala. Entendido o que havia feito. Talvez ela já suspeitasse. E ainda me viu. Será que eu estava com uma expressão muito aterrorizada? Não tinha como não estar. Mas será que foi esse terror estampado na minha cara que acabou com qualquer esperança que a Lari tivesse de continuar vivendo? De se tratar, de superar o que aconteceu? E eu ficava pensando que era minha culpa, pelo jeito que meu rosto estava... Por não tê-la amarrado quando tive a oportunidade, quando ela estava inconsciente no chão... Por não ter segurado o corpo dela na varanda... Talvez por não ter me interessado por ela o suficiente, pesquisado, auxiliado, curado, antes que acontecesse qualquer coisa.

O meu casamento, na época, já tinha acabado. Por um lado, foi difícil passar por aquilo sozinha, mas eu o conhecia bem e sabia que teria sido insuportável estar com ele. Assim foi melhor.

Vários dos meus amigos mais próximos moravam no exterior. A notícia não chegou a eles e, como eu não contei, nunca ficaram sabendo. Meus amigos do Brasil também não souberam. Eu tinha o hábito de desaparecer, às vezes, nas minhas buscas por me tornar uma astronauta. Quando eu sumi pelo resto daquele ano, ninguém pensou duas vezes.

Assim, o ano acabou, e nem o corpo nem a mente são capazes de se manter no mesmo estágio depressivo por muito tempo. Aos poucos, fui retomando as atividades. Ganhando coragem para simular uma vida novamente. E, numa transição imperceptível, fui de simulação para uma vida real.

O que era triste também era que a tristeza foi embora e eu senti que não tinha coração de verdade, porque, depois de dois anos, voltei a trabalhar normalmente. Eu falhei em compreender a Larissa, mas compreender e avaliar os pretendentes a astronautas estava ao meu alcance. Ainda dizia a mim mesma que era bom mergulhar no trabalho para esquecer, mas o fato era que eu nem sabia mais o quanto lembrava. Um lamento no aniversário da tragédia. Uma vontade de vomitar quando passava por aquela região e batia o olho na placa da rua. Um constrangimento quando alguém perguntava algo sobre a minha família. Parecia um preço pequeno a pagar pelo que aconteceu. E isso eu sentia, sendo que, objetivamente, não tive culpa nenhuma na história. Só vítima de uma bola de neve que começou como algum ligeiro desvio de rota, alguma ponta solta em algum neurônio no cérebro dela, alguma configuração estranha de comportamento, que resultou no que resultou.

De qualquer forma, era a partir dessas sensações e com a memória daquele olhar que eu agora encarava o olhar de Michael Dodge.

28.

— O que você tá fazendo aqui? — perguntei.

Ouvi uma exclamação em russo de Boris e uma em inglês de Monica. Logo atrás de mim, ambos também estavam encarando-o.

Não era um fantasma. Era um homem cheirando muito mal, com os cabelos sebosos e bagunçados, a barba por fazer, o rosto crivado de fome. E só cinco centímetros separavam o nariz dele do meu. Por um bom tempo, Michael não respondeu nada, só me encarou com uma expressão de surpresa e confusão. "Quem são vocês? O que está acontecendo?", ele parecia dizer com os olhos.

Até então, eu não havia soltado o colarinho dele. Soltei e me afastei um pouco.

— Michael, onde você estava? — Boris já saiu perguntando.

— Michael, meu nome é Monica. Você não se lembra de mim? Eu sou capitã de uma missão de manutenção na TEEI.

— Onde você estava, Michael? — insistiu Boris.

Ficou claro que ele não ia responder.

Sua presença deveria ser uma solução, um tesouro: encontramos o desaparecido! Mas também era a negação de tudo que eu tinha pensado antes, toda a minha certeza de que Florentin havia assassinado o canadense. Algumas situações eram muito complicadas para serem resolvidas com um punhado de provas. Eu estivera completamente errada e começava a pensar que não era a pessoa certa para aquela missão, não deveria ter ido, devia ter escutado a minha mãe no sonho e desfeito minha mala.

Puxamos Michael para o Núcleo e o colocamos sentado num pequeno banco que ficava de frente para o computador central.

— Esperem aqui que eu vou buscar o Toly e a Hsu — falou Monica.

— Não. Espera você — respondeu Boris.

Um silêncio se seguiu. Ele devia estar calculando o que fazer com aquela informação.

— Eles precisam saber que o Michael… apareceu.

— E se eles já souberem? — perguntou Boris, e deu uma olhada para Michael. O canadense continuava completamente alheio.

— Como?! Você mesmo estava perguntando sem parar: onde ele estava? — disse Monica.

— Escondido na nave. Preso. Não sei. Talvez preso por eles — argumentou Boris.

E, pelo estado físico do Michael, era de se supor que tivesse estado com pouca ou nenhuma comida, sem banheiro, sem nada. Um cativeiro era uma ideia coerente.

— Onde? Aqui tudo é pequeno e a gente tem a planta da estação na cabeça.

— Olha o estado dele! — falou Boris.

— Gente — chamei. — Estamos falando dele como se ele não estivesse aqui… É estranho. Vamos começar explicando para ele o que está acontecendo? Michael, você deve estar em choque, mas nós estamos aqui para te ajudar. Você não reconhece a Monica Lowe?

Só os olhos assustados.

— Você está se sentindo bem agora? O que você está sentindo?

Era inútil perguntar. E àquela altura já estávamos na escuridão total. Monica e Boris continuaram a conversa, ignorando não só Michael, mas a mim também.

— E ele retornou bem agora quando a energia acabou? — falou Monica, incrédula.

— Tem um certo sentido… se o local onde ele estava preso tinha alguma trava eletrônica. Sem energia, ele conseguiu fugir.

— Hm, entendi — admitiu Monica. — Ou pode ter sido a volta dele que… causou a falta de energia, não sei.

Eu ignorei essa possível inversão de causalidade.

— E, se ele estava preso, qual é a chance de ser obra do resto da tripulação? — perguntei, levantando para Boris poder cortar.

— É por isso que antes de mostrar a todos que o Michael está aqui… vamos pensar bem.

— Mas, se ele estivesse preso contra a vontade, não conseguiria, sei lá, bater nas paredes, gritar, pedir ajuda? — argumentou Monica.

Eu não tinha resposta para isso. Boris tentou explicar:

— Talvez não depois de semanas sem comer direito.

— Quais são nossas opções?

— Eu quero sair dessa estação o mais rápido possível — falei.

— Mas sem energia? — perguntou Boris.

— Sem energia não dá — falou Monica.

Era um fato. Minha atenção se voltou para Michael.

— Ele tá ouvindo tudo o que a gente tá falando... ou tá com alguma lesão cerebral séria. E aí é nossa obrigação levar ele rápido para a enfermaria. Para o quarto.

Voltar para o mesmo cômodo de Florentin não me apetecia, só que o mais simples era isso: imaginar o melhor das pessoas e cuidar do Michael o mais rápido possível.

— Vamos levar um mudo pra encontrar com o outro. Vai que assim eles abrem a boca — sugeri.

Boris não estava gostando da ideia, mas Monica concordou.

— Esse encontro vai acontecer uma hora ou outra.

Boris e eu começamos a conduzir Michael, cada um segurando um braço dele.

— Você está com algum ferimento? Michael, como você está se sentindo? Se não conseguir falar, pode apertar minha mão. Um aperto é sim. Dois é não.

Mas a mão dele permaneceu solta, mole. No entanto, ele não estava oferecendo nenhuma resistência ao caminhar. E, caminhando, me lembrei da gravidade. Hsu e Anatoly falaram que não foram eles que ligaram o sistema. Será que fora Michael?

Estávamos na metade do corredor quando uma luz forte veio do Núcleo. Uma luz azulada... Não era o Sol pela janela, e sim o computador central reiniciando.

Enquanto Monica e Boris voltavam às pressas ao computador para checar se tudo estava funcionando, eu mantive a ideia fixa de levar Michael aos outros. Não só pela boa vontade de reunir os companheiros de viagem, de ver na expressão deles a alegria de não terem perdido um parceiro, mas principalmente para analisá-los: tanto podiam sentir alívio quanto desespero ou susto de vê-lo ali.

Segui para o quarto.

— Qualquer coisa, grita — falou Monica.

Só eu levando Michael, fiquei mais tensa. Ele era bem mais forte que eu e facilmente conseguiria dar uma cotovelada na minha cara e se desvencilhar. Minha cara com o olho inchado, inclusive. Se ele soprasse no meu rosto, já conseguiria se desvencilhar. Mas Michael manteve seu comportamento: passos lentos. Só respirou. E respirou. E respirou. E, dado meu histórico, isso já estava me colocando com um nível de cortisol no sangue maior do que se eu estivesse trocando socos com ele.

Cheguei ao quarto, mas estava vazio. A luz do Sol, refletida na Terra, entrava pela janela, gerando uma penumbra suficiente para termos certeza. Nem Jane estava na maca. Merda. Onde eles estavam? Não é como se tivessem sido abduzidos por alienígenas ou pulado para um universo paralelo.

Provavelmente estavam consertando as coisas na Estação de Energia, que podiam ter acessado pelo anel externo. A energia do computador central podia ter voltado a funcionar, inclusive, por causa deles.

Voltei para o Núcleo, a passos largos, puxando Michael pela mão como se ele fosse um menino.

— Eles não estão lá. Devem estar consertando as coisas.

Boris e Monica olharam brevemente para mim, eufóricos. Seus sorrisos brilhando sob a luz da tela do computador. O principal agora era estabelecer um contato definitivo com a base.

Aproveitamos que estávamos nós três, sozinhos. "Sozinhos" com Michael.

A tela tinha voltado para a interface que eu conhecia. Monica clicou no ícone de comunicação de emergência.

O sinal começou a ser emitido para a base...

O momento foi silencioso, mas lá no fundo da memória era como se eu ouvisse o toque padrão de telefone, 440 hertz, vibrando com antecipação e nervosismo. Como ligar para alguém nos anos 1990.

E o tempo passando...

Aleluia, o sinal foi atendido. Finalmente teríamos o apoio de gente com mais recursos. Gente com distância. Perspectiva. Gente para tomar por mim as decisões para o meu bem, sem eu ter que gastar a energia e pensar, deduzir, resolver e agir por minha conta. Entregar o poder assim nas mãos de alguém em quem você confia é muito reconfortante, como se deixar levar pelos braços da sua mãe. Esse foi o relâmpago de sensação no primeiro segundo. Mas, não sei se pelo pensamento em "mãe", o clima na minha mente mudou e os neurônios foram um pouco para o outro lado do espectro de sensações. Mundo real. Eu confiava na base? Eu já sabia dos conflitos de interesses entre o lucro de uma organização gigantesca e o bem-estar de seus empregados. Eu deveria seguir as ordens deles com entusiasmo e crença, ou a base seria só mais uma fonte de suspeita, que deixaria as decisões ainda mais complexas? Dos duzentos experimentos científicos, talvez aquele fosse o maior deles: e se nosso comportamento estivesse sendo observado e testado?

— Base? Base? Aqui quem fala é a capitã Monica Lowe, diretamente da TEEI.

Nada.

— Base? Na escuta? Alguém na escuta? Câmbio.

Nada. Era comum que em alguns locais da órbita a comunicação não funcionasse, graças ao posicionamento das antenas de rádio que faziam as transmissões. Geralmente, depois de um ou dois minutos, a conexão era restabelecida. Mas falar e não escutar resposta já estava virando a norma naquela estação.

— São as caixas de som? — perguntou Boris, ainda com esperança, mexendo nos aparelhos ao redor do computador, tentando também um fone de ouvido.

Então ele meneou a cabeça; não era isso.

— Atenção base: caso estejam ouvindo…

Era uma chance pequena, mas era a melhor chance de comunicação que havíamos tido até então, melhor que o rádio improvisado do Boris, por isso Monica continuou:

— A missão está comprometida. Mandem mais gente. Ajuda. Mayday, SOS, qualquer protocolo de emergência. A energia está inconstante. Alguns dos tripulantes estão feridos e um deles está seriamente… mentalmente… avariado. Eu sou a capitã da estação agora. Mandem qualquer tipo de informação para podermos evacuar a estação e traçar uma rota de volta para casa. É isso.

— Pronto. Você quer desligar? — perguntou Boris.

— Nem sabemos se está ligado. Melhor deixar o canal aberto.

— E os módulos? — perguntei.

Monica estava mexendo rapidamente no computador. Lamentando, me disse:

— Sem energia dos sistemas mecânicos de acoplagem, por enquanto.

Quando me virei para trás, um susto: Michael estava olhando fixamente um papel em suas mãos. Era a impressão do desenho de sua filha. Ele devia ter pegado da parede quando fomos para o quarto, mas, na pouca luz, eu não tinha reparado nele fazendo isso. O desenho rico em vermelho era da segunda filha, Maggie. Os nomes das filhas do canadense eram: Beatrice, Maggie, Caroline e Sara, as abreviações: Be, Mg, Ca, Sr. Berílio, Magnésio, Cálcio e Estrôncio, a linha dos metais alcalino-terrosos da tabela periódica. Coitada da quarta, que ficou associada ao estrôncio, apesar de que o nome Sara não tinha nada de ruim. E, se houvesse uma próxima, seria Ba, de bário, uma Barbara provavelmente. Quando ouvi essa história, fiquei pensando se essa tinha sido a ideia dele desde o início, se fora um grande plano, ou se começara como uma coincidência com os nomes das primeiras filhas e, ao perceber, ele e a esposa seguiram com a piada interna na terceira e na quarta. Resumindo, se Michael era um planejador meticuloso ou se era uma pessoa flexível e bem-humorada.

No momento, ele estava olhando o desenho como se o reconhecesse. Eu ia falar com ele, mas Boris fez um gesto com o braço. Queria observá-lo sem nossa interferência. Parecia a primeira vez que Michael estava saindo do torpor e voltando à realidade.

Michael então ergueu os olhos para nós três. Gelei. Boris e Monica também não se mexeram. Quase como se ele fosse um tiranossauro e, se a gente não se mexesse, ele não fosse nos ver… O que, aliás, era uma informação extremamente incorreta. O tiranossauro sentiria nosso cheiro, nosso calor, nos escutaria, nos veria muito bem também, e, para completar o bingo dos sentidos, nos provaria com o paladar.

Não pareceu que ele fosse tomar a iniciativa de falar, então comecei:

— Michael, esse é o desenho da sua filha. Da Maggie... Você lembra onde você está?

Ele voltou a olhar o desenho, quieto.

— Você é um dos tripulantes da Terceira Estação Espacial Internacional. Você se lembra da decolagem? De ficar enjoado nas primeiras semanas? De desenhar um Conjunto de Mandelbrot no seu caderno? De brigar com o Florentin?

Estava claro que Michael estava pensando e pudemos ver em tempo real quando uma memória tomou seu cérebro. A expressão dele foi de um terror absoluto, uma contração violenta dos músculos da face. Logo depois, sua cabeça pendeu para a frente e a mão frouxa deixou o desenho cair no chão.

— Michael?! — gritei, assustada.

Me agachei perto dele e, quando Michael levantou a cabeça: o mesmo olhar vazio de antes. A boca prestes a pender aberta, mas ainda fechada, os lábios num sorriso neutro, apático.

— Tem chance de ele estar fingindo? — perguntou Monica.

— Michael! — gritei bem alto perto do ouvido dele.

Suas pupilas e a cabeça mal reagiram. Era um teste rudimentar, mas, no estado em que ele estava, os reflexos pareciam muito diminuídos. Não era um fingimento puro. Era como se alguém, remotamente, tivesse simplesmente desligado um botão e o colocado em espera. Ou até como se a própria memória de algum evento tivesse feito aquilo com ele. Impossibilitado de se comunicar, de se conectar.

Olhei para Boris, que estava incrédulo e, acima de tudo, frustrado. Eu compartilhava da raiva: a resposta do mistério estava ali na nossa frente, mas se recusava a falar! Dei uns tapas no braço de Michael, tentando acordá-lo da prostração. Boris foi um passo além e deu um tapa na cara dele.

Michael foi para trás e voltou para a frente, como um joão-bobo. Boris armou outro tapa e só interrompeu o golpe a um centímetro de acertá-lo novamente. Michael nem piscou.

— Para com isso. O que a gente precisa é dar água ou comida para ele — falou Monica, com razão.

— É. Ele não vai falar nada assim — confirmei.

Monica encontrou uma garrafa de água e estava dando na boca de Michael quando ouvi um grito vindo do corredor:

— MICHAEL? — A voz de Hsu ecoou.

Ela veio correndo e deu um abraço nele. Não pude ver exatamente a expressão dela e, no abraço, sua cabeça ficou enfiada no peito dele, por ser mais baixa. Eu queria analisá-la meticulosamente, mas a realidade era sempre mais complexa. Só consegui enxergar o cabelo curtinho na nuca de Hsu e o olhar vazio de Michael, mal abraçando-a de volta.

— Michael… Michael… — murmurou ela, aparentemente jubilante. — Tá tudo bem? Tudo certo com você?

Ele não respondeu, mas, para ela, era como se estivesse respondendo positivamente.

— Que bom que você está aqui.

— Cadê o resto do pessoal, Hsu? — perguntei.

— Na Estação de Energia. Estamos consertando o… — falou ela enquanto se afastava do abraço, mas se interrompeu no meio.

Estava percebendo que havia algo errado com Michael e franziu as sobrancelhas. Ou talvez estivesse fingindo que só então percebia que havia algo errado com Michael e franziu exageradamente as sobrancelhas. Era bem difícil medir uma cultura tão distante da minha, ainda mais iluminada só pela luz da tela de um computador.

— Ele está bem? Michael, você está bem?

Pelo menos ele a tratou como me tratou. Silêncio.

— O que aconteceu? Onde você estava? — continuou Hsu, e, depois de rapidamente deduzir que não teria resposta, se virou para mim. — Onde ele estava?

— Num dos corredores. Nós não sabemos nada também — falou Boris.

Pelo menos em Boris eu confiava, mas bastou pensar nisso para duvidar do meu julgamento imediatamente, porque por que raios ele teria dado em cima de mim? Ele deu em cima de mim ou eu dei em cima dele? Era quase cômico, mas no momento minha autoestima não estava muito alta e comecei a me ver como uma ingênua, imbecil, sendo seduzida por um russo — um russo, ainda por cima, com toda a tradição da KGB de temperar espionagem com sedução.

Havia questões políticas ligadas aos acessos de experimentos da TEEI. Eu tinha acompanhado de longe, mas, basicamente, a Rússia não estava pagando as parcelas da empreitada totalmente em dia, graças aos conflitos armados na Ucrânia e no sul da Bulgária, que precisavam de dinheiro mais urgentemente. Os americanos cobriram toda e qualquer falta de dinheiro, mas com o poder de reestruturar o fluxo de dados e tirar a Rússia da cadeia de resultados de experimentos importantes. Ainda assim, era um bom negócio, mas, caso a Rússia soubesse que os outros países estavam prestes a dar um grande passo ou fazer uma grande descoberta, não duvido que os russos envolvidos sabotassem a missão para não dar uma vantagem competitiva às outras nações.

Pensei em Anatoly, o mais experiente, que estava ali desde o início. Ele poderia muito bem ter iniciado todo aquele caos. E a tensão entre Boris e Toly poderia ser totalmente de fachada, para reforçar a ideia de pensarmos neles como indivíduos em conflito e não como parceiros numa única missão nacional.

E, já que a paranoia contaminava tudo, a base também não escapou. Afinal, os MAPs tinham explodido. Quantas vezes o novo MAP não fora testado antes? Era difícil de acreditar que mandariam um aparelho defeituoso, a menos que... fosse tudo um plano da diretora. Ela sabia bem o que queria.

Eu estava com sono, cansada e com medo, e num pesadelo onde todo mundo ao meu redor estava tentando acabar comigo. Estava na hora de acordar. Se fosse só me beliscar, já teria me beliscado mil vezes.

— Entendi. Na verdade, não entendi. Ele... não está falando? — perguntou Hsu.

— Não — respondeu Boris, simplesmente.

Enquanto Hsu reagia com choque, retomei o assunto:

— Eles estão consertando alguma coisa na Estação de Energia, você falou.

— Sim. Alguns equipamentos, os mais simples, estão voltando a funcionar aos poucos. A Jane lembrou que a máquina de gravidade fica ligada a um gerador à parte, e que esse gerador talvez funcionasse como backup para toda a estação. Ele não foi feito para isso, mas com alguns ajustes... quem sabe?

— Foram todos? Inclusive Florentin? — perguntei.

— Foram todos.

— E ele estava normal? Falando? Saiu do casulo dele?

— Não me lembro de ouvir a voz dele, pra falar a verdade. Toly que está liderando os trabalhos. Ele que tem mais conhecimentos da parte de engenharia elétrica da estação.

— O Florentin ter ficado daquele jeito… Já tinha acontecido antes?

— Não, não. É muito estranho — comentou Hsu laconicamente.

— Que nem ele aqui. — Boris mexeu a cabeça, indicando Michael.

— Verdade — falou Hsu, então, depois de um tempo de silêncio: — Por que vocês estão me encarando? Eu também não estou entendendo nada do que está acontecendo aqui.

O que estava acontecendo tinha escuro demais, claustrofobia demais, calor demais e respirações sinistras demais. Tudo muito parecido com 2024 para o meu gosto.

— Vamos conectar o gerador da gravidade artificial com o sistema que desacopla os módulos — sugeri. — Vamos nos dividir rapidamente em três deles e sair da TEEI o mais rápido possível, mesmo sem comunicação com a base. Lá embaixo, em terra firme e dentro de uma sala com ar-condicionado, vamos conseguir entender melhor tudo o que está acontecendo. O que vocês acham?

Do corredor, escutamos os barulhos do conserto que estavam fazendo. Serras e soldas, coisas pesadas arranhando o chão de metal.

Algumas luzes do corredor tinham se acendido no modo alvorecer; luzinhas baixas e reconfortantes. O que estavam fazendo na Estação de Energia estava dando certo.

Hsu entrou primeiro, com Boris e Monica.

— Eu encontrei eles e... — falou Hsu, se interrompendo, sem saber como dar a notícia mais bombástica.

— Finalmente — falou Anatoly. — Não tá fácil arrumar todas essas coisas sem...

Pisei no apertado cômodo com Michael ao meu lado. Só Anatoly estava olhando para nós, boquiaberto, sem conseguir terminar a frase. Jane, de costas, com a cabeça ainda enfaixada, apontava algo para Florentin, que tinha metade do corpo enfiado em uma abertura no chão. Imaginei suas mãos suadas tentando reconectar os cabos das baterias em outra configuração. Eu já tinha tido muita sorte de uma gambiarra funcionar quando acoplamos, seria pedir demais que aquela gambiarra também desse certo? Não sabia se Florentin já tinha voltado ao normal e estava falando, mas pelo menos trabalhando ele estava. Lucio, no canto, com várias ferramentas, fazia as vezes de auxiliar de cirurgia, passando uma por vez, e foi o segundo a notar a presença ilustre. E, diferentemente de Anatoly, a boca dele funcionou:

— Michael! Michael!

Ao emitir essas palavras, logo Jane se virou:

— Michael!

Já Florentin fez questão de terminar o que estava fazendo, sem pressa alguma, ainda enfiado lá dentro do buraco.

Os nove. Pela primeira vez, todos os nove que deveríamos ser, apertados na Estação de Energia.

Eu tinha uma visão privilegiada por estar ao lado de Michael, vendo os outros tripulantes completamente de frente, mas não consegui ver nenhum traço de dissimulação em Lucio ou em Jane. Ambos se aproximaram, menos afoitos e menos carinhosos que Hsu, mas ainda assim cuidadosos e legitimamente surpresos.

Jane tinha um sorriso impressionantemente aberto, de criança no Natal. Não vi nada de estranho, mas também não confiei no meu próprio julgamento, com medo. Insegurança era uma merda nas piores horas.

— Tá tudo bem com você? — perguntou Jane.

Quantas vezes ele já não tinha escutado aquela pergunta na última meia hora? Jane buscou a mão dele, mas sentiu que Michael estava estranho e interrompeu o movimento no meio.

Era a vez de observar Michael. Ele não respondeu, como eu esperava, mas seu rosto já não estava tão plácido quanto antes. Mais contrações. Mais tensão.

Logo Florentin emergiu e encarou Michael de frente. Contato visual intenso.

— O Florentin continua… quieto?

Anatoly fez que sim com a cabeça, mas logo voltou sua atenção para Michael.

— O que aconteceu?

— Antes que vocês perguntem, nós também não entendemos como ele apareceu — falou Boris.

— Michael, você está bem? — insistiu Anatoly.

Florentin encarava Michael, mas não com espanto. No geral, seu rosto estava neutro. Mas, se fosse para caracterizá-lo de alguma forma, diria que ele estava desafiador. E Michael, tenso. Talvez a história fosse mais entre os dois do que entre quaisquer outros. Florentin virou-se de costas e continuou fazendo o trabalho de reparo.

Hsu, Lucio e Jane não podiam acreditar. Nem na presença de Michael nem na reação vazia de Florentin.

Me virei para Michael. Valia a pena tentar mais uma vez.

— Michael, olha. Temos questões técnicas para você resolver. Equipamentos foram danificados e só você pode consertar. Você não quer ajudar a gente? — falei bem perto do ouvido dele, tentando atingir uma camada de sua mente que ainda estava lá, presa, de alguma forma.

Michael começou a dar alguns passos, para a apreensão de todos. Foi até Lucio e tirou uma ferramenta da mão dele, então caminhou até o outro lado, observado com cuidado por todos nós, parou aos pés de Florentin e lhe ofereceu a ferramenta. Sincronizado, Florentin emergiu do buraco e se surpreendeu com Michael ali, já prevendo o que ele precisaria. A cena desafiou tudo que eu conseguia pensar sobre comportamento e relações de causalidade. Não vi, mas senti toda a plateia de astronautas embalados na mesma sensação. Florentin pegou a ferramenta, uma chave de fenda, e voltou a se enfiar lá dentro.

— Que porra é essa… — sussurrou Lucio.

— O que fazemos? — perguntou Jane para Monica. — Capitã…

Monica também estava embasbacada e demorou um pouco para formular a resposta.

— Primeira coisa: sobrevivência imediata. A ideia é redirecionar a energia desse gerador para desacoplar os módulos e voltarmos o quanto antes para a Terra. É possível?

— Vale a pena tentar — falou Toly.

Michael retornou para pegar mais uma ferramenta das mãos de Lúcio. Daquela vez, uma lima rotativa pontiaguda, feita de um metal pesado. Umas das ferramentas que Boris e eu tínhamos coberto de luminol improvisado.

Lucio relutou um pouco, mas Michael segurou firme e pegou a ferramenta. Como da outra vez, Florentin pôs a cabeça para fora e encontrou Michael ali, com a ferramenta na mão. Florentin pegou a lima pelo cabo, mas, em vez de entrar novamente no buraco, ficou ali parado, com a ponta da lima virada para Michael, que, estático, encarava seu companheiro com resignação. Parecia que já sabia o que ia acontecer. Acho que, naquele microssegundo, eu também.

— Não! — gritei, pulando para a frente, mas eu estava muito longe.

A luz se apagou. Completamente, como antes.

O ruído foi tudo que ouvimos.

Primeiro, um passo forte.

Uma batida dura.

Um gemido de sofrimento.

Uma expiração profunda.

Os gritos de surpresa e confusão de todos atrás de mim.

Uma risada baixinha.

E um silêncio pavoroso em seguida.

29.

Eu havia partido em disparada na direção dos dois, mas eu já não queria mais seguir. Pelo contrário, queria me afastar. Só que a física não ajudou e senti meu corpo se chocando contra os dois. De forma confusa, caí no chão num emaranhado de pernas e braços. Meu maior medo era também virar uma vítima da ponta de metal, sem querer ou por querer. Mas ouvi o ruído da lima pontiaguda, pesada, caindo no chão, e meu desespero baixou um pouco.

O silêncio pavoroso tinha acabado. Os nomes de Michael e Florentin eram berrados a plenos pulmões. O lugar apertado fazia os gritos ecoarem; a sensação era de que vinham de todos os lados.

— Acende a luz! Alguém acende a luz! — gritou Jane, como se alguém tivesse voluntariamente apagado o sistema.

Minha mão, apoiada no chão, logo sentiu o líquido viscoso. O sangue de Michael. Qualquer desespero que houvesse baixado voltou a subir imediatamente. No emaranhado de membros, senti movimentos, mas nenhum era completamente agressivo. Na verdade, não parecia nem um pouco uma briga. A sensação era de que Michael ainda estava vivo, porque o movimento vinha dos dois lados. Nenhum dos dois falou nada; ouvi apenas alguns gemidos e respirações ofegantes.

Logo fui agarrada pelos ombros. Tentei resistir, mas os braços eram fortes. Gritei com toda a força que consegui. Um puxão me arrancou do chão e aos poucos fui distinguindo a voz dirigida a mim:

— Calma, Rebeca, sou eu — falou Boris.

Me agarrei a ele e saímos correndo também. Pelos sons no corredor, todos tínhamos deixado a Estação de Energia, exceto os dois silenciosos. Não havia quase nenhum barulho ficando para trás de mim. Só a escuridão. Estávamos num dos lugares mais tecnológicos já feitos pela humanidade, mas o clima era de estarmos fugindo de noite no meio da savana. De novo, os medos mais primitivos…

Mais adiante, Lucio e Jane começaram a discutir.

— O único jeito de voltar a luz é lá! — gritou Jane.

— A gente não vai ficar lá nem fodendo! — respondeu Lucio, a voz falhando, medo se transformando em pânico.

— Como as lanternas pararam de funcionar? — perguntou Hsu, trazendo no pior momento uma conclusão fundamental: fosse lá o que tivesse acontecido com a energia, na primeira vez, não fora somente um defeito simples e consertável nos equipamentos da estação. As lanternas tinham parado de funcionar também. Havia algum fator a mais que nós não conseguíamos compreender.

Óbvio que, na minha cabeça, só podia ser Florentin controlando tudo aquilo. Quando ele foi pressionado, a energia foi cortada pela primeira vez. Com a situação esfriando, alguns equipamentos foram voltando lentamente ao funcionamento natural... E bastou aquele novo pico de adrenalina para tudo parar de funcionar de novo.

O corredor acabou e chegamos todos ao Núcleo, totalmente escuro. Eu, ao lado de Boris, praticamente agarrada nele, ainda sentindo um pouco do sangue grudento na minha mão.

— Eu tô bem — murmurei para ele, antes que me perguntasse.

— A gente vai deixar o Michael lá? — falou Hsu. — Deixar ele morrendo lá?

— Nós temos que pensar no que fazer — disse Anatoly. Pela direção do som, ele estava se posicionando no centro do Núcleo.

— O que a gente vai fazer se o Florentin vier pra cá? — perguntou Hsu.

— Se ele caminhar para cá, nós vamos escutar — sussurrou Anatoly.

— Não necessariamente. É possível andar bem devagar — falou Lucio.

— A respiração dele estava bem pesada.

— Não garante nada — falou Lucio, e em seguida soltou um risinho nervoso. Ele estava perdendo bastante o controle.

— Calma, gente. — Anatoly estava tentando liderar, mas sem muito efeito.

— Se ele vier pra cá, a gente resolve — disse Monica. — São sete contra um.

— A gente tem que entrar num módulo e sair da estação de uma vez por todas — falei.

Só que o computador estava desligado novamente. Sem chance de conseguirmos abrir um dos módulos.

— Como isso tá acontecendo? — Jane, em crise, fez a pergunta que não podia ser respondida.

— Silêncio, todo mundo. Prestem atenção no que eu vou dizer — falou Monica, assumindo a bronca. — Nosso caminho para fora daqui é pela Estação de Energia. O gerador de gravidade obviamente ainda está funcionando. Temos que voltar lá, reconectar a energia e sair nos módulos.

Todos nós escutamos e mentalmente nos perguntamos o que fazer com Florentin e Michael, se é que o último estava vivo. Monica continuou:

— O Florentin vai ter que ser preso. Nós vamos prender ele. O Michael nós vamos medicar e tratar. Esse é o plano.

— No escuro, não vai ser fácil — disse Anatoly.

— Ele acabou de enfiar um negócio no peito do Michael! — falou Lucio.

Engraçado, porque eu tinha imaginado na barriga e não no peito. Como a luz acabou antes, não tínhamos como ter certeza.

— Silêncio — murmurou Anatoly.

Os ouvidos de todos estavam extremamente atentos a qualquer ruído vindo daquele corredor. Passou algum tempo até Hsu perguntar, num tom extremamente baixo:

— Você ouviu alguma coisa?

— Acho que não. Acho que não foi nada — respondeu Anatoly.

— O que você acha que está acontecendo lá? — perguntou Jane.

— Eu só tô imaginando os dois parados. Estáticos — falou Hsu.

— Não tem como saber — respondi.

— A gente vai para lá, então — disse a nova capitã da nave, enquanto eu já me arrependia de ter lançado sua candidatura-relâmpago.

— Eu vou para o quarto — falou Lucio, escolhendo o lugar na estação mais distante possível do assassinato.

— Tudo bem — respondeu Monica. — Parte vai para longe. Parte vem comigo. Só não vamos ficar aqui parados.

Novamente, a sensação de um grupo com uma liderança. O conforto de ter uma opção limitada de decisões a tomar. Simplesmente obedecer.

Monica continuou:

— A gente leva algum material, alguma coisa para restringir o Florentin, se necessário. Lucio, e quem mais preferir, pode ir preparando o quarto para receber o Michael e tratar do ferimento dele.

Ninguém verbalizou, mas um belo "isso se o Michael ainda estiver vivo" passou pelas nossas cabeças.

— E a gente vai embora dessa estação amaldiçoada o mais rápido possível — concluiu Monica.

— Eu vou com você — falou Anatoly.

— Eu vou também — falou Boris.

— Também — completou Hsu.

Eu precisava tomar uma decisão: adentrar a escuridão na direção do perigo ou retornar na escuridão para o lugar mais longínquo possível. Quando me dei conta, já tinha escolhido ir para o quarto, junto com um medroso e uma pessoa com uma lesão recente na cabeça. Sendo que nenhum dos dois correria nenhum risco para me salvar. Mas eu tinha que fugir.

As histórias se repetem porque os comportamentos se repetem. Porque, no fundo, é isso que o comportamento é: repetição automática.

Dei as costas para as pessoas de quem eu era mais próxima: Boris, Monica, Toly e até Hsu. Não vi a expressão em seus rostos, mas o que imaginei, pelo menos, foi um misto de desprezo e decepção comigo. A cada passo que eu dava na direção do quarto, já podia escutar os gemidos deles sendo atacados, como escutei os da minha mãe. Mas era imaginação. Pelo menos, por enquanto. Eles estavam avançando muito lentamente, tentando fazer um silêncio completo e torcendo para escutar qualquer pequena movimentação do inimigo.

Continuei a caminho do quarto por metade do corredor... até que mudei de ideia.

— Eu vou voltar e vou com eles — sussurrei.

— Não. Espera — disse Lucio.

— Eu não vou aguentar chegar lá no quarto e ficar parada, só esperando. Eu vou ter um ataque do coração.

— Agora já era, vem com a gente — disse Jane.

— Eu vou voltar.

Senti Jane segurando meu pulso.

— Fica. Não podemos deixar você andando sozinha pela estação com tudo que está acontecendo.

— Eu vou ficar bem.

— Você não está entendendo. Não é por você. É por todos nós. Tá dando tudo errado desde que vocês chegaram.

— E antes não tava? Com um membro da tripulação desaparecido?

Puxei forte meu braço e me soltei dela.

— Vem, Jane — disse Lucio. — Se ela está com instinto suicida, o problema é dela.

Ouvi os passos dos dois se afastando de mim. Dei a volta e retornei para o Núcleo. Como me arrependi de ter mudado de ideia. Era muito mais fácil caminhar no escuro ao lado de gente. Sozinha, os espaços ficavam distorcidos. A ansiedade fazia o tempo não passar e as distâncias não serem vencidas. Senti a quina no Núcleo onde tive meu acidente, minha pancada. Havia uma sensação constante de dor no meu olho, mas não tinha pensado nela conscientemente; só estava lá, me acompanhando e me atormentando.

Tateando pela parede e o computador, margeei o ambiente, a primeira porta para o corredor do laboratório, e enfim encontrei a segunda porta, a do corredor que eu queria. Deixei o núcleo para trás e, no primeiro passo no corredor para a Estação de Energia, já me lembrei de que estava numa situação complicadíssima.

À frente, não se escutava nada. Nem a expedição dos meus companheiros nem Florentin pareciam querer definir sua localização. Então eu não só não sabia onde eles estavam como também não tinha como avisá-los discretamente de que havia retornado e agora estava com eles. Mas também não podia me aproximar até trombar neles. Causaria um susto. Causaria barulho. Ou seja, estava realmente sem muitas opções. Mas se uma opção estava nitidamente excluída da minha mente era a de ficar parada, ainda mais sozinha. Todos os hormônios circulando no meu sangue me impunham uma diretriz clara: andar. Então segui adiante, tentando fazer silêncio, mas andar mais rápido que eles. Tentando ouvir a mínima respiração.

Pensando em como me declarar ali. Ou melhor, esperando que logo eles se dirigissem a Florentin ou vice-versa, e aí eu finalmente pudesse anunciar minha presença.

Já devia ter cruzado metade do caminho. Por que eu não estava contando os passos?

Àquela altura, eles já deveriam ter chegado na boca da Estação de Energia, eu imaginava.

Ouvi um farfalhar próximo. Provavelmente a uns três metros de mim. Pelo som, parecia ser do cabo de segurança das EVAs, que eles estavam levando para imobilizar Michael. O cabo parecia ter raspado na calça de alguém.

Como eles haviam combinado o que fazer? Talvez cada um tivesse ido para um canto da sala, para cercá-lo.

— Florentin? — chamou Monica, firme. — Onde você está?

Se ele já não respondia antes, imagina naquela hora.

— Florentin?

Nada. Monica já estava prestes a começar uma nova frase quando...

— Oi — respondeu ele.

E o "gulp!" de surpresa de todos foi bem audível. Parecia que fazia dias desde que tínhamos escutado aquela voz, mas devia fazer menos de uma hora.

— Florentin, larga o que você estiver segurando — falou Monica.

— Eu não estou segurando nada — respondeu ele, um pouco atordoado. — O que está acontecendo?

— Prova pra gente.

— O quê?!

— Eu quero que você prove para a gente que não está mais segurando a… faca. A ferramenta.

— Eu também estou aqui — falei.

E escutei o ruído dos pés de todos tomando um susto com a voz vindo de trás deles.

Florentin continuou falando, um pouco baixo, quase que para si mesmo:

— Está escuro. Eu não estou enxergando nada. Tem um líquido grosso…

Tentei interrompê-lo.

— Calma, está tudo bem. Primeiro, você vai provar pra gente que não está segurando nada, é bem simples. A gente só quer que você bata palmas.

— Quê? — respondeu ele, mas depois de alguns segundos… CLAP. Em seguida, CLAP CLAP CLAP. — Feito?

— Feito, muito bem. Obrigada. É estranho, eu sei, mas… Obrigada.

— O que está acontecendo? — perguntou.

— Já vou te explicar, mas antes eu preciso de um minutinho seu em silêncio, tudo bem?

Após a angústia de alguns segundos:

— Tudo. Você é… qual é o seu nome mesmo?

— Rebeca.

— Ok, Rebeca.

— Agora, Michael, quero saber de você — falei.

A ausência de resposta era continuação do seu mutismo ou um indício de fatalidade?

— Por que ele não respondeu? — perguntou Florentin. Então, obviamente ligando os pontos com o líquido: — Ele… Você está bem, Michael? Michael?

A ausência de resposta persistiu. Florentin começou a tatear e a dar alguns passos. Todos nós tensionamos os músculos.

— Florentin, nós precisamos que você fique parado e indique sua posição — falou Boris.

Pude localizar o russo à minha esquerda e, junto com ele, o farfalhar do cabo.

— Por quê? O que está acontecendo? — perguntou Florentin.

— Deixa ela falar com ele — ordenou Monica a Boris.

— Do que você se lembra, Florentin? — perguntei.

— Eu... não sei.

— Você sabe me dizer onde está?

— Está escuro aqui.

— Eu sei. Também não estou enxergando nada. É um saco, né? Mas... pensa bem. Você sabe onde está. Você sabia quem era o Michael, não sabia?

— Sim... Na TEEI. Eu ainda estou na TEEI.

— Me conta como você veio parar aqui.

— Eu... Dia 3 de outubro de 2031. Foi o dia do lançamento.

— Confirma?

— Hm-hum — confirmou Hsu, a voz vindo da minha direita. Eles estavam todos espalhados pela sala. Parecia impossível o Florentin fugir.

— E você lembra qual é a sua função na TEEI?

— Eu... sou o capitão.

— Exato.

Florentin continuou tateando. Não demoraria para encontrar o corpo.

— Florentin, eu preciso que você venha na direção da minha voz. Nós vamos te proteger, está bem?

— Proteger como? — falou ele, arredio, mas ainda com uma inocência.

— Vai ser bom para todo mundo.

Um ruído soou no canto da sala; pareceu o som do cabo batendo no chão. Devia ser Boris passando uma ponta do cabo para Anatoly.

— Que barulho foi esse?

— Não precisa se preocupar, Florentin.

Meu olho captou alguma coisa. Um vestígio de luz. Em alguns segundos, o Sol entraria pela janela, e eu tive muito medo da reação que Florentin teria ao ver o corpo de Michael. Num piscar de olhos, ele poderia reverter para o estado violento.

— Florentin, faz um favor. Murmura essa melodia para mim.

— Quê?

Comecei a murmurar uma música, sem ter pensado completamente no que ia cantar. Quando percebi, estava murmurando a nona sinfonia de Beethoven, bem positiva. Antes de repetir, insisti:

— Vem, Florentin, canta comigo.

Pela metade da melodia, ele começou a murmurar também. O tema era longo o bastante para Florentin indicar sua exata localização e eu esperava que Boris, Anatoly e Monica entendessem qual era a minha intenção. Deu certo. Em poucos segundos, com a luz entrando cada vez mais, escutei os passos ágeis de todos na direção de Florentin. Logo que sentiu o cabo, Florentin parou de murmurar e se jogou no chão.

— Amarra!

— Me passa a ponta...

— Mais forte...

— Calma, Florentin.

— É para o seu bem.

— Não se preocupa…

— Mais forte aqui!

Tudo nas vozes confusas de Anatoly, Hsu, Monica e Boris.

— Florentin, é sério, nós estamos do seu lado, não precisa ter medo de nada — falei, com a voz mais reconfortante que eu tinha.

O giro da nave prosseguiu e a luz do Sol entrou com tudo. Eu ainda estava vendo só o clarão, minhas retinas se adaptando, quando ouvi os berros desesperados de Florentin. Vindos do fundo da garganta. Daqueles que você sente a faringe do outro se abrindo, já imagina a saliva escorrendo e as veias saltando. Ele tinha visto o corpo de Michael e, talvez, até se lembrado de sua responsabilidade no assassinato. Até fechei os olhos por um tempo, retardando ao máximo a visão que não queria ter, mas ele continuou a gritar, enquanto Monica falava:

— Calma! Quieto! Florentin! Não se preocupa, Florentin!

Abri os olhos. Percorri o chão sujo de sangue. Poças e marcas de pisada. Tudo na direção onde o corpo de Michael fora atacado e agora estava lá, imóvel. A única questão era que, na verdade, o corpo de Michael não estava lá. Não estava em lugar nenhum. Do medo de vê-lo, meus olhos passaram a saltar por todo o ambiente e, inexplicavelmente, o corpo de Michael não estava em nenhum canto. Até no teto eu olhei. Só o sangue no chão. E a dúvida.

Florentin tentava se libertar e os quatro faziam força para manter as amarras firmes. Mais alto que os berros do francês, um ruído de metal com metal dominou o ambiente. Meus pés começaram a descolar do chão. O sistema de gravidade artificial estava se desligando.

— Que merda — falou Hsu, enquanto os quatro tinham ainda mais dificuldade para conter Florentin.

Mas aquilo não era minha prioridade no momento. Eu estava bem focada no chão, de onde a poça de sangue do Michael começava, lentamente, a levitar, no formato de pequenas esferas vermelhas.

30.

— Segura ele! — gritou Monica para mim.

Dei um impulso no chão e rapidamente cheguei à confusão de corpos flutuando no meio da Estação de Energia. Agarrei a perna direita de Florentin, que contraía e chutava forte, sem parar.

— Já volto com um sedativo — avisou Monica, já desaparecendo no corredor.

Basicamente, estávamos cada um de nós quatro segurando um membro: Anatoly e eu, as pernas, Hsu e Boris, os braços, tentando amarrá-los definitivamente. Mas Florentin sempre dava um jeito de escapar das amarras, e a falta de gravidade não estava nos ajudando. Ele não parava, não cansava. Foram minutos de esforço intenso. E, tão surpreendente quanto sua força, era o legítimo desespero de seus gritos:

— Por que vocês tão fazendo isso?! Por quê?! O que foi que eu fiz?!

E ele também olhava o sangue levitando ao redor da gente.

— De quem é esse sangue? Quem fez isso? O que eu fiz?!

As perguntas não paravam, e eu não podia responder para acalmá-lo, porque a resposta provavelmente aumentaria a crise.

O esforço físico da tarefa pelo menos ocupava a mente. Monica logo retornou com uma injeção. Com um golpe firme na coxa, ela inseriu o sedativo. Em trinta segundos, os músculos do francês não lutavam mais. Vi Boris fazendo um quarto nó nos punhos de Florentin. Agora seria dificílimo ele escapar.

Hora de recuperar o fôlego. Todos estávamos com o coração batendo na velocidade máxima há pelo menos dez minutos e, se pensar bem, com o coração batendo forte há horas.

Mais uma vez, meus olhos giraram pelo ambiente inteiro. Nada de Michael.

— Cadê ele? — perguntei.

Ninguém tinha resposta.

— Ele sobreviveu e fugiu. Só pode ter sido isso — arriscou Hsu.

— Para onde?

— Como é que eu vou saber?

Boris começou a tatear as paredes.

— Eu estou falando disso desde o começo. Tem algum compartimento escondido nessa estação. Ou isso, ou ele tem a capacidade de sumir.

Pareceu razoável. Melhor acreditar naquilo e não ter que recorrer a nada sobrenatural. Monica começou a tatear também, mas eu não estava no clima de razoabilidade. Exausta, estava querendo explodir mesmo. Me virei para Anatoly e Hsu:

— Se tem um momento pra vocês falarem alguma coisa...

Hsu e Anatoly se entreolharam rapidamente, o que deu a sensação de que eles tinham coisa para falar, sim. Catalisando minha explosão.

— A gente está no meio do sangue do Michael — falei, passando a mão no ar e levando com ela várias gotas. — Agora é a hora de falar qualquer coisa que vocês não tenham falado ainda.

Nenhuma resposta.

— Chega! Cansei de vocês dois! Cansei de toda essa merda! Se vocês mentem na avaliação, não tem problema. Mas agora que tem gente morrendo na nossa frente?!

Não sei o quanto eu estava atuando para tirar deles algum segredo e o quanto estava liberando minha agressividade mesmo. Era catártico transformar toda a angústia em violência. Bati com os punhos no peito de Anatoly, que flutuou para trás até bater na parede. Voei para cima dele e, depois de trocarmos alguns tapas, consegui agarrar sua garganta. Quando alguém pegava no pescoço de alguém, a coisa estava séria. Ele sozinho conseguiria se desvencilhar do meu bracinho fraco, mas logo Hsu voou no meio e Boris e Monica também. Nos apartaram; Toly provavelmente só saiu com um arranhão no pescoço. Mas, no fim das contas, entre todos tensos e ofegantes, nós éramos três contra dois, e Boris era o mais forte de todos. Eles estavam acuados.

— Calma, Rebeca — falou Monica, fazendo a "policial boazinha", como eu queria mesmo que ela fizesse.

— Eles tão mentindo pra gente desde que a gente pisou aqui! Eles quiseram matar a gente sabotando a ligação do nosso módulo — falei.

— Isso não é verdade — defendeu-se Hsu.

— Pessoas estão aparecendo e desaparecendo. A luz vai embora, volta e vai embora de novo. Prefiro ser morta aqui brigando para entender do que ficar só esperando até dar tudo errado!

Por sorte, meus gritos não acordaram Florentin, que no momento continuava inconsciente, flutuando próximo do "teto".

Hsu se virou para Anatoly.

— Você quer contar pra ela o que a gente conversou depois?

— Pode contar.

— Depois do quê? — perguntei a Hsu.

— Depois de a gente revirar a nave inteira e não encontrar o Michael, no dia seguinte ao que ele desapareceu. Nós cinco nos reunimos no núcleo. A gente tinha certeza de que ele tinha se matado. Era quase uma cerimônia, um velório. Estávamos chorando, nos abraçando, relembrando coisas boas dele, mas aí alguém começou a falar das coisinhas insignificantes que, naquela hora, pareciam muito maiores. Não sei se você sabe como é lidar com algo assim, mas qualquer detalhezinho, em retrospectiva, vira um chamariz gigantesco.

Eu sabia bem.

— A gente se perguntou: o Michael estava ficando deprimido? Não, mas teve aquele dia em que ele ficou mais irritado, e aquele outro dia em que não queria papo… Tudo acabava parecendo oportunidades perdidas para termos agido, ajudado de alguma forma — disse Hsu.

— Jane e Florentin contaram que ele estava eufórico com o resultado de um experimento do MAP. *Eufórico*, beirando o irracional — completou Toly.

— Lucio falou que flagrou o Michael aéreo algumas vezes, olhando para o nada, demorando alguns segundos para voltar a si — continuou Hsu. — Eu mesma vi isso acontecer uma vez, no laboratório. Achei que ele só estivesse fazendo umas contas na cabeça. Não sei. Quando um comportamento estranho aparece no meio de horas e horas de comportamento normal, você releva. Eu me lembrei de um jantar em que o Michael ficou um tempão contando que sua brincadeira favorita sempre foi esconde-esconde, ficou descrevendo seus lugares favoritos e toda a lógica que usava para escolher um esconderijo. Os melhores lugares são sempre os mais visados, então, na verdade, eles são os piores. Era preciso achar um meio-termo, algum lugar em que não vão te ver, mas, melhor ainda, não vão nem te procurar. Para ser bom no esconde-esconde, você tem que entrar na cabeça dos outros, ver como eles veem. E o Michael jurava que era excelente. Lógico que o procuramos pela estação inteira, mas não o encontramos, então eu imaginei que o melhor lugar, onde ninguém nunca procuraria, era o espaço sideral. Mas não, agora a gente sabe que ele conseguiu achar algum outro.

— E você? — perguntei a Anatoly, que suspirou antes de começar a falar.

— Eu sempre fiquei com um pé atrás em relação ao Michael. Teve uma vez, há alguns meses, em que eu o vi conversando com a base e passando uma série de resultados que chamaram minha atenção. Eu perguntei de que experimento eram e senti que ele hesitou um pouco ao responder. É uma habilidade... não chega a ser um sexto sentido, mas é difícil de mentir para mim, você sabe. Eu fucei nos cadernos dele, mas só achei algumas anotações numéricas soltas, que não se ligavam a nenhum experimento. Por isso que eu me voluntariei para ajudar. Queria estar perto para ver se ele estava escondendo alguma coisa. Na verdade, eu tinha certeza de que ele estava escondendo alguma coisa, só não consegui descobrir o que a tempo. Suspeito que ele estava fazendo algum experimento secreto e mandando informações direto para os norte-americanos, mantendo os outros países de fora. E eu confrontei Michael sobre isso, só nós dois, na Estação de Energia. Ele negou veementemente. Gaguejou um pouco, mas negou. No dia seguinte, ele não estava mais na estação.

Hsu olhou para Toly, surpresa. Pelo visto, não tinha conhecimento daquelas coisas.

— Mas eu juro que não sei o que aconteceu. Se isso aumentou alguma pressão, se contribuiu para o surto.

— Por que você não falou nada disso antes? — perguntei.

— Eu jamais faria uma acusação assim sem ter provas. Ainda mais sobre alguém que não estava mais entre nós para se defender.

— E o sangue? O sangue nos equipamentos de exercício?

Hsu e Anatoly se entreolharam; não sabiam de nada disso.

Me deixei flutuar para longe e me apoiei numa das paredes. A dor no olho latejava muito, se espalhando por todo o crânio. Será que o nível de oxigênio da nave estava diminuindo? O ar contaminado do laboratório tinha voltado à circulação? A luz certamente já tinha diminuído e logo estaria escuro de novo.

— Vamos amarrar o Florentin numa das camas, no quarto. Vamos todos juntos, caso ele acorde no meio do caminho. Aí voltamos aqui e finalizamos o conserto da energia — falou Monica.

Bom, era um plano. E era um bom plano, para agirmos em equipe, e não no "nós contra eles"... Onde é que eu estava com a cabeça? Nenhum de nós da estação tinha entendido nem metade do que estava acontecendo e, nessas situações, qualquer pequeno desvio gerava outros desvios cada vez maiores, a estranheza crescia em efeito dominó.

No breu, nos organizamos e começamos a nos deslocar no corredor escuro. Boris e Hsu foram flutuando na frente. Atrás de mim, Anatoly e Monica puxavam o corpo inconsciente de Florentin pairando no ar. Ele puxando as pernas, Monica, os braços.

Naquele momento, fomos atacados.

Um ruído agonizante veio de trás, junto com o barulho de um golpe seco. Foi Anatoly quem gemeu de dor.

— Toly! — gritou Monica.

Vários outros gritaram em seguida.

— O que aconteceu?!

— Florentin?! — gritou Boris, cogitando que o francês tivesse feito o ataque.

— Não... — balbuciou Anatoly.

— Não! Ele tá aqui, parado — corroborou Monica.

Outro ruído seco.

— Michael?! — perguntei para o escuro.

Nenhuma resposta.

— Anatoly, onde você está? — perguntou Hsu.

Ele já não gemia mais. Talvez eu devesse me aproximar de onde havia ouvido os gritos, tentar agarrar o corpo de Anatoly e levá-lo para a enfermaria. Ou tentar agarrar o agressor e gritar para localizá-lo.

— Quem está aí fala agora, porra! — gritou Monica.

Seguiram-se segundos de silêncio completo.

— Anatoly! — chamou Hsu.

Nenhuma resposta.

— Vamos logo para o quarto — falou Hsu.

Era hora de fugir; o corpo de todo mundo estava pronto para isso.

Seguimos flutuando para o quarto, dando impulsos fortes com os braços nas paredes, acreditando que seríamos atacados mais uma vez.

Na metade do caminho, no Núcleo, fomos.

— Aaaaargh — gritou Monica, e o grito dela foi interrompido bem no meio, o que deixou tudo ainda pior. Eu já tinha escutado um grito assim, no passado.

Ouvi os passos fortes no chão, de alguém se impulsionando para a frente. Devia ser Hsu, tentando fugir o mais rápido possível. O que ela queria ter feito quando era criança e, daquela vez, estava conseguindo.

— Vamos embora dessa merda! — gritou Boris, também se afastando.

A dor pulsava na minha cabeça. E eu achando que a adrenalina e os outros hormônios do medo diminuiriam minha dor, desligariam os receptores... mas só aumentavam. Pensar era um sacrifício, mas não era uma chavinha que podia ser desligada. O agressor podia ser Florentin, sabe-se lá como. Ou Michael. Poderia ser Jane ou Lucio também. E nós indo bem na direção onde eles estavam. Podia ser uma armadilha. Mas com Monica atacada e os dois fugindo pelo corredor... eu não ficaria para trás.

Fugi também.

Chegamos ao quarto.

Um resquício de luz tornou a situação um pouco mais segura.

— O que está acontecendo? — gritavam Lucio e Jane, ambos sentados nas macas, enquanto Boris e Hsu apoiavam Florentin, inconsciente, em outra.

— A gente está sendo atacado — falou Boris, começando a amarrar Florentin numa maca.

— Pelo quê?

Boris fez menção de responder, mas, naquele momento, se voltou para Hsu, que estava paralisada olhando na minha direção.

Havia alguma coisa atrás de mim?

Me virei, no susto.

Não havia nada, só escuridão.

Então percebi que Hsu e agora todos os outros olhavam para mim. Para a minha mão.

Olhei para baixo. Não só minha mão estava coberta de sangue... como ali estava a lima pontiaguda também. Senti meus músculos segurando firme a arma. *Eu peguei isso? Quando mergulhei na briga entre Florentin e Michael, trombei nos dois. Foi aí que eu sujei minha mão, meu braço inteiro de sangue? É isso?*

— O que está acontecendo? — eu mesma falei, ecoando o que os outros estavam dizendo. A pergunta que mais foi feita na história daquela pequena estação.

No susto, abri a mão e soltei a ferramenta, assustada, para me distanciar dela. Só que, sem gravidade, ela não caiu... flutuou gentilmente.

Eu não tinha nada a ver com aquilo. Com nada daquilo!

Quando reparei de novo, eu não tinha soltado a ferramenta. Estava a segurando. Firme.

Eu tinha alguma coisa a ver com aquilo.

— Rebeca? — chamou Boris, com algum carinho. Até nessa situação, eu reconheci um pouco de carinho na voz dele.

— Solta isso — falou Hsu.

— Tô tentando... — Foi o que saiu da minha boca, bem baixinho.

A luz já estava diminuindo bastante com o giro da nave. Não sabia como eu sabia, mas eu sabia o que ia acontecer quando ficasse totalmente escuro.

— Saiam todos daqui! Agora!

Eles se entreolharam. Era tempo que estavam perdendo, e que ia sair caro.

Ficou escuro. E mais escuro. Os olhos perderam totalmente a definição das formas e das posições das pessoas.

A primeira pessoa atacada por mim, ou melhor, pelo meu corpo, foi justamente Boris. Um golpe no ombro, não fatal. Pelo menos, para o crédito deles, eles me atacaram de volta. Primeiro, Boris e Hsu, e depois Lucio e Jane vieram pelas minhas costas, me cercando, tentando me conter.

Meus movimentos não eram controlados por mim. Eu tinha menos treinamento militar do que praticamente todo mundo ali. E ainda assim, mesmo no escuro, era como se meu braço soubesse exatamente onde os outros estavam. Quase todos os golpes que eu dei, acertei. O que já era totalmente impossível, ainda mais flutuando no escuro.

Os gritos deles. Me lembro de um grito gutural de Hsu quando atingi profundamente uma região mole, provavelmente a barriga. Depois, os gritos ofegantes de Lucio, desesperado e resmungando de um acerto no olho.

A dor na minha cabeça devia valer por todas as facadas que eu estava dando.

Mecanicamente. Sem cansar o braço. Um golpe atrás do outro. O ruído baixo e engasgado de Jane. Havia acertado seu pescoço.

Fui segurada por trás por alguém travando os meus braços. Pelos gemidos, era Lucio me segurando.

— Vai logo, Boris! Arranca essa porra da mão dela e enfia na barriga! — gritou.

Os braços do espanhol eram mais fortes e eu não conseguia me desvencilhar. Flutuando, parecia mais difícil fazer força para me soltar e, de alguma forma, eu estava feliz que ele havia me contido. Não sabia mais se estava ou não no controle, se era ou não era eu. Tudo confuso.

Senti a ferramenta sendo arrancada da minha mão.

— Vai, Boris! — gritou.

Eu também queria gritar "Vai, Boris!", porque eu sabia que alguém tinha que me parar. Só que também estava morrendo de medo de morrer. Essa parte do meu cérebro estava funcionando a plenos vapores.

— Vai logo! — disse Lucio, que estava fazendo toda força possível.

— Tá — respondeu Boris.

De toda a tripulação, ele era o mais forte, mas seu complexo de herói atrapalhava: eu era o inimigo e a donzela ao mesmo tempo. Ele hesitou. Depois, com toda a adrenalina, escutei o farfalhar de sua roupa, ele erguendo a ferramenta, se preparando para o golpe, e enfim pude relaxar: tudo ia acabar. Não só eu queria relaxar, como *consegui* relaxar. Meu corpo seguiu minha vontade e parou de lutar contra Lucio.

Boris ia dar o golpe.

Mas o golpe nunca chegou. No lugar, chegaram ruídos de um ataque. Alguém tinha pulado em cima de Boris e estava enforcando-o com muita força. E eu só escutei, por dolorosos segundos.

Lucio me soltou, deu as costas e tentou fugir, mas, sem conseguir ver, trombou no batente da entrada do quarto. Um grave erro, pois o som indicou perfeitamente sua localização. Senti o ar mexendo bem ao meu lado quando a pessoa que havia enforcado Boris passou flutuando para atacar Lucio com a lima pontiaguda. Um ruído seco.

O silêncio dominou. Uma respiração emergiu.

Eu a conhecia bem, porque já tinha passado muito tempo escutando aquele som. Era profunda. Inspirando... Expirando... Inspirando... Expirando... Era a respiração da minha irmã, do lado de fora do armário, sentada. Depois de sentir um arrepio do meu pé até a ponta da cabeça, percebi que não, não fazia sentido. Não podia ser da minha irmã, não era ela quem tinha me salvado. Havia confundido as memórias, já estava em frangalhos. Era a outra respiração que eu tinha passado muito tempo ouvindo, dias estudando.

A respiração de Florentin.

Talvez meu corpo só tenha se permitido relaxar porque sabia que ele ia agir. Eu não sabia, mas meu corpo sabia.

E ficamos nós dois lá, eu escutando a respiração dele. Ele escutando a minha, provavelmente.

Com os segundos passando.

Inspirando...

A estação girava.

Os corpos da tripulação flutuavam.

O sangue formava mais e mais pequenas esferas vermelhas.

Expirando...

Só nós dois. Ou melhor, só nós dois ainda vivos, mas com certeza não estávamos sozinhos. Havia uma força ali, a força que tinha controlado meu braço e o dele também.

31.

Fui eu que fiz isso? Fui eu que fiz isso? Fui eu que fiz isso, mesmo?, perguntava dentro da minha cabeça, ofegante. Estava tudo confuso. Até um cheiro que eu associava à Larissa, o de solvente de tinta óleo, estava sentindo.

Boris. O casamento do irmão dele. Ele prometeu que estaria no casamento do irmão. Lucio e Hsu. Monica e Toly, lá no corredor. Na minha mente, um loop dos sons de cada um dos ataques. Dos ataques que eu tinha feito. As imagens que minha imaginação criou, cada uma associada a um som.

Ficamos assim em silêncio, Florentin e eu, escutando as nossas respirações (para não falar dos berros de nossas consciências). Não fazia ideia de por quanto tempo, aceitava qualquer possibilidade entre dois minutos e duas horas.

Depois, perguntei com voz tímida:

— Eles estão vivos?

— Acho que não — respondeu Florentin.

O "acho que" foi uma gentileza. Eu já sabia que aquela era a resposta, não sabia por que tinha perguntado.

— E o Michael?

— Não sei. Mas também não tenho muita esperança de que ele tenha sobrevivido. Respira fundo, Rebeca.

Como eu ia respirar fundo? Sistema simpático totalmente ativado, luta ou fuga, raciocínio acelerado, coração em taquicardia. Eu não acreditava que aquilo estava acontecendo comigo. E de novo. Outra carnificina.

— Eu... Eu... Não sei o que era, mas não era eu.

— Comigo a mesma coisa — falou, parecendo aliviado.

— Eu vivi uma dissociação. Estava fora e estava dentro. Acho que é literalmente a experiência de dissociação.

A culpa latejava na minha cabeça, junto com meu olho machucado, com uma dor muito forte, desesperadora. Continuei, sem conseguir completar a frase:

— Eu não queria... Não queria...

— Eu também não.

A maior causa de estresse pós-traumático não era o risco de morrer, tanto que pilotos de drones militares à distância sofriam desse transtorno nas mesmas taxas. O problema maior era o risco de matar. Só 20% dos soldados dispararam seus rifles durante a Segunda Guerra Mundial, e há quem diga que dispararam mais para proteger seus companheiros do que pelo desejo de matar o inimigo. Em guerras com mosquetes, sabemos hoje que mais de 80% nunca atiravam e, ainda assim, frequentemente recarregavam a arma. Ou seja: queriam fingir que guerreavam, mas não atiravam. A grande maioria, pelo menos.

— Você sabe o que está acontecendo, Florentin? Eu preciso entender o que está acontecendo — falei.

E, assim que falei, parte da minha perturbação se dissipou. Dava um pouco de vergonha de admitir, mas nós fomos treinados para analisar, não importava se tinha corpos flutuando ao redor. Não importava se era analisar o que nós tínhamos feito com nossas próprias mãos. Precisava compartimentalizar, era natural. Criar uma explicação e se agarrar a ela, se salvar do mar de angústia subindo numa pequena boia salva-vidas de racionalidade.

— Eu consigo imaginar algumas coisas... Primeiro de tudo, não acho que foi culpa nossa — disse ele. — Não escolhemos fazer isso. Não foi do nosso livre-arbítrio.

— Você é o capitão da estação. Responsável por todos os tripulantes.

— A responsabilidade é uma jaula que o seu cérebro cria para si mesmo. Ser líder é só ter uma ilusão de controle. Você até tem um pouco mais de poder, mas não tanto quanto as pessoas de fora acham.

— Então para você tá tudo bem? — perguntei.

— Não é isso, mas temos que encarar as coisas desse jeito: foi como um ataque epilético. Não é culpa da pessoa que está sofrendo o ataque. Eles, a base, todos os outros, vão ter que entender que foi uma coisa totalmente involuntária. A gente só precisa entender melhor, para conseguir explicar para eles...

— Para eles? E para nós mesmos?!

— Sim. Explicar para nós mesmos, principalmente.

— Como que a gente vai se perdoar pelo que aconteceu aqui?

Ficamos um tempo em silêncio, sem resposta, pensando em como íamos processar o que tinha acontecido. Foi Florentin quem rompeu o silêncio, buscando a conexão de novo:

— Você se sentiu controlada e não controlada ao mesmo tempo. É isso, não é?

— Sim... Possuída. Que absurdo. Não sei dizer, não sei... Mas... Não sei. Controlada pelo quê? Essa é a pergunta, não é?

— Eu não sei exatamente pelo quê, mas só posso supor que seja uma forma de vida inteligente de fora da Terra.

Impressionante como era difícil falar seriamente a palavra ET.

— Foi imposto a nós um comportamento que não foi nada aleatório. Isso tem que ser obra de outros seres vivos. Porque só a vida é teleológica, só a vida tem algum propósito — disse Florentin.

— Mas qual é o propósito disso que acabou de acontecer?

— É difícil dizer, porque não é o nosso propósito... é o deles. Mas tem que ser isso. Fomos controlados por "eles".

— Fomos controlados por "eles" — repeti, tentando ver se a frase cabia na minha boca, se a lógica entrava na minha cabeça.

Porque ou era isso ou era eu que tinha feito tudo aquilo, com aquela precisão e frieza.

— Desculpa, Florentin, mas eu não consigo acreditar em ETs.

— Eu não estou falando de um ser verde e cabeçudo. Talvez eles nem sejam feitos de matéria, nem sejam tridimensionais... Mas eu acredito que usaram nossos corpos para fazer isso. Nós fomos controlados como fantoches, nisso você tem que acreditar.

— A Hsu mesmo falou: as melhores explicações não incluem fatores externos.

— Isso nem sempre é verdade. Não estou falando de nada mágico, apesar de que parece mágica para a gente... Mas não daria para explicar muita coisa da Terra se a gente não olhasse para as influências que vêm de fora! Os dinossauros foram extintos por um cometa. Ele veio da Terra, por acaso? Existem agentes de fora, sim, mas a gente ignora muita coisa. Seria muita prepotência achar que sabemos de tudo, que só somos afetados pelo que nós conhecemos.

— Eu sei, mas é só difícil de engolir, sabe?

— Assim como os povos nativos das Américas devem ter demorado para assimilar uma caravela chegando. Assim como é difícil de acreditar que um saco de chumbo e um saco com penas chegam ao chão na mesma velocidade. Assim como é incompreensível que a gravidade não seja uma força e sim uma deformação no espaço-tempo. Na matemática, nós temos a incompletude de Gödel: é só subindo um degrau na hierarquia para outro sistema maior que você consegue derivar todas as verdades de um sistema. Tem coisas que são difíceis de acreditar porque nossa espécie não evoluiu para ver a realidade por completo, só evoluímos para nos reproduzirmos e garantirmos nossa continuidade num lugarzinho muito específico da Terra. Aqui, no momento, tudo soa como se fosse completamente inimaginável porque é. Mas a prova está ao nosso redor. A gente só não consegue ver.

— Por sorte.

— Por sorte está escuro. Mas eu estou mais confortável com a ideia da existência "deles" porque acho que eles estão influenciando essa estação há algumas semanas, já.

— Então começa a me contar do começo — pedi.

Era a hora da nossa avaliação, finalmente. E Florentin não tinha mais por que me enganar. Eu não teria que puxar nada dele, só escutar. As circunstâncias eram tão extremas. Eu não enxergava nada, tinha total atenção na sua voz. Ainda ia demorar para o quarto se iluminar novamente e, mais do que tudo, eu não queria que se iluminasse, para que nunca visse o vermelho de novo. O melhor, na verdade, era que eu morresse antes.

— As coisas começaram a ficar um pouco estranhas na semana 31. Michael era o encarregado dos experimentos no MAP, dos testes de colisão de átomos e subpartículas. Nos primeiros meses, a prioridade era confirmar experimentos antigos para testar o próprio equipamento. Se os resultados fossem replicados com sucesso, poderia ser muito mais simples e barato testar coisas aqui em órbita. Imagina quão caro é construir o LHC, um anel de vinte e sete quilômetros, embaixo da Terra! Uma viagem espacial também é cara, mas, se já vai acontecer de qualquer jeito, colocar o peso a mais de um MAP sai muito em conta. Fato é que todos os testes iniciais foram um sucesso: dezesseis dos dezoito tiveram resultado compatível com os resultados feitos na Terra. Os outros dois foram inconclusivos. Então tudo estava indo muito bem, até que, naquela semana, o Michael ficou louco… Mas não do jeito que você está pensando. Desculpa, me expressei mal. Michael ficou louco de empolgação. Sorriso de orelha a orelha. Finalmente tinha chegado a hora de começar os testes mais avançados, e o primeiro já deu um resultado completamente diferente do esperado. Ele mesmo me pediu para não contarmos isso à base, porque era só um resultado. Havia ainda uma grande chance de ter sido uma falha aleatória do aparelho. Quando o MAP desse outros resultados, ele faria um relatório completo.

O segundo experimento deu um resultado diferente também. Todo mundo na estação já estava um pouco de saco cheio de ficar aqui em cima, mas ele era um raio de luz, pulando de cômodo para cômodo, empolgadíssimo.

— Resultado diferente como?

— Era um experimento para criar anti-hidrogênio, fundindo um antipróton com um pósitron, que é um antielétron. Isso já é feito em aceleradores na Terra há muitos anos... Geralmente, a dificuldade é a temperatura, porque o antipróton tem muita energia, não se combina com o pósitron e dispara numa velocidade próxima à velocidade da luz, então existem várias estratégias para tentar esfriar, entre aspas, o antipróton, e promover a ligação das partículas. O que o Michael descobriu é que, nesse MAP, as partículas estavam se juntando voluntariamente. Até em abundância!

— Entendi. Quer dizer, não sei se entendi completamente, mas...

— Era uma variação, só. Nada para soltar fogos nem para se preocupar. Mas, a partir dos experimentos seguintes, ele começou a ficar aflito. Não estava vindo nenhum resultado interessante e ele não estava conseguindo duplicar o segundo experimento. Acho que estava com medo de que o aparelho estivesse quebrado e que toda aquela empolgação tivesse sido em vão. Eu sugeri enviar para a base uma série de resultados, mas Michael ficou bem irritado.

— Você que sugeriu? Para a base? — perguntei, surpresa.

— Pois é. Mas o Michael não quis, achou que todos os resultados seriam descartados. Ele caiu de cabeça nos números e começou a rodar mais e mais experimentos. Mais do que os previstos. Ele não saía do laboratório. E, dois dias depois, foi quando ele fez a primeira exibição. Eu me lembro de que tinha acabado de fazer uma EVA. Os primeiros reparos no telescópio. Primeiras tentativas. Estava exausto, morto de vontade de dormir, mas Michael entrou no quarto e me acordou, prometendo que valeria a pena. Eu me levantei, resmungando, só porque o Michael era excepcional. Se fosse outro… — falou, com um tom de voz no qual dava para escutar o sorriso. — Eu não sairia da cama.

— A primeira exibição, você falou?

— Isso. Ele me levou para lá, junto com a Jane. No canto do laboratório, o Michael posicionou o MAP de ponta-cabeça. Perto dele, um tablet, dos que a gente usava como manual, ou como controle das portas. Nada demais. Ele ligou o microacelerador e um resultado apareceu na telinha do próprio acelerador. Até aí, normal, mas então ele passou o tablet ao redor do MAP e a imagem começou a falhar. Era uma interferência muito estranha, que deformava a tela de um jeito… fractal. Era a imagem…

— Do Conjunto de Mandelbrot — arrisquei.

— Como você sabe?

— Achamos um caderno do Michael cheio de desenhos do conjunto.

— Conforme ele mexia nos parâmetros do acelerador, o padrão se modificava no fractal, como um *zoom in* ou *zoom out*, sabe? O conjunto é uma função baseada na recursividade dos números no plano complexo. Eu achei que ele estava me mostrando um truque de mágica. Peguei o tablet da mão dele, mas foi só me afastar um metro do MAP para a interferência acabar. Impossível o Michael ter manipulado aquilo. E ele não parava de ajustar alguns parâmetros no acelerador e de pedir para eu me aproximar e me afastar do MAP. Todas as vezes, funcionou exatamente do jeito que ele havia previsto.

— E ele entendeu como que…

— Não. Ele estava fascinado exatamente por isso, por não ter nem ideia de como explicar o fenômeno. O Michael ficava feliz com isso, e eu, irritado. Uma questão de personalidade…

— Foi esse o experimento do MAP que a Jane tentou reproduzir logo de cara. O que explodiu. Ela devia estar querendo ver se o Michael estava louco ou se tinha descoberto alguma coisa importante mesmo.

— Acho que sim. Ela e eu não sabíamos como encarar aqueles dados, e o Michael parecia cada vez menos racional. Ele me procurou, no comecinho do dia seguinte, e me disse que tinha sonhado com um ser. No começo, pensei que ele estivesse só contando um sonho, uma mania insuportável compartilhada por muita gente na Terra… Mas aí percebi que ele estava levando o sonho a sério. E não tinha nem pé nem cabeça. Michael disse que algo tinha aparecido para ele, mas em uma forma de sonho, que era impossível de ver. E que esse ser falou com ele, mas falou usando a voz dele mesmo. Enfim, imaginei que era uma mistura de cansaço, tédio e alguma comida pesada antes de dormir… Só pedi para ele anotar o ocorrido, mas não acho que ele anotou. Nos dias seguintes, ele começou a usar o MAP com potências maiores do que o padrão alocado. A energia do acelerador vem direto dos painéis solares. Eu pedi para ele reduzir o uso, mas Michael me pediu para usar o dobro. Eu neguei, priorizando a segurança da estação. Ele já estava pensando na próxima grande descoberta da ciência, na unificação da física quântica com a relatividade, e sei lá qual outro sonho megalomaníaco. Achava que desde 1930 a física estava presa às incertezas, às indecisões e à irredutibilidade computacional. Os experimentos do MAP iam libertá-la.

— Deve ter sido por essa época que ele chegou a escrever um e-mail para a base, pedindo que você fosse demovido como capitão.

— É possível. E, contra as minhas ordens, ele puxou ainda mais energia para o microacelerador. Quando eu descobri, fui tirar satisfação, e foi quando o MAP explodiu em mim.

— E você ficou azul.

— É. Foi uma briga um pouco maior do que o comum. Os outros tripulantes devem ter notado o clima pesado. No final do dia, fui fazer exercício na academia e o Michael estava lá. Ele nem olhou para mim, me dando um gelo. Eu imaginei que ele estivesse muito irritado comigo, e só. Esse tipo de coisa não costuma me afetar.

— Foi você que atacou ele ou ele que te atacou?

Florentin travou por um segundo, se perguntando como eu sabia.

— O sangue no aparelho e na broca de trinta centímetros — expliquei.

— Hum… Sim. Impossível limpar essas coisas completamente, aqui na estação. Mas não foi nem um nem outro. Eu me sentei no aparelho ao lado e fui fazendo meu exercício. Não queria deixar o "gelo" do Michael me atrapalhar. Mas, depois de alguns minutos, tudo aquilo começou a me incomodar muito, porque ele não estava só me ignorando, parecia ausente mesmo. Eu chamei o nome dele, ele não se virou. Na vez seguinte que eu me virei para ele, Michael estava com a broca na mão e enfiou no próprio antebraço esquerdo, próximo do pulso. Sangue começou a voar para todos os lados, porque a gravidade estava desligada. Eu voei até ele, amarrei um torniquete e, depois de uns cinco tapas na cara, Michael voltou a si. Foi um transe. Ele falou que não lembrava o que tinha acontecido. A maior parte da equipe estava no Núcleo e no laboratório e eu não queria criar pânico, então limpei tudo rapidamente, do jeito que deu. Coloquei o Michael para dormir, dei a ordem de que ele tiraria uma semana de descanso e...

— Não comunicou à base?

— Deixei para escrever um relatório detalhado no dia seguinte.

— Por que não escreveu logo?

— Eu não queria trair o Michael assim. O que a diretora e os outros fariam com ele? Ele viraria um pária, o cara que enlouqueceu. Colocaram uma pressão muito grande sobre ele, muitos experimentos. Mas eu ia escrever, ia relatar... Só deixei para o dia seguinte para encontrar o jeito certo de fazer isso, entende? Só que naquela noite, já deitado na cama, eu comecei a pensar umas coisas... Com a minha voz interna mesmo, em francês... mas, de alguma forma, não era eu.

— Pensar o quê?

— Perguntas para mim mesmo. Não tinham muito a ver com o que tinha acontecido no dia, eram mais genéricas. Acho agora que eu estava sendo analisado por eles, acho que estavam traçando meu perfil comportamental. Simulações de pensamento, de situações... Era num estado próximo do sono já, as coisas se confundem, mas eu sei que eram situações hipotéticas de briga, de agressão, de atração, de alegria. Vinha uma autoindagação na minha mente e já vinha junto a resposta. Era como um sonho muito intenso, uma descarga de um monte de situações de uma vez. Eu me levantei e fui imediatamente procurar o Michael para contar isso e dizer que agora eu acreditava. Eu tinha certeza. Antes, tinha parecido só um delírio dele, mas agora teria que ser um delírio coletivo, porque eu estava vivendo aquilo também.

— E o que ele falou?

— Não pude perguntar, porque foi a noite que ele desapareceu.

— Ah.

— Para falar a verdade, eu acho que já estava sendo muito influenciado... Muito influenciado. Porque eu não parei para pensar no que deveria fazer, eu simplesmente sabia. E isso é difícil de dizer, porque a gente nunca sabe direito como uma ideia surge, não é? Elas não aparecem com um sonzinho de alerta e com documentação dizendo de onde vieram. Então eu não consigo responder, mas sabia o que tinha que fazer. Tranquilizei os outros tripulantes, que estavam arrasados...

Era estranho escutar Florentin falando dos outros tripulantes enquanto eles flutuavam ao nosso redor, mortos.

— Eu tinha uma comunicação agendada com a base e quis, várias vezes, falar o que tinha acontecido... Mas a minha voz simplesmente não saía.

Essa podia ser a causa das contrações no esternocleidomastóideo e nos orbiculares: o conflito interno que eu tinha notado. A observação que tinha me garantido a vaga naquela missão.

— Eu fui me fechando, mas sempre que o Toly ou alguém me cobrava alguma posição... eu sabia o que responder — continuou Florentin.

— Foi você que teve a ideia de cobrir seu pescoço com a gola do macacão?

— Eu não sei do que você está falando.

— Bom, ou foi uma coincidência ou eles tiveram essa ideia por você.

Há um intrigante relato de pacientes que, nos anos 1960, tiveram seus corpos calosos (o principal feixe nervoso que liga os dois hemisférios cerebrais) retirados para curar epilepsia. Com os dois lados do cérebro totalmente separados surgiram vários relatos bizarros sobre como aquelas pessoas estavam vivendo com dupla consciência. Entre os relatos, uma mulher que abria o armário para escolher que roupa ia vestir e cada um dos braços, controlado por um lado diferente do cérebro, escolhia um vestido diferente.

— Eu não sei o que eu, ou eles, estavam esperando, porque, racionalmente falando, é uma situação insustentável, mas...

— Eles podiam estar esperando que viessem novos ratos de laboratório. Nós três chegamos. Se você tivesse relatado, a missão provavelmente seria cancelada antes disso.

— É, pode ser. E eu gosto da sua analogia com ratos de laboratório, porque a gente tem que se resignar à nossa posição inferior nessa relação. Ninguém explica nada para os ratinhos. Eles podem até imaginar o que são esses humanos gigantes de jaleco... Mas, porra, nunca vão saber com certeza.

— E quando eu te confrontei... o seu silêncio?

— Eu mal tenho memória disso. A influência deles devia estar sendo quase total.

— Mas você ficou dois anos inteiros sem falar quando adolescente... Foram eles também?

— Não. Acho que é o contrário: por eu ter isso na minha memória que foi tão simples eles executarem esse comportamento em mim.

Ficamos em silêncio por algum tempo. Realmente, eu estava começando a acreditar. Ainda havia pontas soltas, mas a ideia não parecia mais risível. Estávamos fazendo o primeiro contato com outra forma de vida! Mas era diferente do que tínhamos imaginado. Tinha cara de sobrenatural. De uma maldição.

— O que você acha que eles querem? — perguntei. — Eles estão ouvindo a gente agora, no momento, certo? E entendem nossa linguagem de alguma forma, porque você foi induzido a falar coisas e a não falar outras. Então significa que necessariamente eles estão deixando a gente falar aqui, senão podiam travar a minha ou a sua garganta.

— Ou fazer a gente se atacar e morrer num piscar de olhos.

— E eles manipularam as subpartículas dos experimentos do Michael. Ou, no mínimo, as telas que davam os resultados. E as quedas de energia da estação... Eles controlam elétrons com facilidade. Não sei se com uma máquina ou se com o próprio corpo. Se é que eles têm corpo, como você falou... Talvez sejam seres puramente elétricos. E nosso cérebro, que no fundo não passa de um emaranhado de corrente elétrica, fica totalmente à disposição deles.

— Eu não sei onde eles estão, mas têm que estar próximos, porque controlaram nossos movimentos de agressão com reflexos muito velozes — comentou Florentin. — Impossível se eles estivessem longe... estou supondo que nada se comunica mais rápido que a velocidade da luz.

Concordei. Nós dois juntos, tentando amarrar as pontas soltas, fomos sentindo o alívio de esquecer o que tinha acontecido. Era como se não fosse mais comigo, nós só estivéssemos resolvendo o quebra-cabeça. Mesmo porque... foi mesmo comigo? Ou foi só com o meu corpo controlado?

— Eles necessariamente são inteligentes e têm uma grande capacidade de processamento, porque não é nada simples entender a estrutura do nosso cérebro. Quero dizer, a humanidade não está nem perto — falou Florentin.

— E é o que você falou, não é? Analisar um sistema de dentro do próprio sistema... gera complicações. Já eles têm a vantagem de ver de fora. Algumas partes do nosso cérebro são bem mais simples de entender do que outras. Imagina a gente tentando entender e controlar o cérebro de uma formiga... A parte motora seria mais fácil. Eles conseguem nos fazer mexer com muita precisão, não é um mistério. Já a parte das emoções, motivações, relacionamentos sociais... Deve ser um pouco misteriosa para alguém que acabou de conhecer nossa espécie, e é isso o que eles estão analisando. Disparando algumas áreas, cutucando e revirando o que estava nas nossas mentes... e avaliando o resultado comportamental. É um experimento psicológico.

Senti um arrepio ao falar isso, um arrepio de estar tão exposta. Florentin concordou.

— É como o que a gente faria num teste de software. Rodar para ver o que vai acontecer, o que cada parte do código faz.

— E as conclusões que eles tiraram…

— Moralmente, você quer dizer? — perguntou ele.

— É.

— Bom, temos seis mortos aqui. Por enquanto… acho que a conclusão não foi boa. Mas também, a moral deles foi moldada em outro planeta, com outras regras de sobrevivência, outras emoções. Acho que isso é uma coisa completamente inacessível.

Sim. O julgamento moral vinha da minha parte mesmo. O massacre que acabara de acontecer vinha como cortesia da *minha* memória: uma repetição de 2024. A contribuição do Florentin fora o mutismo. A de Michael, o esconderijo perfeito. Talvez a escuridão do pesadelo da Hsu tivesse se transformado na escuridão da estação? De qualquer forma, eu tinha a maior responsabilidade.

— E o desvio de órbita da TEEI? — perguntei, tentando levar o assunto para qualquer lugar longe da culpa.

— Pode ter sido coincidência, porque esse tipo de coisa acontece mesmo, ou um efeito colateral da interferência deles. O desvio é tão pequeno, não vejo por que seria proposital. Às vezes é só um pequeno acidente, uma leve modificação nos sensores e aparelhos da estação, resultado de um esforço muito maior deles para manipular os elétrons nos equipamentos, nas nossas cabeças.

— Pode ser — falei enquanto pensava que, na nossa situação, qualquer coisa podia ser verdade.

O desvio da órbita podia mesmo ser o único rastro material deixado pela ação deles. Tudo deixava marcas, mas às vezes as marcas eram pequenas demais para conseguirmos ver.

— E tem a questão do desaparecimento do Michael. Desaparecimento e reaparecimento — mencionou Florentin.

— E desaparecimento de novo — completei. — Você acha possível existir algum compartimento secreto aqui?

— É uma suspeita razoável. Quem finalizou a construção foram os americanos e o lançamento foi feito por eles. Podem muito bem ter se aproveitado de qualquer inovação, qualquer tecnologia que diminuiu o tamanho de algum equipamento, e pronto, ganhado um vão.

— Um vão pra quê?

— Para algum experimento particular, alguma coisa que desse uma vantagem competitiva contra os russos e os chineses. Algum teste de materiais, qualquer coisa. E, como não tinha nenhum tripulante de lá, o canadense seria a melhor escolha. Michael era próximo da diretora Ferris mesmo.

— Toly também tinha essa suspeita.

E talvez esse fosse o grande motivo para o desespero da diretora e do general: Florentin podia estar se comportando de forma estranha por ter descoberto aquela traição internacional. Talvez até já soubessem que algo estranho estava acontecendo com Michael, porque ele parara de enviar os resultados do experimento sigiloso.

— Então, imaginando que o Michael ficou escondido nesse compartimento... O consumo a mais de oxigênio veio daí: o Michael nunca saiu da estação, ficou hibernando, consumindo menos, mas ainda assim uma quantia significativa de oxigênio — falei.

— Ele deve estar lá agora. A gente só não sabe onde.

— E ele foi pra lá... instruído por eles.

— Acho que sim.

— Por que você acha que só nós três, eu, você e o Michael... Só nós três fomos... manipulados diretamente por eles?

— Isso eu não sei.

Depois de um pouco de silêncio, senti uma dorzinha no meu calcanhar, bem onde tenho o pino desde os nove anos. Me veio à cabeça e, a essa altura, difícil dizer se foi uma teoria que eu criei ou uma teoria que foi gentilmente posta ali.

— Na primeira vez que você ouviu essa voz externa dentro da sua cabeça, foi na noite do acidente do MAP, não foi? O acidente que te cobriu de cobalto?

— Foi.

— Eu tenho um pino de uma liga de cobalto no pé. E se o cobalto funcionar como uma antena? Maximizar o sinal que eles emitem?

— Uma antena? — Florentin pensou um pouco. — Acho que é uma boa ideia, mas o Michael...

— Ele não sofreu nenhum acidente com o MAP? Ou... filamento dentário. — A ideia me veio nítida à mente. — Implantes dentários de cromo-cobalto.

— Não sei, mas o Michael era famoso por comer muitos doces.

— Tem um jeito simples de confirmar. É só ver os dentes dele — falei.

Naquele momento, algumas luzes menores se acenderam. O sutil ruído do ar-condicionado veio. Aos poucos, os equipamentos eletroeletrônicos estavam voltando. Lógico que qualquer um poderia dizer que foi coincidência. Poderia argumentar que, não importava quando as luzes se acendessem, nós daríamos um significado especial ao momento, como uma tribo daria para chuva após uma oferenda. Mas, puta que pariu, foi bem naquela hora que a luz acendeu, nos convidando a ir checar.

Florentin estava de frente para mim e tentei manter o foco no rosto dele e não em toda a cena flutuando ao nosso redor. Ele também, olhando fixamente nos meus olhos. O rosto do vídeo que eu examinei mais de mil vezes agora estava diferente.

As mãos dele ainda estavam amarradas pelo cabo. Desamarrei para ele.

Saímos flutuando na direção do corredor, solenemente. Me sentia meio desequilibrada e descompensada. Sentia o pino no meu tornozelo como se o cobalto estivesse pulsando.

Juntos, Florentin e eu tínhamos construído toda uma hipótese convincente, estávamos entrelaçados pela teoria que explicava o que acontecera. Não fugimos num módulo o mais rápido possível porque aquilo era mais importante: encontrar o indício para comprovar aquela teoria.

Fomos para a Estação de Energia e seguimos o rastro de sangue, que terminava repentinamente no meio do corredor na direção do laboratório. Florentin apontou a região no "teto": ao redor de uma das placas metálicas, vi digitais de sangue indicando o tesouro. Eu tinha cruzado aquele corredor dezenas ou centenas de vezes, sem nunca olhar para aquela placa como nada especial. Três pequenos pinos tinham que ser pressionados para a placa sair.

Lá dentro, de fato, estava o corpo de Michael.

Eu tentei sentir seu pulso, mas o golpe em seu torso tinha sido muito profundo. Golpe, aliás, dado por Florentin, ou talvez por mim mesma, que corri na direção dos dois antes de a luz se apagar. Não conseguia lembrar com exatidão.

Michael devia ter sangrado completamente depois de alguns minutos escondido ali. Quatro filhas...

Florentin, tentando ser o mais delicado possível, abriu a mandíbula dele. Foi fácil, pois estávamos muito à frente de qualquer *rigor mortis*. Lá no fundo, o terceiro molar superior direito brilhava mais que os outros — era uma liga de metal. Ainda não dava para saber do quê.

— Vou arrancar para a gente testar — falou, o que seriam as estranhas últimas palavras pronunciadas naquela estação.

Florentin saiu atrás de uma ferramenta. O corpo de Michael, com a boca aberta, ficou flutuando ao meu lado. Não dava para a situação ser mais tétrica do que aquilo.

Florentin voltou e arrancou o implante dentário com uma chave de fenda. Ver aquilo acontecendo foi muito aflitivo, com todo o meu histórico de sonhos com dentes caindo...

A energia da estação mal estava funcionando. A porta do laboratório ainda não abria. Não ia ser lá que faríamos o teste para descobrir se havia cobalto na liga do implante de Michael. Guardei o dente metálico no meu bolso; só confirmaríamos a teoria do cobalto-antena na Terra.

Em silêncio, Florentin e eu terminamos de conectar o segundo gerador com o sistema mecânico que ejetava os módulos.

Não havia energia para comunicação com a base, então calculamos a rota do módulo nós mesmos. Antes de ir, lavei as mãos com intensidade. Existia um efeito cientificamente confirmado chamado "Efeito Macbeth": pessoas que lavavam as mãos se sentiam mais limpas não só fisicamente, mas moralmente também. Limpando a culpa. Nossos cérebros são bem ridículos, às vezes. É bom para os ETs já irem sabendo dos detalhes.

O módulo onde entramos era bem apertado. Pouco iluminado. Mais um armário para eu entrar, mas, daquela vez, éramos Florentin e eu. Um útero com gêmeos.

Cada módulo fora feito com um tripulante em mente — tamanho do assento, paraquedas etc. Florentin estava na cadeira dele e eu, na de Hsu, parecida o suficiente.

Uma vez que o módulo foi ejetado pela TEEI, nós fizemos algumas queimas de combustível precisas para diminuir a velocidade de órbita e acertar o ângulo de entrada na atmosfera terrestre. Se o ângulo fosse muito aberto, corríamos o risco de não entrar e escapar pela tangente, na direção do espaço infinito. Se o ângulo fosse muito fechado e muito perpendicular, a entrada geraria muito atrito e a temperatura nos queimaria vivos.

Todo o processo de descida demorava pelo menos três horas. Deixamos a TEEI para trás, ou melhor, para a frente, porque ela, mais rápida, foi embora e desapareceu atrás do horizonte do planeta.

Sete corpos lá dentro, sem explicação nenhuma, só o horror. Girando ligeiramente fora da órbita.

Imaginei como seria no futuro, se alguém teria coragem (leia-se: interesse financeiro) de realizar uma missão para recuperar seus equipamentos. Como seria entrar naquele lugar, como estariam os corpos. Como seria encarar o caos, como eu encarei caminhando pelo apartamento da rua Arthur de Azevedo. Torci para que nunca acontecesse.

A vista do planeta era deslumbrante, mas, de alguma forma, sem efeito nenhum em mim. O sonho já estava realizado. A missão já tinha fracassado.

32.

Quando entramos na estratosfera, o ruído do atrito foi altíssimo. Olhei pela janelinha, mas não enxerguei nada exceto uma luz muito brilhante: era plasma. O cheiro também era de queimado e o chacoalhar era tanto que fui obrigada a duvidar dos cálculos de rota que eu mesma tinha feito. Os cálculos que, ainda bem, levaram em conta o leve desvio da TEEI.

De repente, o ruído do paraquedas do módulo, seguido do tranco, o mais forte que vou sentir em toda a vida. E aí o silêncio e a calmaria.

Recebemos muitas tentativas de comunicação pelo rádio. A base percebeu nossa entrada rapidamente. Mas não respondemos.

Nosso módulo pousou no meio do Oceano Pacífico, conforme planejado.

O barco de resgate estava a caminho, mas provavelmente demoraria. Não havíamos respondido às perguntas para determinar o local exato do nosso pouso.

Florentin fez um gesto com a cabeça, para cima. Soltamos nossos cintos de segurança e saímos do módulo pela escotilha para encararmos o planeta a olho nu.

A noite fria e o vento gelado. As ondas do mar calmas. As estrelas brilhando intensamente, e tudo parecia mais bidimensional: é que meu olho direito estava tão inchado que não via nada com ele.

Ficamos um tempo olhando as estrelas, esperando…

Fechei os olhos e estiquei a mão para ele. Demorou alguns segundos, mas senti a mão dele pegando a minha. Tínhamos trocado muitos olhares suspeitos, mas acho que não tínhamos nos tocado até então, não daquele jeito. Apertei forte. Florentin apertou a minha mão bem forte de volta também. Eu não sentia aquilo desde 2024.

Foi nessa hora que as lágrimas começaram a cair. Muitas. Uma fonte inesgotável. E os soluços. Ele me entendia, a gente estava conectado. Alguém no mundo me entendia. Me senti mais próxima dele do que qualquer ser humano na história, porque só nós tínhamos vivido a mesma situação, sido vítimas da mesma situação. E algozes na mesma situação também. Duas pessoas enfrentando um adversário invisível, incompreensível e capaz de ler e provocar qualquer comportamento na gente.

E as lágrimas continuavam. Saíam com dor pelo meu olho machucado. Não ouvi se Florentin estava chorando também, ou se eu já chorava por nós dois, mas nossas mãos continuaram firmes uma na outra. A melhor coisa para um sistema nervoso é sentir que está junto de outro sistema nervoso.

Quando abri os olhos, havia uma luz distante no horizonte. O barco do resgate estava vindo na nossa direção.

Eu abri a boca e minha voz saiu esquisita, falhada, a garganta um pouco desacostumada a produzir som.

— Foi isso mesmo que aconteceu?

Florentin me olhou, atônito. Não sei se pela pergunta ou pelo simples fato de eu ter falado. Ter quebrado certo pacto silencioso. Nem sei por que eu estava mexendo naquilo, já que tinha a tentação enorme de deixar tudo como estava. De sentir o conforto da mão dele, a nossa conexão, e ponto.

— Nós fomos controlados ou... nós que surtamos juntos? A chance é mínima, eu sei, pouquíssima gente vai para o espaço e pouquíssima gente tem um surto psicótico violento. Multiplicar as duas chances é garantir que não vai acontecer. Ainda mais com duas pessoas... Vai de 1% para 0,01%. Mas também, pouquíssimas pessoas são... possuídas por aliens, não é? — perguntei, com medo do que ele pudesse responder.

Ele não respondeu. Então continuei:

— Será que fomos nós que matamos todas aquelas pessoas na estação? Nós e só nós? Estou pensando nisso porque... Há alguns anos, acabei entrando de novo no banheiro onde eu me escondi durante um episódio de surto da minha irmã. Você chegou a ler isso na minha ficha? — perguntei, a voz bem embargada.

Ainda assim, ele entendeu e fez que sim com a cabeça.

— Eu cometi o erro de caminhar pela rua Arthur de Azevedo até passar na frente do antigo prédio da minha irmã e ver uma gigantesca placa de "Aluga-se". Cometi o erro de mentir para o porteiro, fingi interesse. Ele me deu a chave e confiou em mim para subir sozinha. Cometi o erro de subir, entrar no apartamento mais uma vez e descobrir ao entrar naquele mesmo banheiro que o pequeno armário de madeira que me abrigou já não estava mais lá. A pia estava totalmente exposta.

Provavelmente o armário apodreceu. E agora o banheiro tinha enfeites de plástico colados nas paredes, estrelas sorridentes, o auge da breguice. Cometi o erro de ficar lá por alguns minutos e pensar o que pensei. E depois, senti vontade de ir à varanda, mas esse erro eu não cometi, dei meia-volta e saí rápido do apartamento.

Florentin me escutava atento, olho no olho.

— Tudo que minha irmã fez… Ela matou todas aquelas pessoas e se jogou. Foi ela mesmo? Ou foram “eles”? Ou… Eu digo porque quando tento lembrar agora… Eu não me lembro de estar dentro do armário. Eu me vejo sentada no vaso e ela lá dentro, escondida. E, quando imagino de relance a varanda, eu não vejo ela pulando. Me vem um flash dela sendo jogada por…

Uma lágrima escorreu pela bochecha de Florentin, espelhando perfeitamente a lágrima que escorria pela minha. A mão dele apertou a minha ainda mais forte.

— Como eu posso saber se isso que eu tô lembrando é a verdade ou se eles estão manipulando a minha mente para esquecer? Ou se é só um efeito colateral de tudo que eles bagunçaram aqui? Porque, de dentro do surto, tudo é realidade, não é? O que você acha que é?

Florentin continuou me olhando, considerando o que responder… Mas a resposta que eu recebi mesmo foi direto na minha mente, fosse dele, “deles”, ou de mim mesma:

— Melhor não saber.

Peguei o implante de dente do Michael e o observei. Uma coisinha besta, um pedaço de metal. Se tivesse cobalto, não provaria nada. Mas, se não tivesse, nossa teoria cairia por terra. E isso significaria que…

Olhei para Florentin e foi como se ele soubesse também o que o meu olhar queria dizer. Ele nem confirmou nem negou, só ficou olhando.

Soltei o dente no mar, no meio do Pacífico. A resposta perdida lá para sempre. Enquanto não houvesse certeza, comprovação ou definição, não teria acontecido. E a indefinição era a melhor coisa que eu podia ter naquela hora. Nada mais a analisar, nada a entender. Só não vê quem não *quer* ver.

Imaginei o dente caindo lá para baixo. Igual ao objeto do conto que o Michael escreveu, o cone perfurando a terra em direção ao centro do planeta. O cone tinha um buraco negro dentro. O dente também.

Agradecimentos

Agradeço muito aos leitores de versões deste livro, que me fizeram críticas importantes e me deram muitas ideias preciosas: Daina Giannecchini, Vitor Brandt, Ludmila Naves, Vinicius Prado Martins, Denis Nielsen, Ivan Nakamura e Janaina Tokitaka. E em especial à editora deste livro, Beatriz D'Oliveira.

Também agradeço a Luara França, Daniel Lameira, Raphael Montes e Antônio Xerxenesky, que me ajudaram a fazer este livro chegar nas mãos certas. A Júlia Jordão, por me presentear com um livro que me inspirou a escrever este.

E, por último, agradeço aos meus pais, Edson e Elizabeth, à minha avó Walkiria e, mais uma vez, a Daina, pelo constante incentivo e apoio.

Impressão e Acabamento
LIS GRÁFICA E EDITORA LTDA.